当代中国生态文学读本

16

看生命云卷云舒

Watch Swirling Clouds of Life

远人 主编

四川文艺出版社

图书在版编目（CIP）数据

看生命云卷云舒 / 远人主编. -- 成都：四川文艺
出版社, 2019.12
（当代中国生态文学读本）
ISBN 978-7-5411-5616-8

Ⅰ. ①看… Ⅱ. ①远… Ⅲ. ①中国文学—当代文学—
作品综合集 Ⅳ. ①I217.1

中国版本图书馆CIP数据核字(2019)第297382号

KAN SHENGMING YUNJUAN-YUNSHU

看生命云卷云舒

远　人　主编

出 品 人　张庆宁
责任编辑　荆　菁
封面设计　远人工作室
内文设计　史小燕
责任校对　段　敏
责任印制　唐　茵

出版发行　四川文艺出版社（成都市槐树街2号）
网　　址　www.scwys.com
电　　话　028-86259287（发行部）　028-86259303（编辑部）
传　　真　028-86259306

邮购地址　成都市槐树街2号四川文艺出版社邮购部　610031
排　　版　四川胜翔数码印务设计有限公司
印　　刷　成都勤德印务有限公司
成品尺寸　165mm×235mm　　开　　本　16开
印　　张　16.5　　　　　　　字　　数　210千
版　　次　2019年12月第一版　印　　次　2019年12月第一次印刷
书　　号　ISBN 978-7-5411-5616-8
定　　价　48.00元

人文 ｜ 自然 ｜ 品质

主办：深圳市光明区公共文化艺术发展中心

顾问：王晓华

主编：远　人

编委：陈瑛　陈昌云　余巍巍

序

看生命云卷云舒

◎远　人

今年8月下旬，一则亚马孙雨林大火肆虐的消息席卷全球各大媒体。尽管旱季本易诱发火灾，但据说此次大火的人为因素居多。这着实使人内心发紧，也使一些人提出亚马孙雨林的再生速度有多大和雨林还能存活多久的尖锐问题。

地球环境问题因这次火灾引起全球关注。亚马孙雨林占地达五百五十万平方千米，为全球雨林总面积的一半，如果雨林被毁，人类的前途不堪设想。

每次看到这样的消息，我都会不安地想起《吕氏春秋》中的一段话："人之性寿，物者抇之，故不得寿。物也者，所以养性也，非所以性养也。今世之人，惑者多以性养物，则不知轻重也。不知轻重，则重者为轻，轻者为重矣。若此，则每动无不败。"用白话文说一遍，就是人原本长寿，却在物欲的左右下变得不能长寿。所谓物，原本应为生命提供养分，而绝非生命为物提供养分。但今天的人，恰恰在诱惑中用生命求取外物，这就是不知生命中孰轻孰重了。不知道轻重，就会把重视为轻，轻视为重。像这样颠倒，那么所有的行为无不归于失败。

古人的话往往有振聋发聩之效，可惜真正听进去的人少之又少。人类社会发展至今，人的寿命固然比古代有了增长，但人在步入现代之后，对大自然的索取，又使其常常扮演"不知轻重"的角色。其结果不仅仅是人类对自然的"以性养物"达到为所欲为的疯狂境地，还包括对生命的认识不断降低。用昆德拉的话说，当人连"生命之轻"都难以承受，则"生命之重"将变得更难扛负。偏偏我们看到的是，生命的沉重感越来越压迫着人。庄子宣扬的逍遥无拘束，在今天几乎像一个与人类无关的神话。不是说每个人都得达到"至人无己"的境界，但人在面对大自然的过程中，如何重新认识自己已变得空前重要。

认识自己，也就是认识人。大自然交给人的很多，人却难说给了大自然多少回报。大自然需要的，不单纯是守护，更多的是在人与物的相处中取得和谐。这其实也是生命对所有人提出的要求。从表面上看，"天人合一"不过是种境界，往深处看，又始终是人类在绵延与生息中必然把握的最终走向。

生命的本质原本是云卷云舒，在大自然中，生命原本该拈花微笑。只是人类在自身的发展中，尤其进入工业时代以来，充满对大自然的种种冒犯，说大自然将惩罚人，不如说人将在最后惩罚自己。在今天，我们当然回不去庄子的时代，回不去日出而作日落而息的农耕时代，但在对大自然灾难的认识中，我们依然能做到一种思索，做到一种更高的认识和理解。若如此，幸运的不仅是我们赖以生存的地球，更幸运的是人类的生命本质将获得再度开放。

2019年10月3日于深圳

目
录

CONTENTS

小　说

沈　念 / **法　宝**　　　　　　　003

陈　武 / **猫　脸**　　　　　　　025

李路平 / **镜　中**　　　　　　　042

非虚构

洪忠佩 / **雪野无边**　　　　　　063

程　远 / **北地流水**　　　　　　080

北　野 / **燕山秋意图**　　　　　101

翻　译

【美国】约翰·缪尔　董继平　译 /

水鸫的故事　　　　　　　　123

艺 术

马永波 / **现代性的后果及审美救赎**　　　141

朱　灿 / **沈从文：照见的前半生**　　　154

特 稿

汪树东 / **当代文学中的生态人格塑造**　　　163

光 明

王池光 / **根**（小说）　　　187

陈　华 / **一个茁壮成长的孩子**（散文）　　　205

李雨融 / **清晨总是斜着身子走来**（组诗）　　　209

文本与绎读

鲁　子 / **窗外总有一只海鸟飞翔**（组诗）　　　215

凌之鹤 / **面朝大海的精神远航**　　　237

小说

沈 念／法　宝

陈 武／猫　脸

李路平／镜　中

法　宝

◎沈　念

　　石喊坪的春天是跟着飕绵阴雨来的。雨停日出，野花全开了，空气中蠕动着一团黏稠的气息。风用力拍打也拆不开它的来历。我沿着田埂走过去，抓起一大把刚开的花，蓝色的插在黄焕胜家田口，粉色的分给黄顺发家，最后剩几朵不同颜色混搭的留给我爹黄定要。但还没走到家门口，我顺手一扬把它们扔到水渠里，流到不知道的远方。

　　水渠是新修的，水哗哗地流着。我很心疼，好像这些水都是我们家的。以前渠没修到家户门口，水压根到不了山坡四周的田地，黄定要只会唉声叹气，碾不出半个屁响。我们坐在台阶上，听邻居家的黄焕胜骂娘操蛋。他的山田要水，他的果林要水，他养的羊要喝水，只有一个办法，去挑。挑水的路又远又窄，泼泼洒洒，两桶水挑回来并作一桶用，于是他整天骂骂咧咧，摔门打椅子，骂水势利眼，骂村干部不干事全死绝。

　　我倒扣着手，放慢脚步，悠闲地往家走。有段时间，村里的大人小孩都喊我"光跃缝纫机"，后来觉得太长，就喊成了"黄纫机"。他们是看我走路的模样像女人踩缝纫机的动作，腿一伸一屈，身体一俯一仰。我路过镇上窗帘店看到过一个中年女子把踏板踩得飞快，缝纫机发出嗒嗒的呼啸声。我在路上疾步，风吹过来，身体会生出轻飘飘的感觉——仿佛也成了一台被踩得飞快转动的缝纫机。

黄定要远远地看到我，努力想把背抻直了跟我招手，又无可奈何地弯下去了。他弯腰驼背好多年了，小时候我以为他是想假扮成牛马逗我开心。后来发现他不是装的，就很严肃地问他："谁把你压弯成这个样子？"他不回答。

我说："是我吗？"

他连连摇头，然后用怜爱的目光看着我那条瘸短的腿。

"你小时候活蹦乱跳的，黄定要看着你的样子，那张皱过的树皮脸笑起来像快凋谢的大葵花。"我从黄焕胜养的羊群中穿过的时候，他冲我边说边笑。他的笑总让我没来由地打冷战，像是藏着一把寒冬腊月从水底拎出来的刀子，刀锋冷冽发光。羊群咩咩叫唤着向山坡下走，黄焕胜吆喝着走在最后。"你得了小儿麻痹症，再看看你们家，黄定要前世蛮造孽啊！"他自言自语，又像是说给羊听的，我却觉得这刺耳的声音是故意说给我听的。

回到屋里，我问黄定要："人家说你蛮造孽？"

其实我是想让他告诉我造孽是什么东西。他剜了我一眼，过去他可从没拿这样的眼神看过我，也没生过我的气。他一黄昏没说话，平时我回来后喜欢问这问那的他突然哑巴了。没有了声音，屋里的黑就更像一块冰了，又冷又硬。我猜，黄定要是真的伤心了。

晚上我睡在床上，房间里回潮，墙壁像刚伤心地大哭过，听得到眼泪落地的声音。黄定要也没睡，在床上翻来覆去，喉咙里像卡着一口痰，咻咻哼哼，要吐不吐，真是讨人烦。他性格就这样，一辈子忍气吞声。

路过石喊坪的算命瞎子说，黄定要会得三个崽女，但只有两个的命。瞎子说完扭身就走了，没人在意，黄定要也走了，心里却装了块石头。

我是他的满崽，上面还有一个哥哥一个姐姐。哥哥在我记事儿之前死了。有关他的事都是我听旁人七嘴八舌拼凑出来的。黄定要听不得我打听哥哥的事，只要提到那个名字，他就会像个孩子般地伤心哭泣。

"他这个大崽是个智障，从小看人眼珠就没转动过，直直的目光，像枪膛里射出的子弹。"这是村秘书黄顺发说的。

"他是夏天失足掉到半口塘淹死的。村里的半口塘水面并不小，也蛮深的，每年都要吃掉一两个被父母丢在家里的孩子，或者上年纪的老人。"这是黄焕胜说的。但黄焕胜在里面游水捞鱼，没半拉子事。我就断定半口塘是个只会欺负老人孩子的软角色，碰到杀火的人毫毛不敢动，还要奉献出喂养的鱼虾龟鳖。

哥哥死的时候我太小，不然这些年有他站在身旁保护我，别的孩子也不敢背后扔我泥砖块。他们起哄地喊着："黄纫机，跛脚子，瘸里拐里跌跤子。"

我怒气暴躁的外表还是掩饰不了内心的孱弱，他们跑过来，明目张胆地抢走我手中的东西，有时是几颗光滑漂亮的鹅卵石，有时是刚摘的几朵映山红。转眼，他们就会把它们丢进半口塘，鹅卵石在水面上飚出几朵水花，就咕咚沉下水底了。他们说我哥哥也是这样咕咚沉下去的，只是比石头多冒了几个圆圆的气泡。有天夜里，黄定要站在哥哥的遗像前自言自语："瞎子的乌鸦嘴呀，他是不来了，再来我要扇他几耳巴子啊。我这么拼命下田，要不是你走得早，将来是要给你娶个婆娘回屋里的。"他说得这么动情，我听了却又想笑又想哭。

哥哥死了，人们记起瞎子的话应验了，就去找他给个说法。平时唾沫星子四溅的瞎子诡秘不语，人们失望离开，但是再也不背后叨咕他尽讲瞎话了。这世上姐姐和我还活着，她比我大四岁，但几乎不出家门。我不知道她到底在害怕什么，外面多好呀，想去哪里就去哪里，哪里好玩就去哪里，可她偏偏要躲在乌黑漆漆的家里。遇到外人来访，姐姐也是四处躲闪，她能一动不动地待在你眼皮底下那发现不了的黑暗角落，也并不是她长得有多丑，而是因为她天生就像我恩妈。

"造哒活孽，大崽死了，妹崽是个精神病，家族遗传。满崽哩，突然得了小儿麻痹症。"黄焕胜又在人面前嚼舌头。我很讨厌这位邻居，没人把他当哑巴，他却一天到晚叽叽喳喳，把全村人的话都讲完了。那天，他不知什么缘故陪着一个乡干部从我家门前走过，指了指我家半掩的门，嚼了几句舌头。我站在门后面，从门缝里看着他们大步流星地走过，那个乡干部像是怕我们突然从屋里蹦出来把他劫了，走得太急，差点趔趄摔倒。奇哒怪，我家门前的路被我踩得平平整整的，乡干部的趔趄逗得我扑哧笑了，谁知道我家的猫也惨兮兮地笑了一声。乡干部又被黑屋子里突如其来的声音绊了一个趔趄。

我看到转身就蹿到屋檐上的猫，觉得它便是昼夜不出门的姐姐变的。她到了夜里就变成了一只猫，在村里转悠，在屋顶追逐，发出几声恣肆的叫声。为了逮到姐姐变猫的证据，好几次我起夜屙尿，会顺便推开她的房门，发现床上是空的。我想这下终于逮住了，就睁大眼睛，坐在门口，等着等着却睡着了。姐姐不知道是什么时候坐在我面前的，她又从猫变回来了，目不转睛地盯着我，那眼神吓得我魂魄都飞了。黄定要不认可我发现的这个秘密，说是我做的梦，姐姐从来没有出过家门，更不会变成一只飞檐爬树的猫。

姐姐安静的样子很美。常年躲在家里不见阳光，她的皮肤一天天变白，也变薄。有一天，她哇哇大叫，酣睡的猫也在惊吓中醒来。黄定要一紧张，背就蜷得更厉害了，他走过去看一眼不打紧，就只听到手忙脚乱翻箱倒柜的声音。马刺草丢哪里了？屋里只有姐姐的哭声在回答。

姐姐不知在哪里碰到什么东西，胳膊上一道长长的伤口，像被刀划开的一张纸，血沿着伤口往下淌。她只剩下哭，提着声调哭，越使力血就越往外涌。黄定要终于找到马刺草，在嘴里七嚼八咬，连着干涩的唾液敷住了血，连同哭声也止住了。姐姐不说话，她当然也说不出是被什么划的，难不成是家里的空气划破的。我过去也说过家里的空气很锋利，划到脸上脸疼，碰到手臂手痒，但黄定要不信，不搭我这茬。

黄定要突然哀号一声："真咯碰哒鬼了！"

姐姐呜哇叫唤的时候，恩妈坐在屋门口，像是耳朵聋了听不到屋里发生的一切。她气定神闲地掰着玉米棒，时间一秒一秒就这样被她掰碎在那个破箩筐里。秋天村秘书黄顺发陪着新来的扶贫工作队长到我们家来的时候，她坐在门口连头也没抬。那位姓昌的队长和声细语地问家里的情况，黄定要齉声齉气，要听清一句完整的话比杀头猪都难，两只手也不知是该笔直垂落还是十指绞弄一起，这个问题也许他一辈子都想不清楚。我替他急呀，心里火辣辣的，比老黄蜂蜇了我还辣。比我爹年长的黄秘书是村里的老人，家家户户一门清，顺带着把我们家的故事粗枝大叶地讲了一遍。他说一句，我就在心里复述一句，他说完了，我把我们家的来历也记住了。

我爷爷奶奶并不是我爹黄定要的亲生父母。从来没人追问过黄定要的真实身世，包括他自己。这让我很长一段时间很鄙视他，一个不是我奶奶亲生的儿子成了我爹。

黄秘书说到我奶奶时，语气里听得到几分敬意。奶奶年轻时也是村里的干部，当过好多年的妇女主任，干得最风光的就是抓计划生育，家里墙上几张墨迹模糊的奖状就是证明。她不仅兢兢业业拦截着别人家的超生，也把自己的生育给耽搁了。自己不生育让她上门抓别人的计生时更硬气，她以身说法，要响应党的号召，不误国事。有人说她不能生育，遭报应，她并不畏惧村民在背后戳脊梁骨，但受不了后来我爷爷借着酒疯动拳脚，威风八面的妇女主任在家里的地位陡然下降，最后在村长的耳授下找到了一个解决办法，就是他们去隔壁县城抱养了一个弃儿。那个刚出生就被抛弃的孩子后来成了我爹。他其貌不扬，个子低矮，老实巴交，小学没读完就肄业归家，到了三十岁也没女人愿意嫁给他。奶奶年老后开始多病，治病费钱，又总不见好，黄定要孝顺，只管埋头干活，攒点钱就拿去送给了医院。我奶奶去世前做的一件她引以为豪的事，就是给养子捡回了流浪到村里的一个女人。

那天奶奶移步屋坪，看到那个穿得邋遢、双目无神的女人从面前走过。她们对了一下眼神，像是地下党员对上了暗号。女人在村里转悠了一天，没有人听到她说过一句话。据说村里当天有好几个光棍打过她的主意，上前搭讪，女人一个字也不说。最后是日暮时分，我奶奶牵着她的手，大大方方带回家，女人冲她喊了声恩妈，后来就成了黄定要的老婆。

过去有扶贫队来我们家了解情况的时候，黄秘书说什么，黄定要除了点头什么也没说。是啊，像我们这样的家庭，有什么好说的呢？爷爷奶奶病死，哥哥溺水走了，没有半口塘他也不会是个正常人，恩妈和姐姐都是精神病人，她们在这个家制造出巨大的沉默。黄定要操持这个家，不知道哪一天就腰背驼了，算命的早说过，这是他命中该有的。恩妈整天都是僵硬的表情，但突然会望向我笑，笑容送到我面前，像石头里嘎嘣蹦出个奇怪的东西，真担心落地打碎后会发生什么意想不到的事。我每次出门的时候，都会躲开她的目光，不用看，我知道她又笑了。那笑靥如同一片树叶飘落并粘在衣背上。我加快脚步，想把它抖落下来，抖落到我身后自动出现的那条河里，我愿意一走出家门，就与他们隔河相望，而不是被他们的目光死死地抓牢。

哥哥再没在这个家出现过，恩妈有一次无来由地说看到了他，直撞撞地到半口塘寻他，她跳进塘里，在水里扑腾，被人救上来。她又趁人不注意跳下去，这次没有人下去了，岸上的人望着她，咒骂她神经病。她大声哭喊着哥哥的名字，身体漂浮在水面上，水淹不死她，她筋疲力尽，漂到岸边，自己爬上来了。黄定要为此狠狠打了她一顿，他把房门关上，下手很重。我听到柳枝条抽打在身上发出的噼啪声，像打在我的胸心上，可她竟然不知道疼，没有发出半声叫喊。她的泪水也许在半口塘流光了，但第二天我看到她的眼睛红肿，下嘴唇黑紫，咬出几颗月牙状的牙齿印。

黄秘书说到我的时候，黄定要眼睛里闪过一丝光亮。出生时的我是健全的，小时候的我活蹦乱跳，智力正常，如果不是五岁多那年感冒发烧、腹泻出汗，后来昏迷抽搐、四肢震颤，几经转折到县城，医生说是小儿麻痹症。命是保住了，但我再也不能让黄定要脸上光彩了，不然他不至于把腰佝得越来越低。我想过，他是没有勇气去看别人幸灾乐祸的表情。有一回，他看着我说："光跃，我是你的爹。"

我扑哧笑了，也很认真地说："我记得，我没忘，我是黄定要的蠢包崽。"

黄定要叫我出来，不知是何用意，是想让扶贫队长看看本可引以为荣的儿子。我躲在里屋没动，黄定要的嗓门突然变大，见我还没动静，就拽着我的手拖出来。鬼知道他为什么突然用这么大的力，把我的手弄得生疼。

我认得到我们家来的这个人，他到村里来了不短的时间了。我们没有说过话，但听到大家称他昌队长，有时又叫昌处，是省里下来的，要在石喊坪待两年，帮助石喊坪脱贫。我无所事事，不到村里别的地方转的时候，就喜欢站在村部不远处的小丘包上，看这个黑肤色的中年男人要做什么。他来的第二天，村部活动中心那栋房子晚上就有了灯，坪前一人多深的草被清除了，屋后的几块荒地翻了一遍，第三天，荒地又翻了一遍，再过两天落了场小雨，他开始把一些蔬菜种子撒进了地里。他像是一个从外地来的农民，要在石喊坪扎根了。

村书记请他，黄秘书也来讨好他："昌队，就上我家吃饭吧，你嫂子做饭，我俩喝点酒说说话，你也省了这些琐杂事。"

昌队长摇头，先是说"吃一顿是一顿，哪能天天去吃"，接着告诉人家，他就是农村出来的，"自己种自己吃，蛮好不过了，再说有纪律有规定，你们和嫂子的心意就领了"。

他把日常生活安顿好，就开始到贫困户家里走访。他前一天会拿着花名册向黄秘书打听哪一家住的方位，第二天出发前，我就准时到了村部路口。有的家户住得偏，我在前面走，他跟在后面，我们离得不远不近。走访出来，我又在前面走，他跟在后面，并不拒绝我引路，但我们从来没有说过话。他很多时候皱着眉头，村里这么多贫困后遗症，来这里的扶贫干部都会不例外地皱眉。黄秘书说，铁打的石喊坪流水的扶贫干部，来了，看了，完了，走了，啥事也没了。但眼前的这位昌队长不同，我对他有一种天然的亲近感，他严肃的样子都让我感到是温暖的。我们像是多年前就认识的老朋友，不需要问候，不需要拥抱，彼此远远地看一眼，一个被欺负、被嫌弃的男孩的孤独和挫败就奇迹般地消失了。我也不知道为什么会有这种感觉，我说了也没人相信吧。

黄定要把我拉扯出来，站到了屋里光线明亮一点的地方，昌队长认出了我，高兴地说："我们早就见过面了，你是我的向导呀，挑水找码头，想说谢谢终于找到地方了。"

我脸上有些发涩，第一次被人说谢谢，我也没做什么呀。过去村里来了外面的干部，我想帮着引路，总是被黄秘书嫌弃着赶跑，让我不要丢石喊坪的脸。我天晴下雨有事没事在村里转，哪条路哪一户我都清清楚楚，我更没做过坏事，怎么就会让他觉得丢脸呢？

我和昌队长就这样认识了。他并没有跟黄定要说过去那些干部常说的大道理，而是拍了拍他的肩膀，说："夜再黑，天总会亮的。我要在石喊坪待两年，慢慢给你想法子把生活过好一点。"与过去一样，黄定要的身体没来由地抖动，但这次抖得更厉害。

我真是要看看他哪天想出什么法子来。黄定要没有出门相送，过去上面的干部走了，他会掏出口袋里干部塞的信封，信封里是钱，有时多有时少，每一个信封都被他皱巴巴地留下来了。他看到信封就会很沮丧地说："我们全家死光了，才叫脱贫。"咒自己一家死的话都说出来了，不知道他心里是多绝望。过去我也为我们家害怕过，但那天昌队长说了，天总会亮的，我就发现每个夜晚再黑再难挨，等来的还是白天，从此就不害怕黄定要那般的绝望了，好像睡一觉醒来，我们家就真的要改天换地变样了。

往后我经常去找昌队长，也不是找他有什么事。我就看看他，像是一天的固定生活，有时逢他外出开会不在，我就等着他傍晚回来，没看到人，心里就像缺了个角，空着块白。我看他住在村部二楼尽头的小房子里，灯有时彻夜不熄，就知道他又在忙碌了。村部有了灯，像一样物件有了生命，重新活了过来。没过多久，坪前屋后收拾干净熨帖，来来往往的人也多了起来。有人来找他瞎扯淡，有人来反映村里的情况，也有人背后说村干部的坏话。我就站在那个隆起的小丘包上，那些难听的话飘进我耳里，又被风吹着从另一只耳里跑了，他拿着个小本本都记下来了。他抬头看到我，就会解开锁着的眉头，咧嘴笑着向我招手，我摆摆手，不过去，他就走过来，关心地问我几句与衣食有关的话，塞我怀里一些吃的，有几次还给了几张红票子，说："过节了，交给黄定要改善生活。"

我知道他也经常这样给人家钱，也是说改善生活这样的话。我并不喜欢，更希望他赶快想出个与过去不同的法子来。

石喊坪山多地少，没有几口水塘，也没有几块像模像样的田。全村249户762人，其中建档立卡的贫困户105户344人，人均耕地五分田，少得可怜。这些数字写在村部门口的宣传栏里，每天路过从头到尾从尾到头不知读过多少遍，后来就住进我脑子里，哪怕是闭上眼睛，一蹦就出来了。

刚到村里那些天，村民见是省城来的扶贫工作队，要搞精准扶贫，见面第一句话就说："我去年养殖亏光了，雪上加霜，不扶我没道理。"

另一个说："我咬着牙七拼八凑盖房，还没钱装修，有新家搬不进，先帮帮我落个安身之地。"

昌队长呵呵一笑，说："我可不是财神爷。"

村民哈嗤乐了，嘲讽地说："共产党的干部就是为老百姓办事的，省里来的领导，都该带着法宝。"

"法宝是带得有，也得看谁愿不愿意用，会不会用。"

"么子法宝先透个风？""真有法宝不用的是猪。"村民来劲了，有的捏着手指打手势，问到底带了多少扶贫款。

昌队长神秘地说："先保密。"

黄秘书叹气："哎，贫困都是'等靠要'的思想作怪，多少年，改不了。"

昌队长早出晚归走访完这两百多户人家，我看到村里一天天热闹忙碌起来了，村部前坪白天晚上集中召开的会议也多了。有时是议论修路修水渠，在山上建个安全饮水的蓄水池；有时是号召大家改变观念，利用山地资源发展果林经济。会开到最后昌队长都要说几句，讲一通为什么干怎么干，他一给石喊坪描绘未来，下面的村民听了就都掌声鼓得啪啪响。

有人扛着锄头上山了，荒山野径上的草割刈一空，来了几辆运货卡车，村民把树苗卸下车，在村部长桌上的登记表签完字，然后兴高采烈地把它们扛到了山坡上、果园里。昌队长兑现承诺，果树都是来自农业扶贫项目，免费提供，村民像捡了大便宜，开心得不得了。货车空了，昌队长发通知："明天起农技员来现场上课，怎么栽。栽好了，明后年挂果，我帮你们吆喝，村里到时统一品牌卖出去。"

我家果树送来的第二天早上，我又站在小丘包上等着，看昌队长准备去哪家。他扛着把锄头，咧出熏黄的一口烟牙，说："今天不用你带路，我知道走。"

出了村部左拐上新修的水泥道，我就猜到了他要去谁家。他走得很快，我怎么也没赶上去。他进了我家后山开辟的果园山地，黄定要才慢吞吞地刚出门。我张开嘴，心急火燎，却喊不出声音，我多想催促黄定要性急些，但他听不见，依然慢吞吞的。哎，拿这样的人有什么法子呢。

昌队长是来帮我们家栽树的。他负责挖坑，锄落泥飞，是把农活好手。几个村干部和县镇的农技员也过来帮忙，人多力量大，一天下来，百来棵夏橙栽得横平竖直。黄定要可开心了，但那张难得一笑的脸，皮皱皱的还是像个打了霜的老橙柑。他掏出一盒压衣兜没拆封的盖白沙，昌队长摆手，掏出自己的烟分给了农技员。

也有人不开心，也许他是看不得别人开心，比如黄焕胜。夏橙栽完，他站在我家后山的围栏外，吼着嗓门喊："黄定要，你围这笆篱，是成心不让我的羊过路不？"

黄定要反应迟钝，好像真是把羊回家的路堵了，没了说话的理。

黄焕胜把手上的烟抽完，大拇指弹飞那个咬破的烟头，说："你赶紧把这笆篱拆了，我就当这事没发生。"

费力巴哈围起来的要拆掉，黄定要既左右为难，又非常恼火。我看着他，干着急，笆篱外还有条两米宽的路，人羊过身不妨碍，又是昌队长帮着种的果树，叮嘱的围个笆篱，他居然硬气不起来。人争一口气，黄定要不争，看不下去的我冒起一股无名火，走到欺人不讲理的黄焕胜面前，说："昌队长帮我们家围的，要不你去找他问理。"

黄焕胜吃惊地望着我，黄定要更加吃惊地望着我。他们肯定没想到一个平时讲话不圆的蠢包崽能把一句话说得这么硬邦邦的。

黄焕胜被"昌队长"给顶回去，心里窝着一口废气。过了两天，黄定要回家，垂头耷脸地踢翻了一把椅子，说："果树苗被吃得枝干叶净，黄焕胜的羊死绝。"

我心想，昌队长早有先见之明，栽完果树苗就再三强调扎实打一圈笆篱防羊，黄定要也不是偷懒，而是胆小怕事，面子上挂不住，隔壁邻舍的围个笆篱，太显眼了。再说，那个羊钻进去的洞，明摆是人为破坏的。黄定要当然不敢登门讨说法，只好忍气吞声认了这个栽。

"羊吃树"发生的次日午后，我听到我家后山有话语声，爬上坡一看，是昌队长带着几个人把被羊咬了枝叶的果苗拔出来，又栽下新果树，还帮着把笆篱扎得紧紧密密的。他忙完就要走，走之前，拎过带来的一个小手提袋说："这里几件我女儿没穿过的新衣服，让侄女把旧的换掉，穿件新衣精气神清爽。人嘛，总是要朝前看向前走嘛。"黄定要愣在那里老半天，没吭声气，手上还是攥着拆过封的那包烟，一根也没递出去。

那几天村里的是非多，有胆大不怕事的村民拦截了黄焕胜家不听话的羊，指名他上门道歉认领，还有人把捉到的羊全身涂抹了黑锅灰，左右两侧用白石灰水写上"黄八蛋"。这几个字深究起来没什么，石喊坪多数姓黄，要骂也是把全村的黄家都骂了。但黄焕胜看到回家的几只黑羊和身上的骂名，脸就拉黑下来，拎桶水在羊圈里刷洗了大半夜，也挨着村里姓黄的人名骂了大半夜。

黄焕胜走南闯北，咽不下这口气，盘算了一夜，天亮了，喝了两杯早酒，就从家里出发了。村部前坪上的吵闹声越来越嘈杂，像归巢的蜂群降落在耳旁。我估计他们差点要打起来了。如果像过去有人烧火没人劝阻的话，那阵势一定是要打一架才会收场的。

黄焕胜像只汽油桶把自己点燃了。他气汹汹地冲进村部一楼大会议室，四处张望没看到昌队长，略显失望，他是冲着昌队长不会这么早出门才来的。屋里只有黄秘书坐在那里抄抄写写，他撸了撸袖子，紧了紧皮带，声音洪亮地说道：

"我今年十万的收入，现在打水漂儿了，都是借的钱，拿命去还呀？"他左右看看，无人搭理，又提高了嗓门，"村部死绝哒，连只鸟影子都没见。"

黄秘书抬头睨视，继续抄写着，嘴里劝道："少安毋躁，有情况反映情况，有困难反映困难，不要把村部当成自己家，这里耍威风，没人看。"

"你说话不管用，我懒得跟你费口水，我要见昌队长。"坪里几个看客捂嘴哧哧地笑起来。

"黄焕胜你莫嚣张，别给脸不要脸。"黄秘书火了。

这时昌队长从屋后菜地转进来，拍了拍沾泥的双手，眼睛盯看着黄焕胜，眉头皱起向上翘。

"昌队长是讲理的干部，这个事怎么解决嘛，你们不来的话，他们绝对不会种什么果树。"

瞅着昌队长不吭声，黄焕胜借着酒劲拉高了声音："你们来扶贫，把我扶倒了，不给个说法我就把我的羊都赶到村部来。"

"来一只杀一只。"黄秘书把笔朝桌上一甩，瞪着眼发怒了。

"你杀羊，我杀人。"

"大清早的说什么杀来杀去的，看哪个敢乱来！"昌队长心知肚明黄焕胜的小九九，挥了挥手，要他别再浪费口舌了。

黄焕胜身为石喊坪的养羊大户，过去大部分山头都是荒山，他的羊群满山跑随地吃都没人管。现在扶贫队鼓励村民开垦山地，扎篱围栏种果树，但只要有个小洞，羊就钻进去啃了人家的果树苗，村民找上门要黄焕胜赔偿，他的羊再也不能像以前那样随地散养了。

"我不是建议过你把羊集中起来圈养吗？"

"圈养吃什么，不给它吃，怎么长得肥，长不肥，怎么卖出去。我的羊都是跟人签了标准化养殖协议的，达不到标准你们要承担责任。"黄焕胜说一通理由。他放养图的就是省事，过去羊自己吃，现在要他满山去割那么多羊吃的草料，这可是件苦差事。

昌队长见他蛮不讲理，也发怒了，说："那山地是你一个人的吗，人家种自己的地，谁的羊也不能到处跑。"

"羊自己要跑，我怎么看得住，我连自己都看不住。"

"不能因为你一个人养羊，耽误了全村人的脱贫大事吧。"昌队长态度强硬。黄焕胜又哪里不明白，眼前从上往下都在齐心协力抓扶贫脱贫，自知说不过理，不吭声了。

昌队长缓和语气："你自己考虑清楚，真心解决问题我和你一起想法子，无理取闹就找错了地方。"

"我看你也没真的法宝。"黄焕胜讥讽道，又重复此前那几句损失赔偿的糊涂话，出门往山上去了。

闹事的黄焕胜是村里有名的暴脾气。气盛不顺的时候，连老父亲也敢打。他老父亲住在祖屋，房子半边快坍了也不愿搬走，村干部上门提醒，黄焕胜牛气得很："坍了就埋在里面好了。"

老父亲被打，跑到村部告状。黄秘书被推选出来，去批评教育黄焕胜。他理直气壮："这是我们的家事，我打人是有理由的。"

黄秘书呵斥："打人什么理由都不对，何况是儿子打老子。"

黄焕胜鼻孔哼哧一声："你问问，他打没打过他老子？"

老父亲低头不语，突然抽泣起来。黄秘书后来搞清楚，老父亲年轻时对黄焕胜的爷爷也是动手动脚，追着山坡赶着打，那个老老头的手被打折了，没接好，临死前还是下垂的；再往上追溯，黄焕胜的爷爷也打过黄焕胜的曾爷爷。至于他们家族往上走是不是都这样的传统习惯，已无从考证。黄秘书真觉得自己多此一举掺和了别人的家事，悻悻地走了。

黄焕胜冲躲在屋外的父亲说："告状也不嫌丢人，回家了听话点。"又朝黄秘书的背影丢下一句话，"一代打一代！"

黄秘书当笑话在酒桌上说，村里人很长时间看到黄焕胜，就哄笑着说，一代打一代！

有一天，黄焕胜在外打工的儿子回来，也就是这个短命鬼出车祸前最后一次回来；不知什么事父子俩争吵起来，儿子抄着根家里的扁担跟在后面追，黄焕胜大呼："救命！儿子打老子，要出人命啦。"

他这么一路跑过去，绕过村部，黄秘书几个在窗户洞里伸头望一眼，也不出来阻拦，后来思量着怕真出什么事，就跟着去追看，刚好目睹黄焕胜从桥上直接跳到水里，脚下踉跄几步，扑腾落水，呛了几口，然后惊魂未定地奔向河对岸。我站在桥头，看着他狼狈的样子，却不敢笑。我怕他报复，村里老人、女人和孩子，黄焕胜是说打就打的。黄秘书和几个村干部，指指黄焕胜，又看看他儿子，叹了口气，这可真是现世报，一代打一代。然后，看热闹的人捂着嘴哧哧笑着走了。

黄焕胜常年穿一件蓝白条纹衬衣，外面套一件上了年头的黑西装，洗得有些发白，且胳肢窝处太紧了。他喜欢把衬衣领口扣上，但那半颗领口扣子时不时从扣眼掉出来，露出脖颈处的一块褐色胎记，上面长了两根细长的毛。他是石喊坪少有的几个见过世面的人，年轻时出外闯荡，有过几次被人茶余饭后当谈资的发家史。第一次发家是电打鱼，接着到城里开了家烧烤排档，往后和姨妹夫合伙买了辆中巴车跑客运。前面两次是赚了钱又都挥霍了，先是买了辆嘉陵摩托在村里嘟嘟转；隔了两年买了辆二手捷达，酒后驾驶开到山沟里报废了，人也断了两根肋骨，赚的钱对家庭建设的改善投入却几乎为零。

村里人说得最多的是他跑客运的那段历史。那时黄焕胜阔气，装的烟是黄杆杆的芙蓉王，黄秘书在鼻孔下吹口琴般地嗅过烟身，将烟嘴在左手大拇指甲上磕几下，酸溜溜地说："狗日的黄焕胜你能呀，自己当司机，姨妹子售票。"然后不说了，几个在场的人就嘿嘿地笑。

后来的事情印证成真。每天早出晚归，黄焕胜不知施展了什么魔法，与姨妹子好上了。起初他们撒谎说车抛锚了，有时在县城车站，有时是半路上，有时在白天，有时是晚上，姨妹夫终于有一天把他们堵在了车站附近的旅店。黄焕胜的脸被打肿了，嘴角流血，姨妹子跪在丈夫面前磕头求饶。最后的了断是，黄焕胜投的钱打了水漂儿，车子股份无偿转给姨妹夫，姨妹夫另请司机跑别的线路，两家再没了往来。

黄焕胜灰头土脸回了家，三起三落，他把自己看作一个落草的英雄。祸不单行，没过多久家里又出了个意外，儿子车祸被撞死了，儿媳妇也跑了，丢下两个孙子给黄焕胜夫妇。他老婆一天到晚抹眼泪，数落他在外面干坏事遭报应，要不就是在耳边叨咕："不多挣点钱，让孩子将来去镇上县里读个好学校，难道还像我们老鬼咯样在穷山里守一辈子啊？"黄焕胜勇气可嘉，没过多久，灵机一动，托熟人贷款养了百多头羊。

昌队长主动登了黄焕胜家的门，他们在屋里叽叽咕咕，像是交换各自的秘密。没过几天，他家的羊被镇上的车拖走了，又从外面拖回来一车果树苗。村里人传开了，黄焕胜把羊卖了，县里一个养羊大户全收去了，那人包了县城南郊的一片沙洲，羊群放养随便跑。这笔买卖当然是昌队长联系的，价格卖得理想，黄焕胜拿了存折回了家，关上门就开心了。夏橙、玫瑰香柑、雪梨，扶贫队承诺说愿意开垦荒山种果树的，树苗免费，种多少送多少。白捡钱的生意黄焕胜是不会放过的，他之前大清早出门，傍晚才回家，披星戴月，半个月把十来亩山地翻耕了一次，这一下就种上了一千多棵。昌队长没有食言，派人装车送来果树苗的时候，黄秘书不满，鼻孔里哼哧一声："黄焕胜天生是个打算盘的好手。"

黄焕胜有个特点，想干活，再苦再累也不退缩，那个勤快麻利，村里也没几个人能比。种果树大半年下来，他就扑在果园里，施肥、剪枝、锄草、松土，下雪后起床第一件事就去把树冠上的积雪摇落。有一回黄秘书半夸奖半讽刺地说他种果树这活干得漂亮。他说："干活干活，干得好才活得好呀。"

人糙理不糙，黄焕胜走南闯北也不是吃白饭的。村民有时恨他言语锋利刺人，有时也佩服他干活的卖命劲儿。山上、田里，哪里都是汗水才换得来的收获。这一年半，他三天两头往山上跑，果林长势最好，夏橙花开的时候，像刚下过一场鹅毛大雪，满山坡的绿叶枝上白花朵朵，芳香弥漫。农技员也专程看过几次，表扬他能干，过夏入秋就会挂果。有天回到家，他得意扬扬地跟屋里的婆娘说："农技员来看过了，等着金秋好收成吧。"

"那真得感谢扶贫队，昌队长是个好人，来这里忙得年节也回不去，对我们石喊坪是真心的好。"婆娘把饭菜端上桌，唤着两个贪玩的孙子过来吃饭。

黄焕胜呷了口酒，说："你个女人家懂什么，看他是遇到了谁。我那不过是要了个计，早就想把羊卖掉种果树了，这不都让昌队长出面弄好，羊卖了，果树苗也没花钱。"

婆娘说："你就想着挖公家的墙角，人家待我们诚心实意，你以后少寒碜点，丢脸。"

"人活着不都是在慢慢把身上的东西丢掉吗？"黄焕胜叹了一声，说，"我听说下个月昌队长要走了，我还真是要去送送他，谢谢他。"

"把家里几只母鸡送昌队长带回去吧，城里人哪吃得到这么正宗的土鸡婆。"婆娘说完，朝鸡笼里刚归家的一窝鸡骄傲地看了看。

傍晚我从黄焕胜家门前走过，他们的谈话传到耳里，我心里一揪一抽的。昌队长哪会去与黄焕胜计较，他心里明白得很，谁的花花肠子曲曲绕绕，谁的小算盘歪主意，都让他当面或事后给撂明了。村部开会时他也经常说，农村是最基层，扶贫脱贫不是喊口号，为人民服务也不是图嘴巴子顺溜，落实到行动上，关键是解决矛盾，齐心协力，劲往一处使。

他对黄秘书说："黄焕胜勤快，勤快的人品性就差不到哪里去。"

他又说："黄定要也勤快不懒，但他们家这个实际情况，一时半会儿也没好方子药到病除，以后村里还要多关心。"

几个月前，昌队长把市里送医下乡的医生请到我家。那个戴眼镜的医生给我和恩妈察看了一番，摇摇头不语，又给姐姐听诊检查，露出了一点微笑。眼镜医生临走时给姐姐开了几种药，过两天药送过来，药盒上都写清了服用时间和剂量。那些日子，姐姐穿上昌队长女儿的那件粉色缀花连衣裙，坐在照进堂屋的阳光下，我隔老远看过来，差点没认出来。这是谁，她长得真美，怎么会在我家。石喊坪从没看到过这么漂亮的女崽。

"你姐姐要是没这个病，我一定让她嫁个好人家，不在我们黄家过这个造孽的生活。"黄定要说的时候，我心痛得哭了。他就这么说过一次，以后再也不说了，可我每次回家远远看到姐姐坐在门口的身影，就要涌落几行泪，泪珠落在地上，一颗颗啪啪响。

村部坪前站满了人，哪一次的村民大会也没聚这么齐旺。这些人都提着包，挑着竹筐，里面装着活蹦乱跳的鸡，藏了一冬的硬邦邦的山茶叶，山上挖的草药，晒干散着芬芳的金银花，油炸好的地瓜片。他们都是来送别昌队长的，村里人人都喜欢的这个扶贫队长明天就要打道回省城了。

人要走了，但石喊坪的面貌真让昌队长说变就变了。两年驻村说长不长，眨眼就过了。黄秘书逢人就夸，这是个难得的能干人，吃得苦，霸得蛮，省里跑项目争资金，市县两级协调具体实施，个个项目亲自参与规划设计监督施工，干的都是给石喊坪打基础的实事。黄秘书的官话我听不懂，但村里那些变化有目共睹，大家都说昌队长的法宝管用，但具体是什么法宝，我一直没见着也没搞明白。我心里触动伤感，是昌队长真要走了，还以为他一来就开垦菜园子，是要把石喊坪当自己的家哩。

我问黄定要去不去。他朝村部的方向望了一眼，那边光亮得很，热闹得很。他絮絮叨叨，昌队长是好人，帮村里干的好事太多了，帮我们家的事也太多了。自打他来我们家一次，破旧东西甩出去不少，又添了些送的新物件，屋里顿时变得亮堂起来，原来都是那些破旧的遮住了光。姐姐穿上新衣，吃了治病的药，像是变了个人，不再躲在暗屋子里了，她看人的眼神有了笑意。我还发现黄定要的背比过去挺直了许多，对恩妈的一言一行也温柔了许多。前些天昌队长又来了，和黄定要交代我去上学的事，他说与乡联小校长都讲好了，秋季入学就去报名。黄定要傻乎乎地站着，眼泪不争气地流，我扳着指头算，那时正好到了我们家夏橙花果同枝的时候了。

"你去送送昌队长吧。"黄定要捡了十来根山药结绳打捆，放到我面前。

"我去拢拢鸡生的蛋吧。"我们家的鸡吃山长大的，有一只专生双黄蛋，是黄定要眼中的宝贝。

"昌队长对你好，对我们家好，你要说几句真心的感谢话。"黄定要找出一个靛蓝色的布袋子，让我把鸡蛋装里面。

来接昌队长的车，尾厢盖打开后，大家争先恐后地往里塞东西，空间小，一会儿就塞满了。昌队长哭笑不得，又一样样拿下来，像分果果一样地把东西往村民手里塞回去，推推搡搡，有的收下带回去了，有的哭啼着丢下就跑了。黄焕胜送来了四只鸡，装在一个纤维袋里，剪了四个小孔露出鸡头透气。

"黄焕胜记人的好，真是难得。"黄秘书打趣一句。

昌队长不收，天热路远，怕没到城里鸡就死了。黄焕胜不讲道理，撒泼说："你不收我就打死它们。"说完就捏起了拳头。

说真心话，我才不信他会一拳打死四只鸡。昌队长推脱不得，无奈地收下了。黄焕胜又说："明天你出发我要看着你把鸡带上车。"

昌队长点头，连声说好。转身他就递给了黄秘书，使了个眼色，说："赶紧让人把鸡杀了，放到你们家冰箱，留给后面的工作队打牙祭。"黄秘书说："那明天黄焕胜要看不到鸡怎么办？"昌队长说："放心，我自有办法，你记得把原袋子留给我，到时我使个障眼法，保证他看不出破绽。"

他们的对话黄焕胜没听到，我却都听到了，当然不会告诉他，等昌队长走了以后，我再跟他说，气气他。

黄焕胜像是看穿我日后对他有什么邪恶念头，朝我打招呼："黄纫机过来啦？"

"嗯……嗯。"我点点头，喉咙里老半天挤出几个干涩的音节。

"那你过来呀！"他见我一动不动，就朝我走过来。我后退几步。他说："你紧张干吗？我又不吃人。"

黄焕胜肯定是不吃人的，不然这些年，他早把我吃掉了。我这么一想，自己都乐了。他问我："你来干什么，也是来送昌队长吗？"

废话，你们都可以来送，我为什么不能来。当然也不能这么反驳，只是点头表示他猜对了。

"那你过来呀，告个别吧，你看昌队长对你最惦记最关心，这一走，他就不知什么时候再回来了。"

他说的是实话，我很感激他帮我把心里话说出来了，这个时候我第一次觉得他是个大好人。我羞涩地向前走了两步，身体歪歪倒倒的，一紧张嘴就是歪的，涎水差点就要流出来。我努力想把身体走得直一点，还是没做到。也许跟黄定要的驼背永远挺不直一样，我这辈子也做不到了。

我张了张嘴，想说的话在喉咙口就被拦截了，被堵得严严实实的，找不到缝隙挤出来。我的脸涨得通红。昌队长热情地向我挥手，喊道："光跃，名誉村长，黄光跃，你过来。" 他有次开玩笑说我对村里的情况和村长有得一比，就给取了这么个绰号。

"昌，昌队长，我……我……"我一点也不紧张，我们已经很熟了，但半天还是没"我"出个名堂。

黄焕胜已经走到我身旁，帮我打开手中的蓝布袋，开始数起来。

"一、二、三……"

我说："不用数了，只有七个鸡蛋，一半是双黄蛋。"我的喉咙像昌队长派人修通的渠道，突然就水流顺畅起来。

"那你送过去啊。"黄焕胜露出开心的表情，鼓励着我。

我说："我想凑齐十个鸡蛋，但，但鸡受了吓，这两天，偏，偏偏没下蛋。"

昌队长到车尾厢翻了翻，然后背着手走了过来。他把手伸进我的布袋子里，是三个鸡蛋。正好凑了个整数。我太高兴了，眼泪漫过眼眶就溢了出来。昌队长拍拍我的肩，抱紧我，在耳边对我说："天晚了，早点回家。"

我看着他，黄定要让我说的感谢一句都还没说呢。昌队长那张脸在黑暗中发出清亮的光，眼睛鼻子眉毛，都能看得清清楚楚。我想说，你来了后，村里的路灯都亮得很，回家的路再晚我都看得见。我还想说，夜再黑，天总会亮的。但我张开嘴，牙齿磕碰，依旧没有声音。这时只见他的脸上，两道泪水刷地流下来了。那是我的眼泪从他脸上流过去的吧。

2019年8月22日长沙月亮岛

沈　念　湖南岳阳人，中国作家协会会员，中国人民大学创造性写作硕士。作品曾在《十月》《新华文摘》《中华文学选刊》《小说月报》等刊发并入选多种年度选本，出版作品集五部。曾获"三毛散文奖""湖南省青年文学奖"等。现为湖南省作家协会副主席。

猫　脸

◎陈　武

一

　　她学着猫叫，就像你在深夜里听到的那种猫叫声一样，根本停不下来。她把声音憋在喉咙的深处，节奏均匀，气息平稳，让声音贴着口腔缓缓而出，每叫一声之后，都拖带一种悠长而好听的尾音，深情、婉转，余音不绝。

　　我没有看到猫。我看到的，只是她撅起来的肥硕的屁股。我是在跑步时听到她的声音、看到她的屁股的。她的屁股裹在修身的长裙里，远处路灯照过来的光，被枝叶打散了，落在她的屁股上有点凌乱。我无法细看，因为我无法停下来。如果我停下来，看一个逗猫女人的屁股，怕引起对方的不悦。所以，我丝毫没有犹豫，就从她屁股边跑过去了。我身后还不断传来她拖着长音的尖细而暧昧的唤猫声——我怀疑她是在唤猫，不然，她怎么会学猫叫呢，她又不是猫。且慢，或许她就是一只猫呢，春天里，猫不都是这样叫嘛。

　　"喵……"

　　夜色已经很浓了。清明时节过后的4月中旬，春风十里的晴朗之夜，处处弥漫着花粉香和新鲜树叶、草芽的气息，我在"非中心"的便道上已经跑到第三圈了。"非中心"是一个庞大的商务区，数得上名号的公司有几百家。沿着围栏内侧的，是一圈平整而干净的柏油路，路两边是各种茂盛的植物，还有高大的道旁树。透过道旁树和修剪出不同形状的四季常青的观赏花木，能看到一幢幢钢架结构的写字楼。写字楼大都在四五层左右，每幢都有不同的造型。在楼与楼之间，也有绿地、花圃和便道相连。毫不夸张地说，这里的环境之美，堪比一座精心修整的公园，而且比公园更适合跑步。因为"非中心"就在我们小区的边上，隔着一条马路就可以过来。每到晚上，当各幢商务楼里的灯光渐渐熄灭后，"非中心"也随之安静了。我晚上下班回来，已经八点半左右了，再简单吃点东西，九点半时，就会来夜跑，每次五圈或六圈。我算过了，每一圈大约在十三分钟，五六圈下来，要占用一个多小时。可能是我夜跑时间太晚，在我记忆中，从未遇到夜跑的同好，也未遇到遛狗、逗猫的宠物爱好者，突然间出现一个嗓音如此娇欢、屁股如此性感的女人，让我在惊异之余，心生某种期待。期待什么呢？期待看清她的面目？期待她能知道我在跑步？期待我们能搭讪并相识？在深夜十点多钟，一个陌生的女人在无人居住的商务办公区找猫（学猫叫），这实在是一件诡异的事。是她家的猫丢了吗？还是她发现了一只可爱的流浪猫？想收养它？你知道，这个商务区里有不少流浪猫，它们经常出没于各个灯影暗淡处或两幢楼之间的阴影里，我不止一次地看到过它们，有时一个夜晚能看到多只不同的猫。在我不太有心的记忆中，至少看到过白猫、黄猫、灰猫、狸猫、黑猫和花猫。这些猫可能流浪时间太长了，生存能力很强，对人也比较友好，每次和我不期而遇时，并没有惧怕感或立即逃逸躲开。如果我也像那个女人那样，停下来唤它两声（当然不是尖细的叫唤），就有可能跟我回家了。

女人的猫叫声在我身后渐渐微弱下来，直到听不见了。但，吹过城市的微风中，似有若无的，仿佛还飘荡着她的声音，变得越来越急切的声音。我心里动了下，替她着急，突然加快跑步的速度——我想赶快绕过一圈，跑到她寻猫的地方，看她的猫找到了没有。如果她不介意，我可以和她一起找猫。从她唤猫的声音和她圆润而结实的屁股来判断，她年龄应该不大吧，我心理上的预期，她可能在三十岁左右，或三十五岁左右。这样的年龄，在深夜里和一只猫联系在一起，不能不让人有一探究竟的好奇心。

我跑过了南门。南门是一个封闭的门，从未见它打开过。又跑过东门。东门有两个保安在玻璃房子中值守，每次都看到他们在打瞌睡。东门一过，我开始在风中寻找那种独特的唤猫声了。东门离唤猫女人就该不远了。我跑步的速度不断加快，经过那棵巨大的枫杨树下，拐过弯，如果她还在，不要说她的声音能听见，甚至能看到她弓身曲背的身影了。但是，风中并没有她的声音，那种特有的唤猫声，没有再出现。我抬头向前方看去。前方依然幽静而深邃，明明暗暗的路灯和沿铁栅栏里侧的地灯，照射出的不同的光影，像一条迷幻的隧道。在隧道中，隐约看到一个影子在向我跑来，是她吗？我不觉放缓了脚步，注意着对方。在渐渐跑近时，我看到这是一个穿浅灰色运动衣和白色跑鞋的女孩，她身材高挑，步伐轻盈，扎着马尾辫，奔跑时，马尾辫在脑后欢快地跳跃。这又是一个新情况——首先可以确定，她不是唤猫女人，其次，她是自去年入冬以来我开始夜跑后，第一个出现在"非中心"跑道上的同行者。

那么，她和唤猫女有无联系呢？

幸好那个唤猫女还在。不过已经不是刚才的唤猫声了，而是换了一种声音，一种家常的亲切的"喵喵"声，"喵喵，喵喵……"声音不大，仿佛那只躲在绿化带里的猫，就在她眼前，已经向她靠近，伸手就可摸到，而又胆怯、犹疑地不敢靠近，所以，她的呼唤是温馨的、友好的、略带哄骗的。

　　我由慢跑变成了快走，在离她越来越近时，由快走变成了漫步。她还是屁股朝向窄窄的便道，而把脑袋几乎插进了绿化带里。这次我看清她的衣装了，没错，她确实穿一条长裙，抹茶绿色的，外罩一件白色的细毛线外套，看起来洋气而不花哨。

　　我站了会儿，其实不过两秒或三秒，便从路牙石上跨过，走到草坪上，凝视她饱满的屁股（因为最引人注目），轻咳一声后，说："猫咪丢了吗？"

　　她身体静止了。她一定是听到我的声音了。静止，是在思考要不要搭理我吗？也是两秒或三秒的样子，她直起了腰，掠一下短发，掠发的手还停在耳朵和肩的中间。她没有立即转身，继续背对着我。她身上被枝叶打碎的灯影所笼罩。由于她处在两盏路灯的交汇处，加上地灯射出的橘黄色的光，还有远处写字楼门厅里的那盏白炽灯，三种不同的光束，从不同的距离洒落到她身上，使她身上的各种暗影特别支离破碎，丰满的人体也变得魔幻起来，像极了一件艺术品。她侧了侧身，并未转过身来，说："是呀，猫丢了……你怎么知道？"

　　她的反问有点莫名其妙，嘴里不停地发出唤猫声，当我没听见？

　　"我听到你在唤猫——是你家的猫咪吗？"

　　她没再说话，而是转过身来。

　　当她的面目正面出现时，吓了我一大跳，她瞬间变成了一只大猫。她当然不是猫了。她不过是生了一张猫脸而已。她脸是圆的，眼睛是圆的，嘴是圆的，更搞笑的是，猫鼻子特征更为明显，加上枝叶割碎的光影投射到脸上，像极了猫的胡须，如果不是事先确定她是一个身材适中、略微丰盈的女人，我一定会把她误认为猫精。我吓得往后跳了一步，差点闪了老腰。还好，我不过是腿一软，恢复了常态，我不知道我在灯光、夜色和暗影的作用下会是什么样子，也会吓她一跳吗？没错，她正满脸惊悚地盯着我，眼睛里有两道冷冷的光。我很快适应了她的猫脸的神态，向她报以友好（实质是讨好中带有抱歉的意思）的一笑。

"猫咪？谁是猫咪？"她口气和她表情一样的生硬、冷漠，同时，一张猫脸也渐渐进化成了人脸。

我感觉到她话里的不友好，对我的搭讪心怀敌意。既然这样，我便不再想搭理她了。我后退一步，退回到路上。在这个过程中，我继续微笑着，还略略地点一下头，算我对她表示的歉意吧。如果她这时候转变态度，我甚至可以继续和她说点什么，就是帮她找猫，也是有可能的。但她的目光始终是拒绝的、厌烦的，我便摆开架势，继续跑步了。

二

隔天，在相同的时间，我再次跑上"非中心"的便道，第一个想到的，就是会不会再遇上那个长相酷似猫的寻猫女人？她那么小心，那么戒备，那么有敌意。她可能是太爱猫了，也可能和猫朝夕相处、耳鬓厮磨太久了，不然何以连长相都像猫呢？难道真的是物以类聚吗？她转过身、呈现出脸部神态的时候，感觉她就是猫咪，高冷的猫咪。她的猫找到了吗？她有没有找到或继续在寻找猫咪？这和我又有何干呢？好吧，不想她了，她就是在原来的地点出现了，我也不会再搭理她了。而有可能，她不会在了。昨天我夜跑的最后一圈，在途经她唤猫的路段时，她就不在了——有可能被我吓着了，也有可能没有找到猫而泄气了——我停下来，观察了那一带的地形，发现她寻猫的地方，正巧是两个树种（绿化带）的交接处，即红花继木和小叶黄杨的连接段，道旁还有一棵较大的悬铃木，我们通常叫它梧桐，或法桐。我在梧桐树下站了站，想想那道缝隙里，可能有过一只出没的猫，又继续跑下去了。

果然如我所料，她不在梧桐树下，这是显而易见的——你总不能期望一个不相干的人在某地干同样一件和自己不相干的事吧？可是，既然不相干，在发现她不在现场时，为什么突然释然中又略有遗憾呢？为什么又仿佛一件事情没有得到完美的解决呢？可见整个一天，我都在惦记着她，在那样一个时间段里，在那样一个夜风送爽、花香四溢的灯影里，一个怪异、诡谲且算不上漂亮的女人，在为她的一只猫而苦恼、纠结，一定有着某种特别的原因。但当我再次从梧桐树下跑过，并张望一眼两种绿叶乔木的交接处时，好奇心再次萌发，何不过去看看？虽然昨天的现场不可复制，虽然也许并无可看之处，我还是禁不住刹了车，启动倒挡，踮着脚后跟，向后快速退了几步，观察了一下。确实，那儿什么都没有，没有人，也没有猫。没有就没有了，鬼使神差地，我又继续向那里走了走，从红花继木和小叶黄杨的交会处，也就是昨夜唤猫女孩弯腰站立的地方（那儿有一条一拃宽的缝，如果侧身，可以走过去），向里望望——这不过是一种下意识的行为，也许只是想看看女人要寻找的猫，会不会突然冒出来。我不是时常会发现猫有这样的行径嘛，它们会轻灵地出现在某个路段、拐角、树杈或造型各异的暗影里，从容地散步或停下来打量你几眼，很少有慌张地跑过的时候。但我知道，猫天生有种狡诈和刁蛮的习性，智商超高，诡谲怪异；和主人在一起时，会装出温顺、可爱的一面，而本性中的冷漠、刁钻是改变不了的；所以，我们目睹的猫，都是一种假象。昨天夜里，唤猫女没有找到它，今天它能出现吗？

"喵——喵——"我也唤它两声。

并没有猫来回应。

但，也没有让我失望，我看到猫用来吃饭的碗了，带深蓝色花纹的瓷碗，不是一只，是两只，一只里有少许的猫粮，另一只里是半碗清水。我瞬间明白了，那女孩是来投食的，投猫食。她应该是个动物保护者，对流浪猫有着特别的感情。她昨天对我的态度，可能是以为我要搞什么破坏，就是偷猎流浪猫也有可能。现在我不怪她了。我心情好极了。我看了看四周，虽然没有发现猫的踪迹，感觉它们就躲在某一处地方，不是一只，是好几只，在它们饿了或渴了的时候，就会如在家般出来享受美食。它们不再受饥渴的折磨，而是享受到被关爱的温暖。我的心情也温暖起来，真的如沐春风了，再次跑上被灯影割裂的便道时，有一种惬意和幸福的感觉，仿佛是我得到了关爱。我还在想，也许在商务区的别处，在许多个角落里，或观赏石后边，还有多处这样的猫粮投放点。这些流浪猫，如果不是行走在去享受美食的路上，就是在享受完美食往回走的路上，呵，那该是怎样的和谐世界啊。

就这样，我跑了一圈，又跑了一圈，当我跑第五圈时，无意间瞥一眼梧桐树下红花继木和小叶黄杨交汇处的豁口，惊讶地发现两只闪闪发亮的绿光在乔木丛里闪烁，虽然我已经跑过了七八步，还是想到了猫。没错，那应该是一双猫的眼睛，只有夜色中的猫眼，才会发出那样的光。是一只饥饿的猫吗？如果它是来就餐的，我退回去不是打扰它了吗？但我还是刹住车，轻抬轻放地向后退了几步——我想看看它。它有可能就是我刚才唤出来的，它熟悉我的声音，甚至以为是我给它投放的猫粮，对我会很友好。

"喵——"我冲着猫眼轻唤一声。

就在我弓腰曲背，以友好的姿势向它接近时，那双夜明珠般闪着绿光的猫眼突然从绿化带里飞蹿起来，一团巨大的张牙舞爪的黑影更突然地出现在我面前。我被吓得飞了起来，脚下像装了弹簧一样向后飞去，后背重重地撞到了梧桐树上。在飞翔中，我看清隔着绿化带的，不是猫，是一个人。她的衣服仿佛是一件宽袍大褂，灰黑的色调上画着的图案，和灯光照射的凌乱的枝叶投影十分相似。看来她是经过精心化妆的。没错，她确实是个女人，而且可以断定她就是昨天晚上唤猫的女人，虽然她戴着一顶黑色棒球帽，还戴着一副特别的可以反光的墨镜，但那猫样的脸型不会改变。她装什么神弄什么鬼？喂猫就喂猫，这里躲那里藏的，把自己装成一只猫。昨夜里是嘴巴里不停地叫唤，让人误以为在叫春呢，现在又是这样的画风，想打劫？

"对不起……"没想到我开口还是道歉了。

但我立即后悔向她道歉了。她应该向我道歉。她吓着我了。

她没有说话，也没有立即走开，就这么看着我，像一尊恶神。

空气中弥漫着血腥味。我感觉到那种扑面而来的带着血腥味的凶相，新鲜而真切，仿佛血腥味真实存在一般，和她现在的形状特别匹配。没错，真的有血腥味。

我觉得这一点也不好玩。

我是带着慌乱和鄙夷之心，重新奔跑在"非中心"的便道上的。一边跑还一边想，什么玩意儿，真是自寻烦恼，跑你的步吧，别左顾右盼惹火烧身了。

那个穿白色跑鞋、扎马尾辫的瘦高女孩又迎面跑来了（她每次都是逆时针的，而我是顺时针），正好在南门内小广场的路灯下，那里有整个商务区最亮的一盏灯。可能是因为昨天也有相遇之缘吧，在擦肩而过时，我看到她似乎跟我微笑一下。我还没来得及反应，就跑过去了。我忍不住转头看看她，她跑姿很美，步态轻盈而潇洒。她就是个小清新，和那个作妖作怪的唤猫女人完全是不同的画风。是啊，要发现生活中的美，享受生活中的美，要避开没必要的烦恼。如果下一圈我们还能相遇，我也要回报她的一笑，即便她看不到我的微笑，也会感受到我笑的气息，友好的气息。不像那个唤猫女人，让人感受到的，只能是惊恐和一惊一乍。

三

如前所述，"非中心"的建筑都是不规则地分布在几个大块的区域里，区域和区域之间有弯弯曲曲的便道相连，楼与楼之间的花圃草坪里，也有更窄的小径互通。每幢楼都各有姿态，没有一幢相同的，有方的，有圆的，有菱形的，有三角形的，有长方形的，有平行四边形的，还有船形、靴形、球形和橄榄形，真是应有尽有。这些建筑的造型和分布，看似凌乱，实则取得是中国书法的技法，肥瘦得当，乱石铺街，隔行通气。我每天夜跑结束后，会随意地选取穿插在区域内的某一条便道，随心所欲地慢走，平静一下气息，放松一下肌肉。这些弯曲的便道上，路灯和地灯比我跑圈的路道上的路灯和地灯还要稀少，在灯影迷茫、暗香浮动的便道上放松因为奔跑所带来的疲惫，既轻松、惬意，又有点抒情。

正行走间，我就看到她了，那个逆时针跑步的马尾女孩。她在我的前方，正从一个弯道上走来。她的想法大约和我一样吧，每次夜跑结束，也会以散步的形式来放松身心。她身边的草坪和花圃里，迎春花还没有败，白玉兰在怒放，海棠花开了，桃花也开了，还有各种颜色的大朵牡丹，真是争奇斗艳，香气袭人。她对各种花儿的敏感肯定高过了我，她不是正一边走一边欣赏着路边的花圃吗？她可能是跑热了，把外套勒在腰上，看起来有点调皮和可爱，和奔跑时完全是两种不同的情态。我还没有忘记她在跑圈时对我微微一笑，虽然我也曾把微笑传递给她，谁知道她有没有感受到呢？便想着要不要主动和她说点什么。她还没有看到我。我们相距只有几米了。我正酝酿情绪准备开口时，她突然惊叫一声，是那种过度惊吓而发出的凄惨的尖叫，随即凌乱而踉跄地狂奔起来，几乎没有任何征兆，一头撞进了我的怀里。而我的胸怀并不能给她带来庇护和安全，仿佛地狱一般的存在，让她发出更加尖厉的叫唤，既短促，又战栗，声音还没有完全发出，又惊悚般地从我的怀里弹射出去，跳到一边。好在她迅速看到了我，认出了我时，"哇"地哭了。哭声同样的短促，只一声，或一声半，就惊魂未定地说："你……

你……你，啊，看到了吧？"

"啥？"

"那边，花圃里有……有鬼……"

我乐了，这个世界上哪有鬼？再说就算有鬼，鬼也不会让人看到的。人要是看到鬼，那就不是鬼了，或是真出鬼了。我安抚地跟她笑着说："你看到啦？"

她"嗯嗯"着直点头，和我保持着一个身位的距离。

我便看向那边的花圃，想看看她究竟看到了什么"鬼"。

她跟在我身后，还揪着我的衣服，说："一个大黑影子，像个黑色的大塑料袋，向那条小道飘走了。"

我看到，隔着一截彩色塑料栅栏，错落着几丛牡丹花，牡丹花丛的后边，分布着五六株海棠，在海棠树中间，有一个地灯，灯光直射树后的建筑。半人高的栅栏把花圃围成一个"C"字形，开口那儿有一条幽暗的小道，延伸进两幢建筑之间的深处。这儿的景观并不繁复，花是花，树是树，影是影，栅栏是栅栏，怎么能藏得住鬼？她可能也看出我的疑惑了，说："可能……可能在看牡丹……被我吓跑了，喽，顺着路……"

"谁？谁跑啦？"

"不知道呀……鬼啊……反正有个大怪影，跑进那黑里了。"

她说的"黑"，是两幢楼之间的一段狭长形花圃，那里没有地灯，中间有一条更窄的小径，只容一人通过。我向那里看去，在黑的远处，有一扇窗户，发着黄色的光，不算亮，或许是有百叶窗帘的遮蔽吧，果然显得颇有鬼气。

"那儿……"她又说。

我顺着她手指的方向看去，松了口气。原来在地灯前方，在牡丹花丛之间，有两只蓝花瓷碗，一个碗里是一点猫粮，另一只碗里应该是水了。我恍然了，笑着告诉她，可能是志愿者或动物保护者在投放猫食。

"怪不得……我看到过猫，鬼精鬼精的，还被它吓过一次呢。"她说着，到处望了望，仿佛猫随时都会出来似的。她已经不像刚才紧张时那么紧张了，恐惧和怕意也消散了，但口气还是有点急促："我最讨厌猫了！"

我也望了望，在四周，在极目所见的范围内，还有几幢建筑里有灯光，层数不定，一扇窗或两扇窗户里，灯光亮度不同，颜色也不同。这是之前没有注意到的。看来，这些白天很忙碌的大公司，晚上也会有个别人在加班。我的目光又越过狭长形花圃，落到黑暗深远处的那扇窗户上。那里会有谁？是那个马尾女孩所说的"大怪影"吗？还是怪异的唤猫女人？她们或许就是同一个人呢。她会有几个猫粮投放点呢？那里是她的工作室？还是猫粮仓库？我要不要去看看？

"干吗？"马尾女孩感觉到我的心思了，有点疏远地退后一步，说，"我要回了，再见。"

她快速离去了，是小跑着离去的，折回到她来时的线路上。我不便跟着她一起走。我们虽然说了几句话，还没有熟到那个份上。再说了，她也没有让我陪她走一段的意思，在深夜的、相对陌生的商务区里，大家还是保持距离的好——如果我贸然跟着她，她会紧张的。但她在转过弯道时，再次惊叫一声。这是一声清晰而嘹亮的尖叫。我看到，一只大黑猫从她面前横穿了过去。她没有等我去救她，而是狂奔而去。

我踟蹰了一会儿，没有向黑暗深处的灯影处走去。我也有点怕了。我看了看，马尾女孩跑去的方向，灯光亮度最大。好吧，我也向那个方向走吧。那应该是通往东门的方向，我以前似乎走过，前方有个较大的水池，呈葫芦状，在葫芦最细的地方，有一座仿古石拱桥，两边的台阶各有十五级。过了石桥，是一幢船形建筑。船形建筑的后边是一片桃花园。我喜欢桃花，喜欢桃花那一树一树的灿烂和整棵树的红。夜色中的桃花，也必有可看之处呢。

然而，我迷路了，前方并没有石桥和水池，也没有船形建筑和桃花园。在发觉我迷路的瞬间，我想到马尾女孩所说的"大怪影"。莫非她就是大怪影？她当然不是大怪影了。我自我安慰着，知道迷路并不可怕，只要顺着某条路，一直走，总会走到我跑圈的道上。我想尽快走到跑道上，找到我平时进出的、唯一在晚上开放的东门。

在一幢圆柱体写字楼的低层，在一处亮着灯光的窗户前，我被吸引住了。我看到窗户里有一个人在工作。我站在小径上，隔着三四米远的花圃，继续观察着房间。这是一间宽大的厅，装潢极其简约，白的墙，除了一张较大的工作台，余下的都是白墙了，没有其他摆设。但也不尽然，稍微换一个角度看，可以看到墙角处，长长的衣架上，陈列着一排衣服，似乎全是女装，又全是单色，白的、黑的，还有赤橙黄绿青蓝紫，全了。而在工作台上工作的女人，也穿一件亚麻长衣（分不清是裙装还是风衣），在衣服的领口处，也就是左胸，开着一朵玉兰花。她所做的工作，也是在衣服上画花。工作台上，平摊开一件鱼肚白色的女装，她很专注，正屏息敛气，拿一支油画笔，在画桃花（也许是梅花），一枝桃花。她很美艳，很干净，很丰润，皮肤也白，脸是鹅蛋脸，鼻子稍微肥大，但不难看。她画得不快，手里端着一个颜料盒，嘴里还噙着一支画笔。我知道了，那排衣服为什么都是单色了，她要在上面作画。她是个服装设计师吗？或是在做手绘服装？我似乎听我们办公室的女孩们议论过，有人专门在网上卖这种手绘服装，贵得要死！

我一直看到她把一枝桃花画完了，才想着夜色已深，该回了。就在我欲离开的时候，看到了一顶黑色的棒球帽。我心里微微一动，就在一个小时前，我还看过这顶帽子，它戴在那个唤猫女人的头上。没错，正是这顶帽子。在工作台的一端，有一个白色柳条筐，筐里同样塞满了衣服。棒球帽就搁在衣服的上方。她莫非就是那个猫粮投放者？从筐里露出的衣服一角可以判断，正是她穿过的夜行服。没错，一定是她了，怪不得初一见到她时，有种面熟感。

四

因为工作原因，我被调到位于东三环长虹桥边上通广大厦的公司分部工作了一段时间，临时住在团结湖社区的一个公寓里，我的夜跑，就转到团结湖公园了。到了十月末，才回到原驻地，继续到"非中心"坚持我的夜跑。

我几乎记不清四月中上旬的那几次奇遇了。老实说，那也算不上奇遇。和生活中许多意想不到的怪事相比，夜跑中遇到一个唤猫女人（猫食投放者）真的不算什么稀奇事，就算她是手绘服装设计者，那又有什么好奇怪的呢？但我在夜跑时，还是有所期待的，期待能再次遇到那个扎着马尾辫的瘦高女孩，或者遇到一只猫、几只猫都可以，就像以前一样，那是一种亲切的记忆。春天时，猫很多。现在是深秋季节了，猫应该更多了吧？或许还有新的繁殖。有了动物保护主义者的投食，它们应该生活得很好。对，那个女人，怎么样了呢？她那间大工作室还在吗？跑几圈以后，可以去找找看啊。我想，说不定，会在中途见到她在喂猫呢，也或许有新的奇遇呢。

中途没有见到喂猫女人，也没有看到猫的踪影，更没见到别人在喂猫，就连那个扎马尾巴辫的女孩也没有再度出现，甚至，整个"非中心"的跑道上，只有我一个人在夜跑。深秋的夜色，和春天还是不太一样的，落叶开始零落，风中有点凉意，有一种不知名的夜虫抖擞精神在顽强地鸣叫，似乎声音一停，生命就会结束一样。

现在，只有夜虫的鸣叫声或远或近地陪伴着我了。

我没有完成既定的跑圈计划。

你知道，我通常都是跑五圈或六圈的。今天只跑了三圈，小腿就沉重了，意识里就不想再跑了。我决定去找找那个工作室，看看那个曾经在衣服上聚精会神画画的女人在干什么。半年了，她还在干这个工作吗？

没费多少周折，我就找到了那幢圆柱体写字楼。

楼底大厅的灯果然还亮着。我在我上次站立的地方向里看去，发现这里正在举行一场艺术展。有一些人在观看展览。人不多，可以一眼数清人数，五人，只有五人。两个年轻女孩为一组，一对情侣为一组，还有一个落单的女孩。粉白的墙上稀落地挂着几件艺术品。正对着我的这一面墙上，只有六七幅，画幅虽不大，我依然惊讶地发现，这是一场以猫为主题的艺术展。每幅画上都是一只猫的头像，或者说是猫脸。没错，都是猫脸！可能是画艺太精湛了吧，猫脸非常逼真，甚至有一种立体感，要从墙上跳下来一般。这是什么效果？是灯光和画面互动的作用吗？这倒挺有意思了。我心里充满期待地绕过去，找到了展厅的正门，上面果然有小小的霓虹灯组成的几个字：现代艺术展。

展厅很安静。我推门进去时，正对着门的，是我上次见到的那个工作台，它被移到过厅里了。正在作画的也正是我上次见到的给衣服画桃花的女人，再往前说，就是酷似那个唤猫女人，或者她就是吧——半年多了，她似乎没有一点变化，化浓妆，着长衣，看不出她的实际年龄，三十岁到四十岁都有可能。她看到来客，似看非看地逮我一眼，若无其事地继续作画了。奇怪的是，她还是在衣服上画画。那排衣架上的衣服，就在她身后，上面挂着价目牌，低的两三千元，贵的一万多。有一个穿着很艺术的女孩在挑选。艺术女孩把一件画着白荷的红裙子，拿在身上比画着。我听到唤猫女人在说话，她说你的气质适合这一件。她是背对着艺术女孩的，怎么知道她在比画衣服？她声音轻柔、温婉，很好听，和当初唤猫的声音判若两人。我瞬间得出的判断是，这个艺术工作室，是以艺术展出为媒介，实际是以卖手绘服装为主的商业场所。我没有在她的工作区多作停留，就向展厅那边走去了。

里边是真正的展厅，才觉得这儿的实际面积，比从窗外看到的要大得多（可能是角度问题）。观看展览的也不只五个人，还有两个人在看一个喜鹊窝。这个喜鹊窝的特别之处是，它不是垒砌在树上，而是垒砌在地上，是一个真实的喜鹊窝，一看就不是人工仿造的那种。这也是艺术品吗？一定是了，房顶打下的一圈光，笼罩着喜鹊窝。我朝喜鹊窝里张望，看到窝里有一只小奶猫正在睡觉，那可爱的睡姿让人忍俊不禁。这有什么寓意吗？我想了想，没想明白。墙上的画，除了我在窗外看到的几幅，另三面墙上也分布着几幅，一样大小的白色画框里，嵌着白色的卡纸，阶梯形的三层卡纸，中间就是画——猫脸，全是猫脸。我一幅幅地欣赏，应该说验证了我之前的判断，画家的绘画水平真的很高，猫脸可以以假乱真，色彩运用精准，像极了真实的猫的脸，而且每幅猫脸的花色都不一样。让我感到奇怪的是，除了猫的毛发有差异，它们的表情都是一样的，惊慌、恐怖而绝望，特别是那一双双眼睛，仿佛受到某种惊吓。为什么都是一样的表情呢？我看一眼别在画上的小纸牌，上面写着画的名称：《看》，另一幅也叫《看》，每一幅都叫《看》，从"之一"，一直续到"之十八"。更为有趣的是，"之十八"不是猫脸，而是一张像极了猫脸的女人脸。我一眼就认出了这幅画的模特是谁了。没错，你也猜到了，她就是过厅里画画的女人——这一幅也叫《看》。明明画的是猫（人）的脸部，却命名为看。她下手也够狠的，把自己的一双眼睛画成了猫眼。那双猫眼比真实的猫眼还像猫眼。真的，太逼真了，她看到了什么才如此惊恐？我仔细看了看，发现画作并非单纯的画，实际上是一种综合艺术品，可以称之为装置艺术，因为猫的眼睛不是画上去的，是装置上去的……

每一幅画的猫眼都是装置上去的吗？我又回头看一遍。没错，都是。不得不承认，这些艺术品的制作太精妙了，逼真的画工，加上真实的猫眼……真实的猫眼……

我心里突然抽搐般地战栗一下，一股寒气油然而生，天啦！我想起了什么，情不自禁地仰起脸。反着光的天花板上，我看到一双眼睛。那是我的眼睛，还是猫的眼睛？我试图把心中的寒气吐出来，却倒吸了一口凉气，时光在我的脑海里迅速地倒流，深夜绿化带里那一声声怪异的猫叫声，伴随着一阵一阵的血腥味，再次从我的耳畔响起……

五

转眼到了来年春天，我继续在"非中心"的跑道上夜跑。

现在，不是我一个人在夜跑了，我有一个跑伴了。没错，她就是那个喜欢穿白色运动跑鞋的马尾女孩，她叫什么名字我暂时还不知道，但我想我马上就会知道了。我们这次邂逅，应该会产生实际的意义了。我们步履轻快、节奏分明，肩并着肩，向前方跑去。几圈下来，我们一边微喘，一边不约而同地走在各种建筑之间的便道上。便道两旁有许多盛开的花，空气里洋溢着花香，女孩的身上也有好闻的气息。春风轻拂，夜色温柔，在一幢圆柱体建筑前，我们不约而同地停住了。建筑里黑灯瞎火，高大的玻璃窗上，反射着远处灯光照射而来的橘黄色光芒。女孩看着窗户，静静地伫立，我能想象出她那肃穆的神情和内心的波澜了。过了一会儿，我说："多么漂亮的建筑，可惜空关太久了……你在这儿买过衣服？"

"是啊，挺漂亮的长衫，手绘的花卉，特精致，简直就是工艺品……"她声音很轻，"真没想到……她会那么做……会下得了手……那么多猫呢。我也真钦佩你，不是你在朋友圈公布那些画，还有你多次跟踪拍摄的照片，我们都被蒙蔽了。可是，难道你没有后悔？我不懂艺术，对她更不了解……她的画那么美，却浸润着那么多的血腥，什么样的功利又远离血腥和罪恶呢？被屠宰和被描绘的，居然是同一件物体……真是太可怕啦！"

她的话音刚落，一束黑色的影子从玻璃上飞蹿出来。女孩吓得一声尖叫，惊惶失措、无处可逃地一头扎进我的怀里，与此同时，花丛里响起一声猫叫。

我还没有消化她的话。她的话显然触动了我。更触动我的，是她的身体。我紧张的心跳能感应到她的心跳。两颗心跳即将统一到同一个节奏上时，她突然跳出了我的怀抱，跟我道了"再见"，就奔跑而去了。

2019年4月3日初稿完成于北京团结湖通广大厦
2019年8月29日定稿于北京像素荷边小筑

陈　武　江苏东海人，曾在《十月》《作家》《钟山》《花城》《天涯》《中国作家》《人民文学》等杂志发表文学作品，多篇小说被《小说选刊》《小说月报》《中篇小说选刊》《中华文学选刊》《作品与争鸣》《北京文学·中篇小说月报》等选载。中国作家协会会员，文学创作一级。现居北京。

镜　中

◎李路平

门外川流不息，老林却出神地看着镜子。

这个地方是一片20世纪二三十年代的老建筑，几纵几横，临街的石门上镌刻的店名，近百年过去，一笔一画依然清晰如昨，很有民国的味道，只是低头看打开的店门，却已然对不上号了。比如门头上明明写着"××书局"，现在热闹的店面卖的却是餐饮；又比如门头上写的是"××银行"，这么大一个地方，如今很有可能是卖服装或卖旅游纪念品的。不知道从哪个时候起，人们热衷往古旧的地方跑，这里就慢慢变成了旅游区，慢得连老林都没有察觉到。

小林不知道在哪里，这些日子父子俩一直在闹情绪。老林专注地看着前面的镜子，偶尔微笑，然后嗫嚅些什么，几乎没有声音，总是听不清，他有时还会辅以手势，似乎就怕镜中的什么听不清楚或领会不了。路过的人偶尔会朝着店里张望一下，店面不大，很快就会过去，但凑巧看见老林这番模样，对着镜子自言自语，他们也会诧异不已，思忖着这个店主是不是因为生意惨淡，已经变疯犯傻了。

镜子其实就是梳妆台上的镜子，一看就比较古朴，暗红色材质的镜框雕琢了很多花朵纹路，与梳妆台巧妙地连成一体，看着喜庆祥瑞，大概是由于时常擦拭的缘故，镜面干净明亮，反射着门口散射进来的光线，精心雕饰的框面就像刚刚上了清漆，有一种水润的色泽。老林的头发已经灰白，脸型瘦长，都是灰暗的褶皱，高鼻梁，嘴唇紧闭，胡须稀疏，眼睛四下察看时显得倦怠无神，才五十出头就像个老头子，但只要一坐到镜前，他的眼睛就变得熠熠有神了。

其实堆靠在梳妆台边上的，都是各式大小形状镜子，也有一些透明的玻璃。靠墙的地方堆积着各式木料铝材，有的已经做成了模型，比如镜框的一个角架，或者一个精致的台面，大大小小五颜六色；有些是从工厂送来的铝材和压制加工过的木料，明显是机械印制的花纹；有的还上了漆；有些木料形状和花色比较罕见，是老林按照记忆里的图纸雕刻出来的，不过似乎没有多少人青睐，料子上已经铺上了一层细细的灰尘。

老林的这个店面是做镜子的，原本没有店招，以前方圆几里地，都知道定制镜子找老林家，不会认错门。可是改革开放后，需要定制的人变得越来越少，市面上卖的镜子式样眼花缭乱，五花八门，看都看不过来，老林家渐渐门庭冷落。迫于生计，老林近些年开始承接玻璃加工，并渐渐成了主业，他就用毛笔在白板上写了"玻璃加工"四个大字，附带写上"定制镜子"几个小字，算是没有丢掉祖业，早上开门就把板子靠在街面的石柱上。

当初老林的祖父辈家境殷实，盘下了这个店。当地的风俗尚美，家家户户都有一个装饰华丽的梳妆台，或是几面赏心悦目的镜子，生意一度红火，雇了几个工，帮着打下手和送货。祖父和父亲都是心灵手巧的匠人，手里拿着各式刀斧，能把一块普通的木料雕琢出形态逼真的草木鸟兽，把这种手艺和光可鉴人的镜子结合在一起，更加如梦如幻，受到了很多人的喜爱，大家都以有一面林家制作的镜子为荣。老林一出生便耳濡目染，从小也跟着大人学这门手艺，心底对其有着一种近乎本能的热爱，手里力度的拿捏比一般人就好，仿若万事万物只要看上一眼，就能将手里的料子随物赋形，做得真假难辨。他几岁做出来的东西，让大人稍稍加工，很快就会被进店的人买走，这种激励让他更深地沉迷进去。

这种境况在他二十多岁时有了一个转变。喜爱拿捏道具的他，似乎所有的天资都被赋予这一件事情了，到了读书的年纪，他带着大名林长水踏进学堂，可学业并不像大人们期望的那样也是优异拔萃，反而可以用不堪来形容。他根本就学不进去，上课时总是痴痴地看着一件东西，目光定定的，好像神游世外。老师批评他，他就开始逃课，直到被大人逮住，好不容易让他读完初中，可以识字写信和算数，就不再强迫他了。从此他便整天待在工房里，琢磨这块木料，打量那块镜面，凑近又拿远，要不就放下，在院落中来回踱步。

这样的生活并非总是如此，时不时店里人手忙不过来，他的耳边就响起"长水、长水"的叫唤，要去外面帮这帮那。有一次他也是这样被叫了出去，母亲要他过来替人结账，他们都忙着招呼顾客了。

他坐在柜台前结完账，又起身往里走，眼角随意地一瞥，看见门沿边有个姑娘，入神地看着门口的一面镜子。她穿着一身素净的衣裳，白麻的衣料，裤腿宽大，露出一截小腿，脚下是一双简单的白花布鞋，背上背着一个竹篓，沿口露出了一大片青色的叶子，看样子应该是山里人。她黑色的长发应该是走了远路的缘故，松散地拢在后面，白净的额头上沁出了一些细小的汗珠。他远望见她微斜的侧脸，阳光刚好打下来，仿佛为她优美起伏的轮廓上镀了一层几近透明的玉边。他原本急匆匆的脚步忽然就停了下来，一双眼睛盯着她看，被琐事打乱稍感不平的心，此刻居然热烈地跳动起来，好像不用手用力捂住，就要从胸口跳出了。

也许这束热烈的目光已经蕴含了力气，探在她身上就有了感觉，让原本无人招呼的她，抬头与他对视，就这一下让她回过神来，双手绞在一起快速地走了过去。他跑到门口向外看，一片熙熙攘攘，早已掩去了她的行踪；他又出到门口往她走的方向找了一会儿，还是没有看见，便怅怅然地拖着步子，回到了后院。

然而随即他就发现，当他拿起之前放下的料子，他心里想的已不是如何将它打磨雕琢，而是门前照镜子的姑娘，这让他心烦意乱，没有心思再钻研什么。他魂不守舍的样子，没几天就被细心的母亲察觉到了。母亲面前没有秘密，他便将自己那天的所见，以及此后不由自主的烦恼，一股脑全部吐露出来。母亲一面安慰他，一面也暗暗寻思，在他们这里，按理男子十八岁就开始说媳妇，他都二十好几了，一直执拗地不肯服从他们的安排。原本这样的家业，媒人不知道来过多少次，母亲每次和他提起，话还没说完就被顶了回去。事情拖到现在，她也有些焦头烂额了，没想到这次他有了中意的人选，便不禁感到喜出望外。她虽然嫁过来是门当户对，但并不老派，听他的描述，知道他喜欢上的是一个山里女孩，她并未阻拦，因听了他的话，她也不知不觉很想见一下这个姑娘。

老林从镜中回过神来，他把凳子稍微移了一下，看着门外，街对面连着几个店铺，从前都是卖文房四宝之类，现在全部变成了餐饮和小食铺，往来的游客走走停停，那里的人总是忙不过来。中华人民共和国成立前这里曾经热闹一时，随即就萧条了，后来又变成了旅游景点，重新热闹起来。这也就是近十来年的事，跟这个城市的开发进程相当，虽是沿海小城，如今和外界相比，还是有很长一段差距。

自从镜子的销路不好之后，他的店铺一下子暗淡了很多，尽管里面摆放的都是镜子，却没有光泽，未曾察觉就降落的灰尘，已经将所有的镜面覆盖了，除了他眼前的这一面，其他的他已经懒得去擦拭了。就是这面，他也有想过不去管它，但心底总是被一种什么东西牵扯，让他不由自主地走近来，拿起布将它细细地擦拭干净，然后独坐在它面前，默然地相看一天。

他的手艺已经被机器取代。说是取代或许也不确切，现在来到店里的人总是就急找他加工玻璃的，如今到处都在拆迁改建，住建器材长销不衰，大店做不过来，像他这样的小店就会有人找上门，要他多久做好，到时候派人来取或者包送过去。他根本就没有时间，也没有机会再从事他的老本行，至多在脑海里演练一遍，实在手痒，就捡几块木料过把瘾。那些散落堆放在店里的镜子，差不多也快被儿子扔出去了。

说来也真奇怪，小林虽然是他的亲生儿子，除了不爱读书像他以外，便哪一点都不像他了，勉强读到高中毕业，没有考上大学，就开始了半工半闲的日子。刚毕业那会儿，有段时间他还跟着几个和他一样没读大学的同学，一起去省会打工，没过几个月嫌工作太累、工资太低，独自辞工回了家。此后就不肯再出门，附近有什么事做，他就出去做几天，没有就在家睡觉，睡醒了就坐在店里，看着老林蹲在地上装钉窗户，有时忙不过来就搭把手。

大部分时间，他们俩同处一室，却很少说话，老林觉得自己看着他长大，二十多年快三十年了，好像还没有摸透他的性格，不知道他的心里在想些什么。小林要么在房间里睡觉，要么坐着发呆或玩手机，父子俩好像从来没有什么需要交流的。老林曾经给他讲过祖上的事情，最初他听起来有滋有味，可是不读书以后，老林的话一有回忆的苗头，小林就找个什么把话头岔过去，要么就干脆回到房间，把门关上。前些年，老林听街面上其他人家的子女回来，说广东那边好挣钱，有次吃饭的时候便和小林提起，他居然无动于衷，过了几天再和他说的时候，他居然说"要去你去，反正我不去"。让老林一整天心里都不是滋味。

老林觉得，小林对他这么大的意见，就是因为记恨自己没有照顾好他的妈妈。其实小林对他妈妈并没有印象，虽然家里留有他小时候妈妈抱着他的照片，但他的记忆里却总是想不起她的样子，只能借助以前的照片去回想她。

他这么多年，一定受了很多苦，受了很多委屈。老林想，不是有首歌就是这样唱的吗："世上只有妈妈好，没妈的孩子像根草。"虽然自己一直努力让他吃饱穿暖，一直供他读书，但妈妈的温暖，自己是怎么做也给不了的。小的时候还好，骗骗他还能瞒过去，大了就不行了，知道妈妈再不会回来，他便不再问起，整个人忽然就沉默了下来。

老林记得有一次，小林大概十五岁的样子，上课的时候跑回家里，满头灰尘，校服都被扯烂了，一言不发地从他边上走过，传来一声摔门声。那几天他都没问出个所以然，后来从他同学口中才知道，那天他们班上体育课，小林打篮球的时候投篮总是投偏，丢了一些分，有的同学就开始骂起来，说得有点难听，小林气不过，几个人开始拉扯，他们骂小林有妈生没妈教，小林就火了，和他们扭打在一起。

他真的相信了妈妈是后来生病，没有医治好才离去的吗？老林每次想到这里，平静的心就会变得慌乱起来。

那时她就像消失了一样，有大半年时间没有在门前出现过。看着他心烦意乱的样子，母亲宽慰了很多次，却不见什么成效，几乎就要劝他放弃，准备再安排其他女孩相亲的时候，她再次出现在了店门口。

母亲最先发现了她，自从他开始心灰意懒，整日无精打采之后，母亲暗自问询了一些人，都说对这样一个女子没有印象，大概是很偏远的山里人吧，他们都这样回答。她甚至在没有顾客的空当，去街头向一些附近山里来的山民打听，还是没有结果。她这样出神地看着镜子的样子，就连母亲也被吸引住了，她一下子明白过来，就是这个姑娘带走了儿子的心。她让一旁的伙计去里面叫长水，一面迎上去，问那个姑娘是否要买镜子。姑娘说她不买，这里的镜子对她来说太贵。距离第一次照见它，已经是大半年前的事儿了。这句话说得很轻，就像是说给她自己听一样。母亲明白了什么，又问她，你长这么大，从来都没照过镜子吗？她说，你说我才知道这个就是镜子呢，我们那里的人都是照水，水静的时候更好看，水流的时候就只能看见一个模糊的影子。说出来你可能不相信，我上次才第一次看清楚自己长什么样子。说完她的脸就红了，慢慢垂下头去。母亲看见她这个模样，不由自主地说，你知道自己长得有多好看吗？

此时他已经站在她们边上，好像换了一个人，脸上都是惊喜和痴迷的表情。母亲反应过来后，就拉着姑娘往里走，让她进来多看看，看多久都不要紧，把她带到里面坐下来。她没有山里姑娘的拘束，更多的是自然随和。他跟过去，忽然唐突地问道，你怎么那么久没有过来这里了呢？她看了他一会儿说，那次回去不久，父亲上山打猎，枪打偏了，被猎物所伤，被一起去的人送回来时，已经陷入了昏迷，过了很久才醒过来，但已经记不起我们了，他在床上时昏时醒，熬了半年就走了。说到这里，她的眼里已经充盈了泪水，但接着说，我和母亲在家里照顾了大半年，父亲一走，母亲因为伤心也病倒了，我这次来，是带一些山里的东西出来卖，换些日用的东西回去。

母亲的眼角已经湿润了，拉着她的手安慰了几句。他不知道说什么，就木然地站在那里。这次把她送出门时，母亲要送一面镜子给她，她婉言谢绝，不肯接受，说以后宽裕了，再来这里买。母亲看着他的样子，对于他的心思了然于心，不久就带着几样封装好的礼品，亲自带队去山里提亲，这件事，便最终确定下来。

在一起后，他发现她非常喜欢照镜子，那个样子似乎要把前半生没有照过的镜子都照完一样。他问她，你怎么那么喜欢照镜子呢？她说，我第一次在这门口照镜子时，就被这种东西吸引了，出现在镜子里的那个人，我起初不敢确定她到底是谁，不敢确定她就是自己。我的魂儿好像在照见的一瞬间，一下子就被里面的那个人吸过去了，她好像比我更像我自己，更是我自己。他一时难以理解她的话，就问，那次你为什么看见我后就跑出去了，是我这个样子，吓到你了吗？她低头一笑说，我当时有了灵魂出窍的感觉后，忽然看见你远远地看着我，就像是镜子里另一个人的眼睛在注视着我，我忽然感到一阵惧怕，所以慌不择路地跑走了。你现在问我，我才知道，我并不是害怕你，而是害怕一种更新奇神秘的东西，它从镜子里钻出来，一下子就抓住了我。

你一下害怕一下喜欢的，把我越说越糊涂了。他说着拉过她的手看起来。她把手伸过去，紧紧和他的相握着说，就是那次我被镜子抓住了，所以现在想摆脱也摆脱不了呀。当婆婆过来我家提亲的时候，我清清楚楚地看清了自己的宿命。她的目光落在镜中，有一种未曾有过的平静。

既然你喜欢照，那我就给你做一辈子的镜子。

小林昨天晚上因为结婚的事情，和他吵了一场。老林犹记得他刚出生时候的样子，转眼就到了成家的年纪，恍然间岁月流逝，仿佛没有留下一丝痕迹。

他的女朋友杨美丽，老林现在回想，很难想清楚她的样子。交了女朋友之后，小林似乎变了不少，开始有更多的话和他说了。不过这些话在他听来，并不是体己话，而总是有那么点让人不舒服的地方。最开始的时候，小林有意无意地流露出想接手这个店面的意思，说老林做了几十年，也累了，而自己到这个年纪，很多事情都可以挑起来了。老林想了想也是这么回事，自己也确实累了，手里没力气，经常想找个地方坐下来，可又想到玻璃加工和制作镜台毕竟是手艺活，他接手了，谁来做呢，光靠他平时搭把手就会了吗？当老林把这些疑问对他说时，他又变得急躁起来，责怪老林想得太多，太不相信他的能力。老林选了个折中的办法，建议再带他两年让他上手时，他就开始骂骂咧咧。老林记得他是这样说的，你就是自私，就是不想让我早点独立。

　　难道世间还有父亲阻止儿女独立的道理？即使有，老林也是没有听说过的，他不过是想让小林更顺利地接手他的工作，而不是随手一抛，管他能不能接得住。老林是渴望他尽快接管这里的一切，甚至接管他的生活，他不愿再逃避，也不愿再面对。老林能感觉到，自从妻子离开后，自己急剧地衰老是真实的，自己无时无刻的疲累是真实的，自己对世事越来越明显的倦怠是真实的。如今支撑着他度过每一天的，是摆放在店里的那一个梳妆台，是梳妆台上那一面擦拭得干干净净的镜子，他只要坐下来面对着它，就能看见她就坐在他的对面，温柔地对着他微笑，知晓他心中每一个想法与芜杂的心绪，让他平静，让他丰足。

　　然而小林并没有体会到他的良苦用心，那次不欢而散后，两个人又变得说不上话，小林白天时常不在家，夜里也是很晚才开门回来睡觉；偶尔在家里，老林对他说的话，他也装着没听见。小林昨晚再次主动和他说话，是想让他关了这个玻璃加工店，换另一种生意做。他说，你想想这里是什么地方，看看周围都在卖什么，大家都在忙着想办法挣游客口袋里的钱，就你死守着一个没人光顾的店给人划玻璃，现在玻璃都没人找你划了，因为来这里的成本太高了。你说你这样顽固到底是为什么呢？

　　这里确实变成了南方一个很知名的旅游景点，周围的地价也迅速地飙升起来，随之而来的是房租也涨了许多，这里卖的各种东西，比古城外的不知贵多少。这里的繁荣让地方上更加重视，所有的建设和规划都由他们主导，他们也劝过老林几次，说在这里开个这样的店，无疑是自寻死路。当然他们不会说得这样直接，但意思分毫不差。有好多次，老林出门办事，回来的时候走了一路，几乎误以为自己走错了地方，周围都是浓郁的商业气息，不是经久不息的音响声，就是弥漫浓郁的烤肉和甜品香味，要不就是夸张绚丽的店招，即使在白天也闪烁不停。当他回到自己的店门口时，才发现这里是那么破落和灰暗，很难使人留意，即使被人留意到了，也会以为正在整改，不多时就会变成一家餐饮或服饰店。一切变化得太快了，老林想，但到底是时代发展的速度太快，还是他的脚步太慢了？镜中方一日，世上已千年。

他真的说不清楚自己在坚持什么，但说到要换种营生时，内心分明是极其抗拒的。这些年来的惨淡经营，他未尝不是心知肚明，有那么一些时候，他的店里连续几周没有生意，他只好将食量减半，把一切用水用电都降到最低，那些勉强度过的时日，此刻仍然记忆犹新。虽说小林也会接工做活，但这样的生活无疑是在消耗与毁灭，而非积累与创造。作为一个父亲，怎么可以这样专断，不为子女着想，不肯变通呢？想到这里，他便真的感到无比愧对小林了。

她入门后，他就真的用上好的木料，花费了一个多月的时间，精雕细琢为她做了一个镶嵌有一面大镜子的梳妆台。他巧妙地利用木料本身的纹理和形状，将镜子包合起来，又与妆台衔接。无人坐在台前时，这些雕琢的细节就像镂空的枝蔓，仿佛时刻都要向着四周生长开来；当她端坐台前时，镜中呈现她美丽的样子，这又像是一块契合无比的镜框，每一帧，都是能在时光里久留的影像。

他又恢复了往日的激情与创造的灵感，整天埋首在工房里，迷醉于创造带来的快感，以及和心爱的人在一起的甜蜜。他那个时候制作的镜子，在进店的顾客看来，总会生发出一种恋爱的感觉，不知不觉就会让人感到喜庆。此后很长一段时间，本地的女子出嫁，她们的父母都会提前到店里，要为女儿定制一个漂亮的梳妆台。有人看过他制作的镜台后，夸赞说古时候就有过把梳妆台当嫁妆的，没想到现在又开始流行了，你真是凭借一己之力，恢复了一个传统呀。说得他不好意思，但又扬扬自得起来。

他们怎么知道，他的这种无与伦比的创造力，其实都是她的功劳呢。每当他这样和她说，她就会笑着回答，我怎么会有这样的能力，都是你的功劳呢。她总是闲不下来，每天都围着他转，为他提供一切便利，每当他做出一个新的镜台，她都是第一个端坐前面的人。只要她一坐过来，他就能发现哪个地方堪称完美，哪个地方又需要改进，她就像他心里的一把标尺，无时不丈量着他创造出来的每一件艺术品。她也乐于做这个事情，只要一坐在镜前，她心里一切芜杂的思绪都变得澄澈透明，她看着镜中人的一举手一蹙眉，一侧身一低头，仿佛不是自己在引导她，而是她在引导着自己。她既在其中更清楚地认清自己，又在其中沉醉迷乱，那虚拟的影像在她眼里，有着更为鲜活真实的意味。

他的手艺日臻成熟，父母也渐渐放手，把店铺交给他们打理。他们对这个媳妇也很满意，虽然在山里长大，但进了城里，万般事务都应付自如，好像天生就具备了这种能力。她也对他们很好，朴实善良，心灵手巧，把他们照顾得尤其舒心。

只是有一点，他们越来越感到焦心，结婚几年了，她居然还没有怀孕。他们的儿女心开始加重，想着放手之后自己还有力气，可以帮着他们两个把孩子带大，可左盼右盼，都没见他们提及此事。有次母亲把他叫到房间，细声问他，他以还没打算要孩子为由，搪塞了过去。过了一段时间，她又把儿媳叫过去，问了同样的问题，她低着头，欲言又止的样子，终究还是没有让母亲知道个所以然。

他们怎么会不想早点要个孩子呢，可是尽管他们非常用心，还是未能如愿，直到他们俩为此变得寝食难安，就编了个幌子，说要去外面游玩几天。两个人来到省城大医院做了检查，检查的结果是他的问题，他的精子数量少，而且活力不足，所以每次房事怀孕的概率都特别低。回去后，他们暗中按照医生的建议调理，还是不见起效，这件事被细心的母亲发现了，她开始想方设法给他找偏方，可是试来试去，终究没有试出个结果。老两口默默地承受着这一切，有一次父亲出去散步，那天刚好下过一场小雨，路面湿滑，他刚跟邻居打完招呼，就在新街口的麻石上摔了一跤，中风后半身不遂，在床上整整躺了三年，每次看着他们就转开脸，嘴角流着涎水，眼里流着泪，后来便离世了。母亲心里积攒下太多的痛苦与遗憾，对他们也不知道应该再说些什么，不多时就追随着老伴离开了这个世界。

一下子送走了两位老人，他们的痛苦可想而知，两个人很长时间都无法做出什么亲密的举动，每每想到父母，他们身上的愧疚感就愈加沉重，在心里，父母就是被他们害死的呀。他也无法继续像从前那样创造了，只要他拿起工具，雕琢制作出来的东西无形中就有了一种苦气，让人看过之后不知不觉就会悲伤起来，人们也就自觉离这家店远远的，他们需要的是让人感觉愉快和喜庆的东西。她也不敢独坐镜前，因为她总觉得镜子显现出来的不是她自己，甚至不是熟悉的"她"，而是更为诡异和可怕的影像，它们失去了坚实温暖的原形，变得模糊而扭曲，好像什么灰暗不安的东西纠缠扭结在一起，呈现出狰狞的面孔，令她不能直视。

正当他们渐渐缓和过来时，她发现自己怀孕了。喜悦与痛苦交织地折磨着他们俩，他们甚至不知道眼里流出的泪水，是太过喜悦，还是太过悲伤。他放下手里的事情，开始一心一意照顾她，专心致志地等待着孩子的降临。

老林在店里走了一遍，才想起小林赌气，上午出门去了，一直没有回来。

小林有过几段感情经历，老林一点也不清楚。这么多年，他也带过一些女孩子回来，有的来过一次，有的几次，刚开始老林还很欢喜，后来渐渐就不闻不问了，只知道小林现在的女友来过家里两三回，只第一回叫过他一声叔叔，其他两次都是偎在小林怀里，一路穿过店堂，好像没看见他，一点声音也没有。这些日子她忽然提出要结婚，但听她的意思，这婚要能结成，也不是那么简单的事情。她透露出来的条件很高，光彩礼就要十多二十万，没这些什么都免谈。她还说自己不能和他一直这样耗着，她耗不起，如果今年结不成，那他们只能分手。

老林不知道现在的女孩子是怎么想的，想当年，他娶她的时候，女方几乎什么都没要，那个卧病在床的老娘说，你们能看上我闺女，是她的福气，我看这丫头对长水也是有意，我也没什么要求，就希望他们能够过得好。虽然那时他的家境不错，但在婚姻这件事上，着实没有什么花费。也许是这二十多年来，后辈人不像他们，都争着赶着往外走，见过了世面，也有了新想法，对待婚姻也是一样。但小林喜欢她，这从他看她的眼神就能估摸出来。有一次，老林一个人安静地看着镜子，小林送她走后，进来对他说，爸，你以后少照一点镜子可以吗？老林很奇怪，难道小林不知道他为什么喜欢照镜子吗？小林明白他的疑惑，叹了口气说，美丽看见你这样子瘆得慌。我和她解释过，可她觉得这就是个笑话，不是妈疯了就是你疯了，她还怀疑我以后会不会精神不正常呢。

还没变成一家人，小林已经连妈都不要了。老林想骂他一顿，可感觉自己没有底气，小林找个女朋友也不是容易的事情，拖到二十大几，还不是因为家里没钱。做父亲的责任重大，是自己没有为他积攒下点什么，其实看他这个样子，自己也烧心。老林拿起一块布擦了擦镜面，起身不自觉地往屋子里走去。

他一直想随大流，将这个半死不活的店子改造一番，哪怕就是做个小卖部，这人来人往的，一天下来也能卖出很多货。可每次他这么想的时候，他最初遇见她的情景就会在他的脑海里闪现出来，一切都那么真实，就像现在正在发生，她就在他眼前，痴痴地望着那面稍微朝向店门口的镜子。他甚至可以想见镜子里，她的容貌清秀，随意搂着的黑发丝丝毕现，上午的阳光就像一场雨，把一切都清洗得明亮干净。随着这些场景的显现，后来那些美好而短暂的日子，便如流水般在他的眼前一一流过，看着这个店里的东西，看着这个梳妆台，以前的一切就能定格下来，他就感觉到一切都没改变。

每天夜里，小林在的时候，老林都能听见他在床上辗转反侧，难以入眠。也许杨美丽又和他说了什么话，下达了什么期限，老林觉得那个女孩子不怎么靠谱，至少第一眼看见她，就没有当初看见小林妈的感觉，她们两个太不一样了。但这样比较有什么意义呢，老林想，小林和他还大不一样呢，只要他喜欢就好吧。他能做的，就是多给他攒点钱，实在不行就换个好的营生，想到这里，他的心就像被什么抽了一下。

白天他为这个事情忧心，都难以静下心来坐到镜前，想着有什么办法可以增加一些进项。收拾起原来的手艺明摆着已经不现实了，这些匆忙走过的身影，似乎谁也不会停下来，再为一面古拙的镜子着迷，他们更愿意掏钱去买那些更"现代"的东西，甚至连街面上的窗户，也少有人来找他做了，听说他们都去大工厂定做，虽然未必做得好，但是用机器，就是快。

怀孕之后，她又开始喜欢上坐在他为她制作的梳妆台前，以前镜子里的群魔乱舞消失不见，一副副平和的面容重新出现在她的面前。她时而看见的是现在的自己——因为营养跟了上来，从前俏丽的面容如今显出雍容富贵的样子；时而看见的是公公与婆婆的身影——他们的表情不再愁苦，而是笑吟吟的，一副安详满足的模样；时而又看见未来的自己——带着孩子，随同丈夫走在春天的田野里，一家人其乐融融。镜子给她的不再是从前梦幻般的吸引与迷醉，也不是无可自拔的深陷，而是如时光隧道连接着过去与未来，是一种现实与虚幻的融合，仿佛只要愿意，她就能随意穿梭其间。

因为倏然而来的希望，他把所有的心思都放在她的身上，放在这个未曾出世的孩子这里。家中微薄的积蓄渐渐花光之后，他又开始接受订单，首先把那些看着令人悲伤失落的镜台撤进院子，放到一个杂物间里，接着把一些新制的喜庆祥和的镜面摆放出来，令人望而却步的店面，才终于又有了客人的走动声。

她也想尽自己的力气帮一些忙，都被他挡了回去，看着他跑进跑出，汗流浃背的样子，她又心疼又幸福。每每这个寂寥的时刻，她就会坐在镜前，镜中风云早已平歇，她似乎从来没有像现在这个样子，这么清楚地认清自己。镜中人不是其他任何一个，就是此刻的她，她不再像从前那般虚幻与单薄，而是真切与触手可及，她伸出指尖轻抵镜面，镜中人也是同样的动作，她感触到的不是玻璃的冰凉，而是一种体肤的温润，还有一丝触电般的感觉，犹如一阵风快速地吹进身体里，又忽然抽离，带走了什么，好像又留下了什么。

开始正常营业之后，他心里也有一个秘密的想法，既想给她一个惊喜，也想给未来的孩子一个礼物。他想给他们做一面世上独一无二的镜子，让它成为一种快乐的源泉，而不只是为了实用；让它映照一切的美好，也保留一切的美好，或许还能够像花草一样，生长和释放出一种叫美好东西。他能够做出来吗？她每次看见他兴冲冲的样子，在一个房间里做着什么，就想问出一个所以然来，他一见她就停下手里的事情，赶紧把门锁好，每次都说："因为我是世界上最幸福的人啊！"

这样的幸福持续了九个多月，他的礼物也差不多完成了。这其实不是一面镜子那么简单，而是将一个不用的房间改造成了一个镜房。里面精心制作了各种镜面，然后将它们组装在一起，所有的镜子都巧妙地相互映照着，有些像放大的万花筒，但又不像。它没有万花筒那种眼花缭乱的感觉，但又确实显得乱花渐欲迷人眼，它不会让身在其中的人不知身在何处而心生恐惧，但又确实会被每一面镜子里的影像所迷醉，仿佛穿行在无数个空间，仿佛身体在空中飞翔，而不是踩在地上。他抑制不住心里的喜悦，想要快点让他们进去看一看，但又只能苦熬着剩下的时日，耐心等待孩子的降临。

那天他正在店里擦拭镜面，忽然听见后院里她的叫喊声，那种声音显然充满了疼痛与不安，他丢下手里的抹布，顾不上擦干净手就跑了进去。只见她痛苦地坐在地上，一只手摸着肚子，另一只手抓着旁边的桌腿，边上是一个歪斜的矮凳子，不远的地上有一根甩出去的鸡毛掸子，她的下身已经流出了一摊暗红的血。他一把将她抱住，用了几次力才将她从地上抱起，慌慌张张地往外走，街面上的人看见他这个样子，又看见半昏迷的她，就一起帮着送到了医院。

孩子保住了，可是她却因为产后大出血，虚弱地躺在洁净的病床上，嘴唇变得苍白，眼神也变得涣散。他紧紧抓着她的手，泪眼婆娑地坐在一旁，哽咽着说，是个男孩子，和你一样好看……她微微转过头朝向他，嘴角挤出一丝浅笑，说我不知道会是那个样子，我都在镜中看见了我们仨一起的模样，我没看见会是这个样子……

失血让她的身体几乎没有什么力气，呼吸更是薄弱，她喘了一会儿，脑袋转了一下，看着虚空中的什么说，镜子，镜子……你以后如果想看我，就照镜子吧，我要回到镜子里去了……我就在那里，你看着镜子，我也在看着你，你就能……看见我……断断续续说完这些话，她面带微笑，再也没有醒来。

她离开以后，他有很长一段时间不敢照镜子，甚至是摆在店里的没有处理的原材料，他也把它们收拾得高高的，镜面朝着墙壁靠着。那个为她打造的梳妆台虽然一直放在那个地方，但镜面用一块布遮了起来。他不是不想她，而是日日夜夜，无时无刻地在想，但又不敢看见她，他害怕自己受不了。这样的痛楚折磨了他几年之久，直到他鼓起勇气，将那块布掀开，坐到镜前。

起初除了自己，他什么也看不到，这样的影像给了他安慰，但同时又让他感到不安。他想看见她了，难道她已经不想看见他了吗？他有些慌乱地在镜前左摇右晃，似乎要找出一个隐蔽在镜面上的虚掩的门，只要找到并打开，就能看见她。但他什么门也没有找到，失望之余重新又端坐在镜前，这次，他看见她了。

她还是当初的样子，面容恬静美丽，不用敷用什么就那么白净光滑，她还是穿着以前那身素净的亚麻衣服，一直停留在那个年纪。他在镜前对着她，苦苦诉说这些年的痛楚与相思，向她倾诉自己内心的空寂与无助。多少个黑夜里，他睁着一双布满血丝的眼睛，想要将眼前的漆黑看穿，却仍旧是一团浓重的黑暗。他甚至想到了死，想要与她一起在天上重逢，只是想到孩子，他就怜惜无比，不知道应该怎样教他认识这个世界……

在外人看来，老林喜欢上照镜子，就是从那个时候开始的。他们看见他这副样子，都以为他接受不了现实，变得神思恍惚，孩子在地上乱爬，他也不起身抱一下。他就像丢了魂的人，整天着了魔似的盯着镜子几个小时，没人敢上前去试探一下，他们害怕万一打扰了他，他的魂回不到身体里，就会死掉。他的这个店也没人敢涉足，雪白的四壁因为年深日久，积了一层灰褐色的尘土，不再是当初那么白净，四角上结满了蛛网也无人打理。当周围的店面都一年一翻修，三年一换新地变化着，以更好地适应这愈加商业化的时代时，只有这家店像是被遗忘了，时间锈蚀了它的铁门，将原本白亮的墙壁重又松散为粉齑，被雨水和空气侵蚀的一切，染上了暗淡的色彩。

老林想，他是什么时候开始丧失热情，不再对一切抱有希冀的呢？也许是当他将儿子抱在腿上，坐在镜前的那一刻起？小林就像看见了什么可怕的东西，一个劲地哭闹，踢蹬着腿，使劲摇摆着两只手，想要从他的身上下来。他以为小孩子原本就是如此，不知道镜子里映照出来的就是自己，他后来又尝试了很多次，却没有一次成功。他用力抓住这个扭动的身体，试图告诉小林他的妈妈就在那里，只要用心去看就能看见，跟多年前爸爸第一次看见她一样好看。但小林的脑袋撇来撇去，双眼紧闭，脸上糊满了泪水，他只好作罢。

直到现在，小林依然不习惯照镜子。每次他想要穿过店面进到后院，都会把对着他的镜子转个方向，或者干脆放趴下，这些细节老林都看在眼里。每次看见他坐在镜前，小林似乎就有一股无名的恼怒，不是嘴里胡乱地说着什么，就是用力地触碰什么东西，制造巨大的声响，直到让老林从镜中回过神来。

老林忽然意识到，这么多年来，自己经营的这个镜子店，对小林一直都是折磨，他长久恼恨的并不是自己，而是这个家里无所不在的镜子。老林坐在镜前第一次怅然无比，他把这一切都告诉了镜中的妻子，又告诉她自己的决定，他要把店交给小林来打理了，不管他想要用它来做何种用途，他都不反对，也不再心怀疑虑，他做什么他都支持他。

只是有一点，所有的镜子和玻璃都可以处理掉，但这个梳妆台要留下，因为我不能失去你。她在镜中面含微笑，听了他说的这一切，依然如此，老林想，那你就是同意了。

这个晚上显得尤其漫长，老林一直在等着小林回来，他要把他的决定告诉他。但直到午夜过去，家里也没有丁点儿动静，老林的眼皮已经开始打架，没等多久就睡着了。

他是被一阵猛烈的撞击声惊醒的，随之而来的是玻璃的碎裂声。他以为是做了梦，没想到这种声音就在耳边，就是从临街的店铺里发出来的。他赶紧穿鞋下床，衣服都来不及披就跑了出去。

当他进到店铺时，里面的一切已经完全不是白天的模样。摆放木料和玻璃的架子被推到了，料子散落一地，玻璃和镜子更是碎裂成一堆一堆的，有的溅射到了他的脚底，仿佛有一种划破皮肉的痛感瞬间传遍了他的身体。小林显然是喝多了酒，身形不稳，到处弥漫着酒气，他正抡起一根木条，使劲地砸着那个梳妆台，嘴里骂骂咧咧的，梳妆台早已破烂不堪，再多抡几下，就要变成一堆木板了。

老林的腿脚已经软了，他慌不迭地跑过去时，身子一点点往下降，走到梳妆台前面时，已经是跪着了。他在一堆碎玻璃和烂木头中扒拉，好像要把所有的东西都收齐。小林来不及收势，一木条打在老林的背上，发出一声闷响。

他应声趴在一堆烂木头上，眼前忽然出现她去世的那个夜晚，他回到家中，一个人在黑暗中坐了不知道多久，然后起身，提着一根木条进了那个镜房，在那里面一通乱砸，最后昏死过去……

李路平　作品散见于《诗江南》《广西文学》《诗探索》《诗刊》《扬子江诗刊》《民族文学》《星星》《芒种》《星火》《鸭绿江》《湖南文学》《安徽文学》《福建文学》《延河》《广州文艺》《鹿鸣》《南方文学》《红豆》等，有小说被《散文选刊》选载。《交通旅游导报》特约插画师，广西作家协会会员。《广西文学》小说编辑。

非虚构

洪忠佩／雪野无边

程　远／北地流水

北　野／燕山秋意图

雪野无边

◎洪忠佩

长白山

一

"呜——呜呜——"

北方与南方的风是不一样的，最大的区别在于一个"硬"字。这一点，我在长春一出龙嘉国际机场就体会到了。风像冰刀，直接往脸面与头皮上刺。以至于我对"春城"的别称产生了错觉，似乎纷纷扬扬的雪成了一种假象。此时是2012年的12月下旬，正是西伯利亚极地大陆气团活跃的时候，意味着长春已经进入冰冻期了。

其实，我从南方出发，一路向北，雪是一道密令。

虽然，南方的冬季也有雪，但那与北方是两码事——前者是小家碧玉、欲语还休；后者则是大气豪放、粗犷壮阔。倘若，南方的雪野景象还称得上繁复的话，那北方的雪野景象就堪称极简了——白茫茫的一片，几乎失去了参照，一望无际。是风，让雪飘出了北方大雪连天的气派。长春、延吉、安图，一路奔驰下来，感受更为深刻。

进入长白山的公路，完全是在山林中蜿蜒盘旋，并没有想象中的好走。老徐既是职业司机，也是我的朋友，经常跑长白山一带，他小心翼翼地在积雪的公路上驾着车。车在慢慢地往前驶，满是"雪冠"的树林在往后退。想必，那"雪冠"之下是杨树、枫树、椴树、榆树以及红松与云杉吧。突然，前方冒出了两位牵着狗的行人，看狗的个头，我以为是他们狩猎的猎人。然而，与老徐一交谈，才知道我的猜想是错的——经他解惑，那牵着狗的行人是巡山的护林员，牵着的狗呢，是防护犬。

是呢，要是猎人上山狩猎"打狗围"，那就不是一只两只，应是一群猎狗了。再说，长白山一带的猎人还有一个标配，那就是猎鹰。

在我预习的功课里，长白山绵延一千三百多千米，起点在吉林省大黑山，而终点却到了黑龙江省大青山，是鸭绿江、松花江、图们江的发源地。我和董兄之所以选择延边朝鲜族自治州安图县上长白山，是因为可以直接进入长白山自然保护区的核心区。诚然，长白山自然保护区拥有世界上最完好、最典型的森林生态系统，汇集了东北虎、金钱豹、梅花鹿、猞猁、马鹿、苍鹰、人参、东北红豆杉、长白松等国家重点保护物种一千多种。是的，在长白山"物种基因库"与"自然博物馆"中，我不知道还有多少是类似于护林员与防护犬这样我认识的盲区呢。

二

"东北海之外……大荒之中，有山名曰不咸，有肃慎氏之国。"这是此前我在《山海经》的一篇题为《大荒北经》的文字中读到战国时期记述的长白山。"不咸"是满语，"白色"的意思，不咸山即长白山了。想想，从三家分晋，战国七雄，到秦始皇统一天下，那是华夏历史上一个持久对抗的时代，我对长白山的归属已无从去厘清，但注意到在《辽志》与《金史》中，就开始有了长白山山名的出现。而当地史料称，汉武帝于公元前108年在东北与朝鲜半岛设下"汉四郡"（即乐浪郡、玄菟郡、真番郡、临屯郡），就在长白山北麓建立了"震国"。后来，到了公元713年，唐玄宗册封大祚荣为渤海郡王，长白山下的靺鞨部族就从此改为"渤海国"了（渤海国遗址在黑龙江宁安市与镜泊湖之间）。不承想，在长白山与长安之间，还有一条"朝贡道"连接，也就是后来人们所称的"东北亚丝绸之路"。

满族人一直视长白山为发祥地，这是无可争议的。"长白山发祥重地，奇迹甚多，山灵宜加封号，永著祀典。"康熙皇帝一道谕旨，封禁了长白山两百多年。

一般情况下，清代皇家的禁山都是从皇家园林与风水禁地考虑，比如：北京的香山、玉泉山，湖北的雾灵山等。而乾隆封禁长白山是出于怎样的想法呢，当然是属于后者了。《钦定大清会典事例》对此就有记载："（乾隆）十年奏准：额尔敏、哈尔敏地方附近禁山，其二道江，即额和讷音，关系长白山风水，未便令其刨采，严行饬禁。"文中所说的河流二道江，如果我没有猜错，应是如今长白山二道白河一带吧。显然，在乾隆之前，长白山的二道白河一带曾是皇家的参场。有参场就有人去挖，而满族人视长白山为发源地，他能不忌讳吗？尽管人心不古，但谁会冒着杀头与灭族的风险去犯禁呢？

风水，是人们对祖先与自然的崇拜与敬畏。从这一点看，乾隆当了皇帝，他心中的尊崇与敬畏并没有改变。

而我想到的是，康熙皇帝一道谕旨，又曾导致长白山多少原住民失业呢？

历史一如云烟，有的人与事已无从追寻。真正揭开长白山神奇面纱的，是一百多年前时任奉吉勘界副委员的刘建封——他带人深入长白山勘查，不仅绘制了第一张《长白山天池图》和一张《长白山江岗全图》，还把考察过程与所见所闻写成了《长白山江岗志略》。刘建封不愧是一位有才华、肯吃苦、敢作为的人，他深入长白山勘查的许多地方，等于是无人区。"余寻三江源，至河上坠马崖下，腹背受伤，危而复苏，露宿河边。休四日饮山羊血、虎骨胶始就痊……"当时勘查的艰难与遭遇的险境，可想而知。刘建封给长白山留下了地理的标示与第一手记录，而长白山人在安图县长白山文化博览城给他塑起了雕像。

很显然，我能够想到和梳理出的，只不过是长白山历史上一个粗线条的来龙去脉而已。

三

许是乘车时间过长，我的双腿都有些麻木了。没想到，在二道白河镇下车，双脚没有失重，人却打了个激灵。毕竟，是零下20多摄氏度的低温，风特别凛冽。好在，老徐预先联系了农家餐馆。隔着塑料与棉絮的二道门帘，室内室外等于是两重天。餐馆规模偏小，酒柜上却摆着大号直筒的玻璃酒瓶，内里装满了山参、灵芝，以及猕猴桃泡的白酒，颜色偏黄。还有一种是米酒，白乎乎的，如乳状，看去有黏稠的感觉。店主与老徐打招呼，直接、热情，分明老徐是常来常往的熟客。

老徐劝我和董兄尝尝当地的米酒，可以暖暖身子。我和董兄表达的意思是一样的，说要赶着上天池，酒就免了。老徐转了转脖子说，若不是上山还有一段路，倒是想喝点解解乏。这样，只能改天再喝了。按理，这么冷的天，老徐连续在路上跑，是蛮累的，况且上了铁锅炖江鱼、烤肉、米肠、花生，都是下酒菜，我和董兄是应陪他喝点酒。既然老徐出于安全考虑，堵了嘴，也好。

店主好客，铁锅炖江鱼的锅边贴的烙饼是他免费送的。

银装素裹的街上，两旁都是新建的欧式建筑，显得空阔而冷清，最为醒目的是阿妈妮度假酒店、速8酒店。绿化带上呢，堆满了路上铲除的积雪。去天福街店堂找当地的老人聊天，是一件颇有意趣而暖心的事。

原来，二道白河镇是与镇中的河流同名的，早在唐代以及辽金时期就有土著民生息了，如今民间还沿袭着"放山"习俗，人们进山采人参等活动都要祭拜山神，以及祭祀"老把头"孙良。老把头，是当地方言，意为采参的祖师爷。在过往采参人的记忆里，遭遇猛兽袭击的事时有发生。

采参人的命运是进不了地方志的，他们的人生故事只有在民间口口相传。本来，我想去拜访一位采参人，听听采参人鲜为人知的传奇故事，考虑到要去村里，以及整个行程的安排，最后还是割舍了。

想必，天福街街口那镌刻着各种书体的福字，也是一种祈福吧。

从二道白河去往天池，还有三十千米左右的路程。这条公路，等于景观路，风光优美，也是自行车越野赛道。相对二道白河镇在巨石上刻着的"长白山第一镇"，我觉得不妨以植物命名"人参之乡""白桦之乡"，甚至"美人松之乡"，更为质朴、亲切。

四

过了山门上天池，乘车是要"倒站"的。倒站，是当地人的说法，也就是从安全考虑换乘。老徐呵着气，笑嘻嘻地说："这下不用开车，可以放松了。"

老徐做事靠谱。本来，他是想去泡温泉的，想想还是不放心，就陪我和董兄上山了。

即便林区到处是"雪冠"，俯瞰依然可以分辨出分布的针阔混交林带。只是，越往山上走，山越陡峻，岳桦就变得低矮弯曲了，到处呈现的是黑白两色，一如铺展的水墨画。甚至，还有的山体看不到植物的迹象，都是覆盖着的积雪，宛如水墨画中的留白。有的地方，一脚踩下去，积雪的厚度有齐膝深。

有谁会想到，那白雪皑皑的天池，她的前身是火山口积水成湖呢！然而，我将要看到的长白山天池，还是刘建封一百多年前描绘的样貌吗？

天气不好，上天池的人寥寥无几。倒是山崖下温泉泉口在冒着热气，也聚人。与十元一张的长白山旅游地图相比，三元一个的温泉水煮鸡蛋算不上贵。何况，是在山上呢。我尝了温泉水煮的鸡蛋，既香又嫩。

趁歇息，老徐如数家珍：天池北侧有一条峡谷，也就是长白山天池唯一的出水口，当地人称作乘槎河。槎，在当地是木筏子的意思，民间传说从乘槎河乘木筏可以直上天河。而乘槎河的下游呢，就是我们原先经过二道白河镇看到的二道白河。再往下，那就是松花江了。

山上属于山地气候，还有垂直气候的影响，变化无常。风，一阵比一阵紧，雪开始"呼啦啦"地狂舞。风是野性的，疯狂的野性。逆着风，眼睛都很难睁开，何况还有漫天飞舞的大雪呢。在风口处，稍不留神，大风完全能够将人吹倒。

每走一步，都变得极其艰难。老徐苦着脸说："遇到这样极端的天气，再不返回，恐怕要封山了。"再者，换乘车约定的时间是下午4点30分，也不允许我们往上走了。

去往一个地方，我都喜欢漫游。偏偏，天公不作美。我们止步于长白山海拔两千米左右，实际上离天池并没有多远了。董兄是摄影家，他用相机为我在雪野中留下了踽踽独行的背影。

五

第二天，风还是"呜呜"地刮，一阵比一阵紧；雪呢，也没有停下来的迹象。

而上天池的车，却宣布停运了。

最终，我只看到了长白山叠嶂的雪峰，还是无缘目睹我国最大最高最深的高山湖泊——天池。

到了长白山，没有一睹天池的容颜，心中总是不舍。

离开长白山，老徐准备了长白山的蜂蜜，我和董兄都没有带。我只买了一块长白山火山浮石，褐色，椭圆形的，一如鹅蛋大小。

雪乡

一

一到雪乡，我就动了童心——想扔雪球、堆雪人，甚至倒在雪地上打个滚。

这是人的天性，似乎跟年龄没有多大的关系。

说实话，没有到吉林与哈尔滨之前，北国的风光曾给我无数的联想：雪野、雾凇、冰花、白桦林、红松林、雪雕，还有雪爬犁。然而，这只是文字或者影像给我的意象。

当我一踏上哈尔滨冰封的雪地，满目只有耀眼的铺展的白，以及风的凛冽与锋利，人就感觉像掉在了冰窖里一样。仿佛，那种美的意象在慢慢淡化。

越野车，像溜冰一样在牡丹江的公路上奔驰。似乎，车沿着新开通的亚雪公路越往雪山里行进，积雪就越厚，随时都有将车子堵在路上的可能。尤其，在山河屯一带，更是如此。路边的海浪河呢，颜色要比雪深，却根本看不到流水，只结着厚厚的一层冰面，成了名副其实的冰河。从哈尔滨到海林市双峰林场，也就是雪乡所在地，算起来只有三百千米左右的路程，张兄却载着我和董兄在路上几乎消耗了一天的时间。

然而，皑皑白雪覆盖下的雪乡，还是为我打开了一片秘境——雪韵大街与雪乡国家森林公园呈现给我的，完全是一个银装素裹的童话般的世界，还有梦幻家园的景象。而这种童话般的世界与梦幻家园的景象，是对成人开放的。

二

雪乡的夜，比我想象的还要来得早。

也就下午4点左右吧，天上的云团就压得很低了。风，带来了纷纷扬扬的鹅毛大雪，也带来了傍晚的暮色。那积雪覆盖下低矮的木屋，就像"雪蘑菇"。屋檐下，或是木柱上悬挂的玉米棒，以及积雪中疏密有致的木栅栏，在大红灯笼的照耀下，红白辉映，影影绰绰，仿佛有一种幻化的色彩在呈现，静谧、逸动，似有神性。而木屋窗户里微弱的灯光呢，无不透出雪乡人家的幸福与安宁。

置身其中，我和董兄都没有缓过神来。

张兄与董兄是战友，转业后自谋职业，在哈尔滨开了一家文化公司，他是既有几分豪气，又心细的人，在哈尔滨就预先订了酒店。刚放下行李，他就嘱咐我和董兄全副武装起来，重新买了帽子、围脖、手套以及保暖的护膝，并告诫我们，如果没有戴手套，千万不要在室外开门把，弄不好手就会粘下一层皮。张兄是位有心人，晚饭安排在当地的林农家里，让我和董兄体验到了坐在炕上吃饭的滋味和氛围。

就在我们享受小鸡炖蘑菇、猪肉炖粉条，还有玉米锅贴饼这些美味的当口，还有三五成群的客人上门订餐，店主忙得不亦乐乎。听食客聊天，有好几位晚上住宿还没有着落。

果然，夜里雪花在漫天地飘，气温还在不住地下降，据说已到了零下30摄氏度左右。而人们的激情呢，却在急剧地上升。或许，一个个把自己裹得像粽子，在雪韵街上跺着脚呵着气，"嘎吱嘎吱"地在雪地里溜达的旅人，还有在雪乡广场溜达的人们，都和我一样抑制不住内心的兴奋，只为体验一下冰天雪地，看一看夜幕下的梦幻家园，以及传说中天堂的样子吧。想必，每一朵雪花里，都藏着一个纯净的故事吧。在雪乡的夜里沉浸、憧憬，倾听雪花的飘落，甚至给家人打一个电话，把看到想到的雪乡景象告诉他们，不失为一件快乐而有意义的事。想想，大自然的神奇、风与雪的魔法、林农家的火炕、香甜的柴火饭，对于每一个进入雪乡的人，都是一次纯净质朴的美丽邂逅。

我想，无论是谁，只要进入了雪乡，都注定在雪乡有一个不眠之夜。

三

木屋上升起的炊烟，让冰点中的雪乡有了温度。那是清晨，天刚蒙蒙亮，一栋栋低矮的"雪屋"，像一朵朵巨大的蘑菇生长在雪地里，一片银装素裹。风雕琢出的冰玉，晶莹剔透，百态千姿，宛如童话世界中的景象。

雪乡人家的木屋，不仅低矮，而且门和窗户都是双层的，主要是为了抵御风寒。木屋屋顶上的积雪呢，起码有一尺多厚，屋的四周都被积雪包围了，木栅栏只现出一半的身影，整个木屋就像陷在积雪中。零下20至30摄氏度的低温，我的尼康相机按钮不知什么原因被冻住了，根本无法拍照，我却情愿冻着手，一而再再而三地重试，生怕错失了眼前梦幻般的美景。然而，手都冻麻木了，还是无济于事。

这时，雪韵大街开始热闹起来，人们争相一睹雪乡醒来的神韵。晨曦中，我有幸看到了没有退场的星空，目睹了宛如蘑菇的"雪屋"上袅袅升起的炊烟。那场景，一如留白的水墨，素雅而灵动。

雪乡，无疑是姓雪，名字也朴素。那种静美，会让你不相信自己的眼睛。进入"中国雪乡"碑刻下的雪乡街口，就是雪韵大街。雪屋、雪地、雪人、雪橇、牧羊犬、马车、冰糖葫芦，还有圣诞老人，让雪街上流淌一路的笑语欢声。如果说，先前我在哈尔滨中央大街吃着马迭尔冰棍观赏圣索菲亚教堂，能够领略到一种异域风情，那么在雪乡坐马拉爬犁，抑或狗拉雪橇到雪场滑雪，甚至徒步林海雪原，都不失为全新的旅游体验，清新、刺激、愉悦、欢畅，有一种回归自然的感觉。木屋、火车头以及牌楼告诉我，雪乡就是原来的双峰林场，这里的人们从砍木头卖木头，到保护生态卖雪野风光，这样破茧化蝶的转型历程，一同融入了雪乡的记忆之中。同时，林农的生活方式也发生了改变，开餐馆、旅馆以及土特产店的多了起来。显然，我在雪乡看到了林农毛绒帽下灿烂的笑脸，还有介绍雪乡风物时的自豪。想想，雪乡一年之中有六七个月吧，到处白雪皑皑，到处冰雕玉琢，逶迤的山体都是矗立的雪峰，一片片树木都是如梦如幻的雾凇林，这自然的杰作，是何等的壮观，世人对此又有着怎样的神往啊？

　　我到雪乡的时候是挨边2012年12月底，也就是当地人称观赏雪乡的最佳时期。实际上，天气说不上晴朗，但也没有遇到那种雪随风刮的大场面。雪，是雪乡的核心要素。而风雪，成了雪乡景观的代名词。雪乡处在黑龙江省海林市一个叫张广才岭的地方，海拔最高的骆驼峰有1235米。据说，由于日本海暖湿气流和贝加尔湖上空的冷空气在这里交锋会面，每年冬季就会形成大量的降雪，积雪多的时候有两米多深。是自然与风的画笔，完成了雪乡的雪原长卷。

　　想想，长春、长白山、哈尔滨、牡丹江、雪乡，一路走来，雪貌似一样的，可前后能够感觉到雪的纯度是不一样的。进入视觉的雪乡雪野，洁白、静美、苍茫、神圣，层层叠叠地铺展着林海雪原的北国风光。雪乡的雪不仅晶莹，黏度还特别好，多年前就已经成为国家级的滑雪训练基地。我虽然没有看到国家滑雪运动员的专业训练，但朝觐了此地就油然而生一种自豪。

山野冰封，处处雪飘。在雪乡，只要你有兴趣，就可以堆雪人、滑雪圈、打雪仗，甚至可以驾驶雪地摩托在雪地林海忘情地驰骋。当然，也可以放开嗓子忘情地歌唱。在雪乡，"穿林海，跨雪原"，不管走到哪儿，一路上的新奇与惊喜，让我心中少了一分世俗，多了一分浪漫与诗意。

是的，这是一片纯净之地。雪乡的雪，沉浸在时光里。而我行走在雪乡，对静美与静心也有了新的认知。董兄沉浸于美景，忘了给尼康相机"保暖"，相机电池也"罢工"了，他是一脸的遗憾。

我觉得，喜欢一个地方，不需要太多的理由，雪乡也是。我想，若是以后要带家人去旅行，雪乡无疑是必去的地方之一。因为，雪乡洁白、晶莹、纯净、宁静，甚至灵魂都可以皈依。

四

张兄为安全起见，考虑到不走回头路，他选择从雪乡回哈尔滨的路程是长汀、海林、亚布历。下山的路，坡度大，弯道多，张兄一路小心翼翼，全神贯注。意想不到的是，越野车刚驶出雪乡，也就是老雪乡公路路段，车子像失去了控制，滑出了路基。我还没有反应过来，越野车已经滑到了田里。好在，车子速度不快，公路与田只隔一米多高的样子，且有坡度，不然，后果不堪设想。

即使越野车是雪地轮胎，四轮驱动，要想从田里再爬上一米多高的公路，也是不可能的事。张兄明明知道是徒劳的，一发动车子就打滑，还是接连试了几次。

本来，路上来往的车子就不多。陆陆续续有几辆轿车驶过，有的停下，降下车窗看了看，想帮忙也想不到法子。而有的车子呢，生怕有什么事，直接没有停下。

我们三个人站在雪地里等了好久，终于等来了一辆货车。听说我们要付费，货车司机急了，瞪着眼说："你们要是付钱的话，我就不拖了。出门在外，谁不会遇到个难事呢？"话音刚落，他就从驾驶室里拿出了一捆钢索，把一个索头给了张兄。货车有力，稍一拉钢索，就慢慢地把越野车拖上了路面。

临走，张兄给货车司机留了手机号码，说是有机会去哈尔滨，一定请他喝酒。

"嘟嘟——""嘟嘟——"汽车喇叭有了回应，就算是致谢告别了。

听到这种特殊的告别方式，我心里暖暖的，熨帖。想必，董兄也是。

北极村

一

从哈尔滨向漠河进发，去北极村实现寻北之旅，是我和董兄北方行程的最后一站。偏偏，在这个节骨眼上，哈尔滨太平国际机场告知我们，由于天气原因，航班延误了。

航班延误，是个折磨人的事。等于说，必须等在候机室，哪儿也去不了。我和董兄等得无聊，就拿相机翻开长白山与雪乡的照片，各自看了，又交流着看。这也是一种回味，可以养眼。至少，比邻座的乘客一个劲地嗑瓜子强。话又说回来，遇到航班延误，乘客只有顺从的份。不然，又能怎样呢？

哈尔滨到漠河，是从黑龙江的南面往北飞，航程要三个小时左右，结果呢，在哈尔滨太平国际机场就耽搁了两个多小时。我和董兄出漠河古莲机场，已经是下午两点多钟了，结果错过了开往北极村的最后一班班车。可是，从漠河西林吉镇去北极村还有八十多千米，唯一的办法只有租车了。一路上，最为明显的是白桦林到混交林的变化。

说实话，我最早知道北极村与漠河，还是通过迟子建早年刊在《人民文学》的中篇小说《北极村童话》，以及后来她获得茅盾文学奖的长篇小说《额尔古纳河右岸》，北极村的景象与鄂温克女酋长，还有驯鹿，都给我留下了深刻的印象。

实际上，地处大兴安岭林区的漠河，与内蒙古自治区额尔古纳市毗邻，称得上是中国年轻的县份之一，在20世纪80年代初才设县，七万多人口却分布着汉、满、蒙古、朝鲜、鄂伦春等十七个民族。原先，漠河一直归大兴安岭地区的呼玛县管辖。如今，还是属于大兴安岭植物区，据说其境内有野生植物八千余种，白桦、红松等蔚为大观。

途中，出租车司机几次向我们推荐去观音山，我和董兄都没有多大兴趣。想想，观音菩萨在信士心目中是慈悲和智慧的象征，她的庙宇金身在南方是较为普遍的，而在北方，尤其是最北的地方还有观音山，塑观音菩萨佛像，应是当地从发展旅游的角度去打造的。再说了，顺路去看观音菩萨的道场，也缺乏诚心与仪式感。想必，那观音山的白桦树，远远超过了参拜的众生。

出租车司机得不到应允，悻悻地，就不说话了。

二

北极村的初名是漠河村，相传在一百五十多年前才开始有居民居住。北极村是中国大陆最北端的临江村落，与俄罗斯阿穆尔州的伊格娜思依诺村隔江相望。隔的这条江，便是中俄的界河——黑龙江。其实，黑龙江是汉语的叫法，从金代开始才有这样的称谓，满语里叫"萨哈连乌拉"，而蒙古语则称"哈喇木伦"。实际上，《山海经》中称黑龙江为"墨水"。而黑龙江的源头呢，可以溯源到大兴安岭的额尔古纳河与海拉尔河。

我和董兄到达北极村江边，已经是傍晚时分，看到江面上白茫茫的，全部冰封了。冰面很厚，即使有载重的汽车开上去都可以。我不禁突发奇想，在如此厚的冰面之下，江里的鱼儿会不会难过，又是否会影响它们的游弋？毕竟，北极村是高纬度地区，我在江边站久了，人已经开始冷得发抖。是的，是那种彻骨的冷引起的颤抖。

要说北极村如何冷呢？冬季零下30至40摄氏度是正常的，最低还有零下50多摄氏度，是能够冷得冻伤耳朵与下巴的。好在，我和董兄有了长白山与雪乡的历练，面对天寒地冻已经多了几分从容。

老苏在江边开一爿便利店，木板房，低矮、破旧，堆满了食品烟酒。柜台上的木盒里，还摆着形状大小各异的绿松石、玛瑙石。到了店里好一会儿，除了我和董兄，一个购物与溜达的人也没有见到。

但生意的清淡，并不影响老苏的淳朴热情，他听说我们是从南方来的，还没有吃晚饭，说他家就开餐馆，正好晚上可以一起喝一杯。

北极村是省级自然保护区，老苏夫妻都是林场职工。几年前，他们把自己的住房腾出来开了餐馆。他家木楞房的门口，还堆着粗大的原木，一段一段的，截面上满是裂纹，极具沧桑感。趁着他们备菜的空隙，我翻了一本搁在桌子上的摄影集，不仅有一年四季的林区景色，森林日出，黑龙江的源头风光，村庄晨曦，农家院雪景，还有雪野马拉爬犁与神奇的北极光，一幅幅都是瞬间的定格，质朴而绚丽。那林区春天的姹紫嫣红，秋天的斑斓缤纷，都是我未曾见识的。尤其，那秋后的树林，像升向天空的烈焰。

江水煮狗鱼、卤猪肘子、酱牛肉、泡菜炖粉条、三鲜馅饺子，大盆大钵，都是老苏所谓的家常菜。天寒地冻，即便平时不喜欢吃肉的人，都会对肉亲近起来。因为，吃肉可以补充身体的能量。想想也是，我和董兄在北极村行走，还需要去考虑一天能够消耗多少卡路里吗？有时，大快朵颐也是一件很爽的事。

　　一个人的率性与豪情，从讲话与喝酒中都能感觉得到。无疑，老苏就是一个率性与豪情的人。他说，现在北极村的居民大部分都办起了餐馆、客栈，比以前吃"木头饭"强多了。不然，家里两个子女接连在外地上大学，很难应付得过来。他边敬酒边叫我们尝一尝江里的黑斑狗鱼，说只要你们在北极村，就可以把这里当作自己的家。就是想去北红村、乌苏里浅滩，他也可以带路。

　　许是无缘，许是天气原因，我和董兄并没有看到所谓的"白夜"，也就是极夜现象。

<h2 style="text-align:center">三</h2>

　　天刚破晓，老苏的电话就打了进来。他说天气晴朗，要带我和董兄去看大型的雪雕。

　　放晴，空气清透，天空呈现深蓝色，几朵白云好像是生成的，在悠悠地飘。雪呢，在阳光下闪着亮光，十分晶莹。在老苏的引领下，我和董兄远远地看到居民区的屋顶上有一层炊烟在飘荡。一转眼，就看到了北极星广场边的雪雕作品。

　　雪雕作品的主题是八骏。而骏马奔腾的姿势，与徐悲鸿的奔马还是有所不同的。有了马，不，应是有了一群马，广场与江边似乎变得无比宽阔。稍微走近了，那马仿佛是奔驰的、嘶鸣的，好像鬃毛都已飘起。八骏的雪雕作品，连同基座有一层楼高的样子，比一面墙还宽。我伫立凝望着，脑中油然晃过了一个成语——过隙白驹。可惜，雪雕作品的主创者不在现场，本来我想问他创作驰骋骏马的素材是新疆昭苏的乌孙马血统，还是俄罗斯马血统。不然，很难表现出骏马锋棱瘦骨与追风的神采。

刹那间，我静静地凝视应是对主创者由衷的敬意吧。

在雪雕作品前，许多旅人的神情是不一样的——赞叹的、欣喜的、惊讶的、疑惑的，都有。尽管神情不一，但有一点是相同的，那就是大家都在忙着拍照，生怕错过了美丽的景象。

往往，在人们的潜意识里，雪雕作品是容易融化的。然而，人们却忽略了自己是身处高纬度的北极村，一个月，甚至几个月，雪雕作品都不会消融。

旅人是流动的，雪雕是静止的。光影下，我却恍惚听到了骏马的响鼻，还有一阵又一阵由近而远的马蹄声。

四

恰恰，我对北极村建设者煞费苦心营造的北极星广场、金鸡之冠雕塑，甚至诸如最北点的"我找着北了"，以及各种书体的"北"字石刻等人造景观并不感兴趣。当然，像我这样的人只是个例，或者是极少数。而大多数的旅人，还是热衷的。

好在，广场边不仅有"绿色通道"直接通往江边和林区，随着木栈道走，可以去认识樟子松、黑桦等当地的植物家族，还可以去遥望大兴安岭的七星山。在我对植物的认知里，只要有风雪的地方，树的身材相对是矮小的、虬盘的，而北极村的白桦、樟子松，却出乎我意外，它们都长得一梢线，笔直的，钻天地往天上长。

前方，高高地矗立着一个瞭望塔，钢筋水泥的，显得与村庄建筑和周边环境格格不入。无论从观光，还是摄影的角度出发，若是能够选用当地原住民木楞房的材质，搭建一个木头的瞭望塔，那该多好。然而，这是否是我一个人的想法，抑或是一个人内心构筑的景观呢？

路边，是北极村综合文化站与大兴安岭漠河北极天象青少年科普教育示范基地，牌子挂着，门却是锁的。如果时间充裕，我想请老苏做向导，徒步去北极村一百多年前通往胭脂沟的江上驿站，去看看原始森林的雪景，去感受一番北极村的前世。

然而，老苏告诉我，若徒步去看胭脂沟江上驿站和原始森林，起码要花上一天的工夫。即便是要行走，他还顾及我和董兄身体是否扛得住严寒。等于说，我们只能在北极村停歇半天，也无法徒步去看原始森林了。

有时，人在旅途，若有所失是再正常不过的事。

哦，我虽然去过广东、海南，还没有机会去中国最南的南海曾母暗沙，却一路向北，到了北极村。北极村邮局，应是中国最北的邮局了吧。离开北极村时，我去邮局给家里每人寄了一张北极村的风光明信片。

洪忠佩 江西婺源人，中国作家协会会员，鲁迅文学院第三十三届高研班学员，江西滕王阁文学院特聘作家。发表散文、小说等作品三百多万字。作品散见《青年文学》《北京文学》《散文》《芳草》《西部》《文学界》《鸭绿江》《四川文学》《湖南文学》《山东文学》《安徽文学》《黄河文学》《星火·中短篇小说》《创作与评论》《散文（海外版）》等，多次获奖并入选人民文学出版社、作家出版社、百花文艺出版社等多种选本，出版《影像·记忆》《婺源的桥》《松风煮茗》等多部散文集。

北地流水

◎程　远

从小兴安岭到黑龙江

这次旅行，有些偶然。朋友大焱游山东归来告诉我，他还有五天假期，还想去一个地方。我说："去嘉荫吧，我们一起走。"

嘉荫位于黑龙江省伊春市，小兴安岭北麓，与俄罗斯一江之隔。散文作家苇岸形容它像一个蹲在黑龙江边上的猎人。

一

中午12点，我们乘哈尔滨至伊春的长途客车，傍晚5点到站。踏上"森林之城"伊春的土地，我顿时感到一种静美，一种久违的心灵的释放。与其说伊春是一个城市，毋宁相信它是一座盆景，镶嵌在连绵起伏的群山之中。天空悠远，云朵安详。夜晚逛步行街，大焱在旧书摊上意外发现了一本《养蜂学》，遂购下作为纪念。当地人听说我们要去嘉荫旅行，感到很诧异，因为嘉荫不是旅游地区，虽然刚刚开通了口岸，但去的人仍很少。他们说嘉荫不通火车，从伊春去嘉荫的长途客车每天只有两趟，此时，最末一班也已开走。我们只好住下。

在车站附近的一家餐馆里吃晚饭,大焱突然冒出一句:"今日立秋。"立秋?伊春?尽管我不知道伊春地名的来历,但我总愿意想到"新春伊始,万象更新"的句子。今天在这里,春、秋和我们相遇了,我相信这是一种神示。

和邻桌的一位小伙子聊天,得知他叫李文学,人称李二(在家排行老二),吉林公主岭人,现在嘉荫的一个林场打工。李二准备乘晚上9点40分的火车回老家探亲。他告诉我们,嘉荫不但风景美,人也仗义。这次回家之前,当地朋友还特意为他摆了一桌。他说,他到家后的第一件事就是给这里的朋友打电话,报声平安。李二的行李只是两个尼龙丝袋子,一个装黑木耳,一个装红松蘑,都是晒干了的。他说这是山上的特产,是他自己采的,回家要送给亲朋好友。

李二描述的嘉荫和我们一路听到的完全不一样,更勾起了我们对嘉荫的向往。

二

早上4点59分,我们乘601次哈尔滨至乌伊岭的火车,准备到汤旺河下,然后转汽车去嘉荫。估计午饭就在嘉荫解决了,想着目的地近在咫尺,我心中异常兴奋。

也许是好事多磨,在车上遇一位师傅,姓付,乌伊岭人。付师傅热情地告诉我们,汤旺河下一站就是本次列车的终点站乌伊岭。乌伊岭是一个林业局,是乌云河、伊东、上甘岭三个地名的合称,也是松花江第三大支流汤旺河与黑龙江支流乌云河的发源地,汤旺河向南流入松花江,乌云河向北注入黑龙江,因此,乌伊岭也被视为松花江和黑龙江的分水岭。他用一种老前辈才有的语调跟我们说:"不想看看铁路的尽头和两江分水岭吗?"见异思迁的我们经不起他的鼓动,当即决定先到乌伊岭，晚上再去嘉荫。

找到乌伊岭林业局宣传部，请他们帮我们联系了橘源林场（分水岭属橘源林场管辖）。林场书记常福海和场长许养龙得知我们要去汤旺河源头，有些犯难，因为他们也没有去过，只知道大致的方位，而当初参与汤旺河源头立碑的人今天都不在场里，找不到合适的向导。

这时，已是中午，场里请我们在食堂吃饭，席间，大家聊起了曾来过乌伊岭的诗人郭小川和旅行家余纯顺。许养龙见过余纯顺，梦想有一天也能背起行囊游览祖国的大好河山。也许是受余纯顺探险精神的感召，或是喝了点酒的缘故，许场长说："我陪你们去吧！"

突！突！突！司机小罗开着金蛙农用三轮车载着我们一行四人向山上爬去。我坐过拖拉机，但从没坐过这么颠簸的拖拉机。我的屁股被颠得常常朝天。

一小时后，拖拉机停了下来。小罗说："前面是一片沼泽地，石碑也许就在这一带。"于是，我们分头找。我与大焱都曾几次陷进沼泽里，好在不深，有惊无险。

终于，许场长在前面喊："找到了！找到了！"

奔过去，只见树丛中一块水泥石碑立在一小汪水池旁，高约1.5米，宽约0.5米。许场长拔除了遮蔽石碑的荒草，碑上写（刻）着：汤旺河源头，一九八六年五月二十六日。

回来的路上，大焱说："这个源头理当由场长找到。"我说："下任场长得挑来过汤旺河源头的人，看来，非小罗莫属了。"小罗不好意思地小声道："我还是给场长开手扶拖拉机吧！"

橘源林场产越橘，俗称都柿，一种常绿灌木，叶子卵形，表面光滑，总状花序，花冠钟形，白色或粉白色，浆果暗赤，味酸微甜。许场长告诉我们，每年一进入八月，整个林场飘着淡淡的橘香，人们纷纷上山采撷都柿，或吃或卖或送人，林场的名称也因此而来。摘几颗放进嘴里，果然好吃。

夜9点30分，我们终于到达嘉荫。住在离黑龙江最近的嘉荫县宾馆的二层，推开窗户，一阵凉爽的江风立刻拥进屋来。

三

这次旅行，我携带的唯一一本书是苇岸的《大地上的事情》。我曾在一篇文章中写道：是苇岸的著作，让我看到了文学的伟大及伟大的文学神奇的魅力。同样也是苇岸，用他那朴素静美的文字向我们描述了一个叫作嘉荫的地方。他这样描写嘉荫：

> 我不了解嘉荫的历史，不知道它诞生的时日和背景，我所看到的是一座美丽清静的边地山镇。走近它，我感到很温暖。这温暖的感受，不仅来自它橘黄的色调，双层门窗的屋舍及每个院落的桦木段垛，更来自它温和的居民。

> 可以把长途客车想象成绿色海洋中的一头鲸，它在检查站浮出呼吸了一下，便又一头钻入了林木的波涛中。而这条穿越林区的简易公路，我把它看作一道来自另一世界的，残忍地留在大森林身上的刀口。

当我踏上这条路时，我没有更多的想象。夜色降临，四周一片静寂。透过车窗，只能看见公路两旁高耸的树木以及树梢顶上那一线暗蓝的天空。或许这一线天空也是一道刀口吧，而那轮明月则如一颗惨白的心。

与大多数城镇一样，为了繁荣经济，开发旅游，嘉荫也陷入一种拆了建建了拆的怪圈之中：原有的平房扒倒了，重新立起的是粉墙拱顶的仿俄建筑；场院菜园践平了，替代的是东南西北纵横交错的柏油马路。钢筋高挺，水泥凝固。站在江边的大堤上，遥望对岸恬静的俄罗斯农庄，我想，如果我是一只鸟，究竟愿意落在一棵树上还是一根电线杆上？我不知道。

四

见识了黑龙江边的嘉荫小城之后，我们商议去带岭，看一看真正的原始森林。从汤旺河到带岭须乘八个多小时的火车，期间在南岔得转一次车，待我们敲开站前旅店时，已经是下半夜2点多了。早晨6点起床，堵去带岭凉水自然保护区的班车，已经开走，没办法，只好雇车。

凉水国家自然保护区地处小兴安岭东段——达里带岭支脉的东坡，隶属于东北林业大学，是重要的科研、教学基地和森林生态旅游胜地。这里的主要保护对象是以红松为主的温带针阔叶混交林生态系统及国家重点保护的珍稀、濒危动植物。

八点钟，我们登上高达三十七米的森林瞭望塔。开始有些晕眩，直到闭目屏息一番后，才敢放眼四周，看那连绵起伏的小兴安岭如波涛翻滚的绿浪在脚下涌动。大焱说，真想在这塔上枕着松涛睡一晚，纵使豺狼虎豹也难奈我何。

保护区内有通往密林深处的松木栈道，道旁建有木屋、凉亭、吊桥，但不多，只为方便游人歇息而已，不像有些风景区那样泛滥。林中最粗的原始树木须二三人才能合抱，在无数的天灾人祸中，显得尤为珍贵。

咚！咚！咚！有匠人在山上锯木雕琢。一刀一斧间，一尊山神像已初具规模。它的威武，让人敬畏。

五

司机小张在带岭拉我们上山前，遇到他的同学郭振东。小郭刚从烟台回来，见到小张即上了车随我们到凉水保护区，他家住在保护区附近的北列林场。小郭告诉我们，他原是带岭林业局一个下属机关的小车司机，去年听朋友说在广州搞传销能发大财，于是辞职南下。几个月后，钱赔光了，只好去烟台给一家工厂开叉车。

小郭说，去北列林场的路上有白桦林。这让我们很兴奋。

虽然现在还不到深秋，白桦林中仍是杂草丛生，荆棘遍地。我们不能漫步林间听脚下发出一阵阵动听的音乐，看纷纷落叶如一只只鸟。但毕竟，我们见到了白桦树——大森林家族里的美丽少女。

六

北列林场居民区，一律红砖瓦房，院子周围立有木板障子，障子外堆有桦木段垛。电杆直立，电线平撑。此地燕子颇多，小郭的父亲说，过几日，它们就该南迁了。

在林场办公大院，我见到了姜自和先生，他是林场的一位股级干部，负责工资、人事、统计等工作。据他介绍：北列林场共有居民276户，人口446人，林场工人原来以伐木为业，现以护林为主。姜自和44岁，1978年师专中文系毕业，同橘源林场常书记、许场长一样，月工资不足300元。

姜自和给我留下最深的印象有两个，一是他问我知不知道郭小川。我答知道。他又问，郭小川的代表作是什么？在我还未来得及回答是《团泊洼的秋天》时，他就迫不及待地自己说出是《祝酒歌》，并背诵起来："小兴安岭的山哟/雷打不碎/汤旺河的水哟/百折不回/林区的工人啊/专爱在这儿跟困难作对。"二是当我知道他的孩子只有十岁时，便问他为什么结婚这么晚，他答："干事业了！"

在这次旅行即将结束的时候，我忽然想到应该在北列林场住一晚，认真体验一下林区工人的生活。大焱也说，从汤旺河回南岔时，应该去新青区胜利镇感受鄂伦春族民俗风情。怎奈时间紧迫，这两个愿望都未实现。晚上9点20分，我在南岔登上佳木斯至烟台的列车——

别了，小兴安岭！

别了，黑龙江！

别了，这块黑土地上的善良的人们！

从塞罕坝到金山岭

塞罕坝，蒙古语称塞罕坝达巴罕色钦，意为美丽的高岭。它横亘于木兰围场北部，亦是冀蒙交界段，距北京四百二十千米。"围场"即围猎的场所。三百多年前，康熙皇帝出京北巡，选中了这块广阔的土地，设立皇家狩猎区，面积达十万平方千米，每到秋天便在此举行木兰秋猎。如今，围场为县，塞罕坝变成国家一级森林公园，这里四季分明，景色宜人，每年不仅吸引大批的游客，更成为摄影者的乐园。这里不禁让我想起19世纪中期，很多巴黎的画家离开繁华的都市来到法国南部一个叫作巴比松的小镇，进行生活和创作，最终形成著名的巴比松画派，载入世界绘画史。

那么，今天的塞罕坝是否能成为昔日的巴比松？我不知道。我不是艺术家。9月，我随辽宁大学摄影系的师生来到这里，只作了一次短暂的漫游。

一

沈阳——赤峰——四合永——围场县——机械林场——乌兰布统。这是我们走进坝上的基本路线，当然这是事先设计好的，宋振军说执行时还可以适当调整。宋是我们的队长。

9月28日上午9点47分，我们从沈阳北站乘4208次列车去赤峰，晚8点多到站，住站前铁路旅馆。男女分开，每铺六元。此前，在1989年，我曾与辽宁文学院的几位作家朋友来过一次赤峰，那时年少，满眼新奇，至今仍记得"赤峰站"三个斗大的字为范曾题写。

四合永是一个边塞小镇，据说当年有四个情同手足的朋友结伴来此做生意，创下了一番基业。29日早上6点，我们乘6030次火车来这里。这是一趟通勤车，很多工人农民手提饭盒及劳动工具在车厢内走动，呼朋引伴，玩牌聊天。车厢里弥漫着辣辣的旱烟味。同大多数新兴的旅游城镇一样，四合永亦是一个异常热闹的地方：站前广场停满各种出租车辆，几家专营旅游品的商店彩旗招展。当地人说，坝上平均海拔一千五百米，早晚温差大，得穿棉服戴手套。好在我们是有备而来，就径直雇了一辆面包车驶向坝上。

二

对于坝上的秋天，其实我并没有感到多少奇异，这缘于我的童年生活。一个在山区长大走向城市的浪子，心中永远盛装故乡的山水！但是，正因为久别乡村，才有奔赴乡村的渴望。

从四合永到塞罕坝，公路两旁是两脉长长的高岭，远远望去，仿佛一双巨大的臂膀缓缓展向天际，所有的树，无论乔木还是榛莽，皆呈现出一片金黄的色彩。每一簇向上伸展的枝条，在秋风中不停地抖动，犹如跳跃的火焰于湛蓝的天幕下灿烂夺目。

这时的村庄是宁静的。人们都走出院门，涌到田野，那一棵棵高粱，一穗穗苞谷，正等待着收割。农人们一年四季的努力，如同大自然一样，最终，都是为了这个季节的辉煌。

三

坝上拍日出，据说最佳景点是位于军马场东面的三喇嘛山和大喇嘛山。清晨4点30分，我们从军马场驱车前往，不多时突遇道路堵塞，几经绕行，仍过不去。司机李见心说："去小峡谷吧，那里也是拍日出的好地方。"

我说过我不是艺术家，我只是一个漫游者，尽管我手中的机器是尼康F5。所以，车到小峡谷，就在大家都紧张忙碌占领有利地形时，我却慢慢地坐了下来，点燃一支烟抗衡有些肆虐的风。与我一样萎靡的还有晚报的两位女记者，她俩各握一台傻瓜相机，蹲在白桦树后，嘴唇发紫——这是她们拒绝穿棉衣的结果。

当那个遥远的淡黄的星球弹出地平线的一刻，我看见她没有带起一粒尘埃，宛如一个婴儿，赤条条地来到人间。这时，我还卧在潮湿的沙地上，周身却温暖了许多。耳畔传来咔咔的快门声。我知道，摄影家绝对不会放过这一刻，他们眯着眼睛紧贴镜框，犹如猎人面对豹子那优美的一跃。

四

清晨，天还未亮，驱车去桃山湖。透过玻璃窗约略可见莽莽荒原缓缓后移，自己却难以确定身在何处。李见心告诉我们，这里是冀蒙交界段，亦是滦河发源地。这时，宋队对我说："你不是玩源头的吗？下去看看！"

我知道他在揶揄我，但我的确探访过辽东的浑河源头、小兴安岭的汤旺河源头、黑龙江源头。在我的热爱旅行的朋友中，有专门走长城的、穿沙漠的、漂河流的、攀山峰的甚至玩三交的（三省交界），能玩的几乎都让人抢了先，只剩下荒山野岭那一眼清泉一片沼泽了。

冀蒙交界的滦河源如同一个泡子，静静地躺在沉睡的大地上，晨曦微露，泡面泛光。资料记载，它的上源为闪电河，出于丰宁县，后绕经内蒙古东南缘多伦县北，又折向东南流。下游在乐亭、昌黎两县间入渤海，全长877千米。1983年建有引滦入津工程，那时，我还是个中学生。

站在滦河源头的石碑旁，我留下了一张照片。

五

1845年春天，美国作家亨利·戴维·梭罗手提一把斧头，在老家康科德城的瓦尔登湖边独自建造一座木屋，过起自耕自食的生活，并在那里写下了著名的《瓦尔登湖》一书，被后人称作伟大的超现实主义作品。康科德城，我没有去过，但是，我愿意将塞罕坝上的桃山湖称作中国的瓦尔登湖。

站在高岭上远远望去，桃山湖犹如一面椭圆形的镜子镶嵌在赭色的大地上。蓝天下，秋风拂过水面，带起层层涟漪。这里实在是太静了，静得连白桦树的枝条都不忍舞动，生怕弄出声响。而那纯黄的树叶更是欲落又起的样子。我与张鹏同学绕湖走了一圈，大约一小时。

湖边设有栈桥、亭台和收费处，但我们没有见到一个游人，更甭说隐居在这里的作家啦！中国作家此时大都猫在城市的灯红酒绿和宦海的浮沉中，他们不屑来这里。

六

从桃山湖返回，路过大小峡谷，之后是白桦林。去年秋天，我与朋友游走小兴安岭，在带岭自然保护区曾邂逅白桦林。因为不是深秋，白桦林中仍是杂草丛生，荆棘遍地，每走一步都要十分小心。

塞罕坝上的白桦林更加疏朗、躯干更加挺拔、树皮更加洁白光滑。当我伸手触摸它的时候，竟如同初次触摸少女的肌肤一样，感到温暖与惬意。耀眼的阳光从树的顶端泼洒下来，宛若飘忽不定的阳光雨。我的队友正在集中精力调光圈对焦距，这美丽的画面将被镶在木框中挂在居室或展览厅的墙壁上。而我更愿意把她藏在记忆里，更愿意此时在林中漫步，听脚下发出嚓嚓声响。我相信，那是白桦树脱落的叶子在向我低语，如同情话。

七

这是我们在坝上度过的最后一天，确切地说是最后的几个小时。黄昏里，我们回到烟子窑村，店老板已将一桌丰盛的酒菜摆好。把酒临风，塞上豪情，拂晓，我们将离开这里。这时，我看见了那匹马。

那是一匹枣红色的马。油亮的皮毛泛着铜质般的辉光。昨天，我骑着它在村外的沙地上遛，对，是遛不是跑。我不会骑马，我手中的鞭子未曾碰过它一下。与我并驾齐走的另一匹白马上的梁小猫说："你们俩好像是兄弟，亲密无间啊！"

马在店门外站着，透过窗子望着我。店主说这并不是他家的马，但自从我们住进来，它就经常徘徊在门外，难怪我昨天骑它遛的时候，没有人主动上来向我收费。这时，我忽然感到一种莫名的冲动油然而生，冥冥中，仿佛我的魂灵在广袤的黑夜呈现。在十二属相中，上天为我选择了马，无论它驰骋荒原抑或驻足乡村，就像眼前一样在窗外的月下昂首注目低头吃草，都是一种宿命。

可是，我们终将离开这里，回到浮华与奢侈的世界。

八

10月2日上午从四合永到承德，下午登金山岭长城。是谁最初将万里长城比作蜿蜒伸展的巨龙已无从考据。但一定是在很久以前，在历史深处。那时，硝烟漫漫，旌旗猎猎，烽火台上的烟火连绵不绝，但毕竟俱往矣。听工作人员说，国庆期间，金山岭长城装饰了彩灯，夜晚看长城才真如一条长长的巨龙呢！于是，我们在山上停留下来，等待夜色降临。

晚8点，长城上的彩灯次第开放，从脚下到天际，一盏盏如金色的珍珠悬挂，又依稀听到互相碰撞的声音于耳畔回响。这时，长城上一片欢呼声，无论中国人还是外国人，都伸展着手臂。同时一种液体漫过我的眼帘，我庆幸，我的生命中有着如此灿烂的一夜。

次日早，大家去长城上拍日出，我没有去。独自坐在金山岭脚下的旅馆里，翻开阿尔多·李奥帕德的《沙郡年记》，窗外的阳光渐渐明朗起来。

在这儿，到了十月，我孤独地坐在美加落叶松之间，听猎人的车子轰隆轰隆地在公路上奔驰而去，拼命涌向北方那些拥挤的郡。当想到他们跳动的时速表、紧张的面孔以及紧盯住北方地平线的急切目光时，我不禁暗自咯咯地笑……

李奥帕德在笑什么？我无从猜想，但我知道，这位美国伟大的生态学家、环境保护主义的先驱、"土地道德"的首倡者、可敬的守望在大地上的人，在危机四伏的20世纪，在远离现代文明的威斯康星河畔，买下一座被榨取殆尽后遗弃的沙化农场，每逢周末或假期，带领全家来这里，试图用双手"重建我们在其他地方正在失去的那些东西"。他在此努力13年，直至猝死在去扑救邻居草场大火的路上。

从吉林到海林

向着东北走，我一直以为是一种宿命。

长白山、黑龙江、兴安岭、伊春、漠河、嘉荫等，这些在中国北部版图上或大或小的名字，在我前脚进去后脚出来似乎还未停歇半步的时候——我又系紧了鞋带。但这一次，我却走得如此匆忙，以至于现在只记得一些鸡毛蒜皮的事。

一

1月30日，农历腊月廿一。辽宁大学摄影系的宋振军老师给我发手机短信，大意是让我立马赶到吉林去，他在那里等我一起看雾凇。此时，宋在长春，还有他的学生哲，他们是来招生的，工作业已结束。诚然，吉林雾凇声名远播，不过，作为一个东北人我并没有多少兴致。朋友波说："不就是树挂吗？小时候河套边的柳树趟子里一绦一绦的都是。"当然，波不是驴友，他到黄山也是打麻将喝酒啊！可我与宋则是老搭档了，去年正月十六，我们一起登上长白山。而前年秋天，河北塞罕坝上则留下我们放浪的形迹。

想起这些，我就不能自已。

二

沈阳北站至吉林的171次火车是下午1点12分开的，四个小时后到达吉林。也许是临近春节的原因，从车站里涌出的大批民工铿锵有力地迈向出口。站外，则是华灯初上，一片祥和的景象。

宋老师站在月台上，一顶狗皮帽子握在手里，老远看去显得有些刚毅。哲却还是那么娇小而曼妙。

我说："听天气预报，明天并没有雾凇呀？"

宋老师说，观赏雾凇，讲究的是"夜看雾，晨看挂，待到近午看落花"。也就是说，有没有雾凇得看今夜江上是否起雾。我们知道，吉林雾凇是在吉林市独特的地理环境中自然形成的。从吉林市区溯松花江而上十五千里是丰满水电站，冬季江水通过水轮机组温度骤然升高，即使数九隆冬，从水轮机组里滚出的水仍有4℃，这些江水载着巨大的热能缓缓流经市区几十里而不冻结，水面蒸发出的热气与地上的冷空气汇合，在一定气压、温度、风向等条件的作用下凝成晶状物体，这些物体挂在沿江堤岸的松林杨柳上便形成了雾凇。所以说，吉林雾凇并不是天天都有的，这要看天气情况。

一席话让我顿时怀疑此行的意义。哲则揶揄道："宋老师又给我们讲授知识啦！"

三

早晨7点起床，我在旅馆里喝了粥即沿着重庆路去江边，忽见路旁有一店曰：雾凇书画社，就踅进去。其实这里并没有多少书画作品，而是一些笔墨纸砚和字帖画册。也不见其他顾客，只有一个中年大姐在拖地。我踱了一圈，正欲取架上的一本书时，却不小心将脚边的一个镶嵌书法作品的玻璃踢碎，便有些紧张——在这人生地不熟的也不知要赔多少钱，我想。大姐却说："没关系，这画放的位置不好。"我说："多买你几本书吧！"遂将《历代印风系列》两册和叶一苇的《篆刻趣谈》购下，近五十元。

出得门来继续向江边走。不多时，就看到宋老师和哲一脸沮丧的样子：果然不见雾凇！而且当地人说，近来天暖，恐怕几日内也不会有。不过，这个与省同名的城市，即使没有雾凇，清晨里依然是那样的美丽与安详，仿佛处子静静地躺在连绵起伏的长白山支脉中，任松花江水穿身而过。我想起一句话：逐水而居的人是幸福的。

无缘见雾凇，我们就谋划着另一条线路：去黑龙江海林双峰林场暨著名的中国雪乡。说走咱就走，上午10点55分，我们一行三人跳上了吉林至敦化的165次火车。这是一趟慢车，车上挤满了人，咣咣当当，直到蛟河才腾了空位。这时，宋老师拿出一本地图册，指着上面说：在敦化的前一站黄泥河即有去海林长汀的铁路线。但问周围的人都说不知道，乘务员也说不清楚，甚至还肯定地回答："去牡丹江或海林只能到图们倒车。"难道是书上错了？这可是学苑出版社的新版啊！或许那是一条军事铁路或运输木材的专用线呢，也说不定。

下午4点多钟，车进敦化。赶去客运站，往海林方向的长途汽车最末一班已经开走，只好跟一位拉客的妇女去她的家庭旅馆。还好，男床五元，女十元，安全干净。

四

两日奔波，既没有看见吉林雾凇也没有赶上海林汽车，三人懵里懵懂地流落他乡，宋老师就有些急，一急，就愿意请饭。所以当我们刚走出通往旅馆的那条胡同时，他就问："左转还是右转？第一家饭馆就是咱们饕餮的地方！"果然不出百米，就有一家朝鲜族风味饭店，三人几乎同时迈了进去。

已经很久没有吃到这样纯正的朝鲜族风味了：狗肉、米肠、冷面、大酱汤、高丽咸菜与哈啤五加白。我们盘腿坐在温暖的火炕上，兴高采烈地吃喝起来。地下的服务员也异常热情，跑前忙后，加汤添茶，偶尔还加入一两句闲话。我问："这地方有啥风景名胜？"她告诉我们，城郊一山上有座庙，号称亚洲最大，为港商投资所建，里面供奉着观音菩萨，每逢阴年吉日，香客如云。忽一天，狂风大作，佛倾庙塌。后有好事者研究，说此地因出贪官横行乡里气晕神仙。也有人说该庙建设中偷工减料，终成一座豆腐渣工程，云云。

当然，现在这庙早已修葺一新对外开放。不过我们没有去凑这个热闹。

五

2月1日，农历腊月廿三，小年。早上买票前宋老师问我到哪里，我说宁安。对了，忘了告诉你，这次旅行我是队长，以前都是他。从地图上看（又是地图！），宁安也许会有直接通往长汀的车，即使没有，也会有到海林的，这样便省去了绕道牡丹江的路程。之所以这样决定，一是我不愿意遵循别人推荐的线路即到牡丹江转车，二是我喜欢目的地不太确定的漫游。

早晨6点20分，汽车启动。这将是一次长达四个多小时跨越两省的旅途。先前，我还睁大眼睛透过挂着薄霜的车窗，向外窥视那个渐渐远去的敦化小城，尔后，却昏昏睡去。直到一次停车，宋老师唤我去尿尿，我才醒来。下车一看，此地正是吉黑两省交界处，公路两旁立有对联一副：东南西北连接两省山水；春夏秋冬笑迎四方来客。横批：欢迎你到黑龙江来！不禁使人顿生暖意。这时，手机也有了信号，直到镜泊，汽车驶上雄伟的大坝时也是杠杠的！遂给远方的朋友发短信：此时我在黑龙江省镜泊湖畔向您问候：小年好！这里湖光潋滟，渔舟荡漾，快"打飞的"来跟我一起钓鱼吧！

朋友回：唬谁呢！镜泊湖冬天不封冻？喷！

的确，宁安没有直接去长汀的车，须由海林转，但宁安到海林非常近，车票只需五元。车上有两个刚从大连返乡的姑娘，知道我们是来旅游的，就热情地告诉我们：海林最好玩的地方是横道河子虎园和威虎山国家森林公园。我说："是杨子荣与座山雕打仗的那个威虎山吗？"她说："当然。海林还有杨子荣墓呢。"可惜，我们没有时间去。

其实，以前从海林到长汀是通火车的，那种我们在电影《林海雪原》中看到的摇摇晃晃穿行在大森林里的小火车。后来公路发达了，火车就逐渐被撤掉。这时我想起，那本地图册上从长牡线上旁逸斜出的铁路，可能也是这样被撤掉的，只是后来出版时不知出于何种考虑，仍然留在上面。看来，小火车是坐不成了，那种"呼哧呼哧——呜——"的声音只能回荡在童年的记忆里了。

我不知道，这究竟是谁的悲哀？就像不知道公路发达了树木也被砍光了一样。

六

海林市位于黑龙江省东南部，因境内有海浪河而得名，地理特征鲜明，素有"九山半水半分田"之称。与北方大多数边地城市一样，这里土地肥沃，物产丰富，主要有林木、矿业、水力、山珍和旅游五大优势资源。我们的目的地双峰林场，就是这几年开发的冰雪旅游景点，因这里背靠黑龙江省第二高峰老秃顶子，每年秋冬之际，风雪涌山，深达两米，雪期长过七个月，为全国降雪量最大的地区，被誉为"中国雪乡"。雪乡的皑皑白雪随物赋形，如伞如菇如兽如蛙，衬托着典型的东北民居，依稀一个童话世界，使无数的旅行者及摄影发烧友趋之若鹜。

如果从城市地形图（还是地图！）上看，海林市宛如一只展翅飞翔的雄鹰，而双峰林场恰是它左翼边缘上的一个漂亮花斑。

但要想触摸这块花斑，也并非易事。我们已经走了将近两天的路程，眼下还只是在长汀。

雪是不知不觉下起来的，一片片，若玉色蝴蝶翩跹在汽车的灯光里。通往雪乡的路，静默如带。远处偶尔传来几声犬吠，倏然又消失。司机说："转过山脚就是雪乡了，今晚的雪乡一定很美。"司机是一个胖小伙，我们从长汀包的他车，一百五十元。其实我们完全可以等下午4点40分从长汀到雪乡的最末一班车，可是，我们的确有些累了，我们急切地想尽快到达那个叫作雪乡的地方，歇歇脚。

七

的确，夜晚的雪乡很美。一座座木栅栏围起的房屋如同一个个神秘的世界，在红灯笼的辉映下，泛着诱人的光芒。屋檐上的积雪仿佛奶油蛋糕，又像是硕大的冰淇淋，勾起你的欲望。在这里，我相信，你随意推开哪扇门，都是一个温暖的家。

是山野果泡的酒太浓？还是劈柴拌烧的炕太热？我不知道。总之，当太阳升起老高的时候，我才钻出老乡家的被窝。四下环顾，却不见宋老师，隔壁的哲也不在。老乡说："他们一大早就起来带着相机去滑雪场啦。"

来不及洗漱，我也急忙抓起我的尼康F5奔了出去。

此时的滑雪场只有我们三人，确切地说只有我们三人沿着雪道扛着三脚架一步一个脚印地向着山顶攀登。身后是白雪覆盖的屋脊以及屋脊上袅袅升起的炊烟。因为昨夜下了雪，滑雪场上的雪很厚。宋老师边走边对着手中的DV喊："经过两天两夜，我们锵锵三人行摄爱小组（摄影爱好者小组），终于从吉林来到海林。此时，我们正在攀登雪乡身后的滑雪场。我们相信：山高人为峰，风光在险峰！……"哲说："宋老师居然恋上了表演秀！"

两个小时后，我们在山上疯够了拍够了，才连滚带滑地下来。代价是：我衣兜里的两个胶卷不翼而飞。那可是我拍完了的啊，天！

八

转遍了雪乡的沟沟坎坎、旮旮旯旯，剩下的就是吃吃喝喝、侃侃聊聊了。我们投宿的家庭旅店，女老板叫王海云，男的姓张。也没问对方年龄，我们就直呼他们张哥张嫂了。

张哥介绍，双峰林场在地理位置上属于吉林省，而在行政分布上则划归黑龙江省大海林林业局。20世纪50年代以来，这里曾为国家输送大量的优质木材，直至20世纪80年代砍伐殆尽，林区工人从伐木工变为护林员甚至失业者。张哥是林场工人，曾一度放假，今冬才有了装卸木材的活计。张嫂没有工作，便像很多人一样开起了家庭旅店。谈起旅游对本地的影响，张哥觉得是好事，起码给百姓带来了经济实惠，也打破了长期以来的固步自封。但随着交通的改善，游人的增加，难免也会带来很多不利因素，比如环境的破坏，居民朴素安宁的生活被侵扰。张哥说："从前我们这里可是夜不闭户的啊！"

张哥的担心又何尝不是我们的隐忧呢？丽江的人满为患、泰山的三重索道、张家界的登山电梯、塞罕坝的风驰电掣……开发与保护，似乎永远是一个悖论。

九

告别是难免的，尽管有些不舍，锵锵三人还是前行了。然而，就在我们刚刚抬脚的那一瞬，老天爷跟我们开了个小小的玩笑：由于宋老师吃坏肚子，我们没有赶上雪乡到长汀的第一班车。这就意味着我们将晚一小时到达海林而错过中午的牡大快车。这天已是2月3日，农历腊月廿五，据春节还有五天。

但也因为这一小时，我们意外地见到了海林横道河子的东北虎。当然还收获了友谊。

那天，买了晚6点28分的2018次牡丹江至沈阳北站的车票后，宋老师就提议去虎园，反正还有四个多小时的时间，多转一个地方赚一个地方！我给哈尔滨摄影家王远昌打电话，请他帮助联系虎园的朋友，于是我们认识了那里的袁姐。

那日，风很紧。我们三人从虎园拍照出来，双手捂着耳朵，站在公路旁拦截回海林市内的车。也许是因为我们都背着大旅行包提着三脚架的缘故，过去三辆车都没稀得给我们停。再这样下去，岂不又误了车？焦急间，一台黑色桑塔纳忽然停在我们身边——袁姐走下车，喊道："快上来。挤挤！"

程 远 媒体人、写作者，中国民间文艺家协会会员，中国散文学会会员，辽宁作家协会会员，辽宁散文学会理事。作品散见于《山西文学》《福建文学》《北方文学》《鸭绿江》《西湖》《芒种》《江苏散文》《当代中国生态文学读本》《时尚旅游》《汽车之旅》《中国文化报》《中国旅游报》等全国数十种报刊，部分作品在报纸连载、开设专栏、被收入年选或获奖。主要作品《底层的珍珠——树基沟·红透山：一个人的词典》《向着灾区走——5·12汶川大地震日记》《杯酒人生》。执编的散文随笔集《活着，走着想着》获辽宁省首届"最美图书奖"。现居沈阳。

燕山秋意图

◎北　野

　　秋风凉，秋风凉，一场秋风一场霜，

　　寒露单打墙头草，蚂蚱死在草棵儿上。

——围场民谣《秋风凉》

　　秋风落叶，大地都能看清它们的路数。秋天把一些秘密聚集到高处。秋天也把一些白云和轻霜，用落叶升到空中；在那里，它们是明媚和孤寂的，它们用翅膀发出离群孤雁的声响。

　　一条河流兴旺于汛期却枯竭于秋天；而两岸的人群，却在不断变换面孔；时间不能计算的前景，仍然一片模糊。人在青天白日胡为，鬼在深更半夜推磨。只有《洗冤录》中的幽魂不断生出往生之心。

　　而秋分只是其中一串马蹄，风声一阵紧似一阵；最愚蠢的蜗牛，仍然不知道向速度索回宿命。而我一个人的孤单，像正在飘散的烟尘，想一想秋天，连心都寒冷和恍惚了。

　　"看万物生长，像一场闹剧"，但现在它们安静了，它们紧随在一场梦之后，山月疏朗，天堂倒影，众生欢腾，人间像潜伏的净土一样；而溪水中的鱼，却如同虚弱的香客，转眼就淹没于一片烟雾。

秋天呵，现在，我只需要一阵风声，和它的破碎、绝望与缓慢的消逝之美，以做遥望、沉默和安眠之用。

深秋的暮色是末世的水纹，它在远处收藏了那些坠落的星辰。还有一只飞离的白鹭没有被捉住，还有一个内心迷茫的人，在大地上露出头顶。

树冠上的怒涛，遵从了吹拂。数落叶的孩子，遵从了自己的天赋。我心中堆积的山谷，已有几十年寒暑。在浩荡的时间之中，它迷惑、困顿，空空地摇晃，像一道狭窄温暖的裂缝。

野菊花变幻一个角度，露出明亮的瞬间。而我的倒影并不在其中，草原被秋风洗刷一遍，连寂寞的阴影也显出命运迷人的光晕。

房顶覆盖了新运回的粮食，庭院渐渐亮起安静的灯烛，如果我居住在幽暗的乡下，如果我是一个穷人，生活在此时开始变得力不从心，感伤、忧郁，但我仍然喜爱一个村庄暗中滋生的寂静。

如果一片高原突然升起，哦，塞堪达巴罕。而我只是它怀中一只胆小的羔羊。用身边花草果腹，偶尔登高，或心生旁骛。但雪白的绒羽仍被秋光照彻，一副纯洁的骨架，仍摇响山冈上的铜铃。

当我的世界变成最后一个村庄，我的未来就是一道幻影。

两腮塌陷，舌头在敲他自己的头。一个矛盾的后代，被我自己溺爱。但他力量有限，除了勉强生活。他仅能完成对一座村庄的欺骗，而一个野心勃勃的英雄，却可以祸乱一个幸福的盛世。

洪水伸出马蹄，一场婚礼被砸翻。未出生的孩子，沉睡在荒冈上。而一片高原上的波涛，正在冲洗上帝的屋门，来自天空的寂静堆积在心中，它能克服多少人间的忧郁？

热风挖开深渊的时候，并不拒绝收割青萍的头顶。落叶里烧毁的名字，又重新在落叶里起身，找到肉体，要完成大地上一百倍的空虚。时间中的静物被抓住，被雕刻，留下喑哑和飞舞的化身。

唯一被恭维的海螺，在黑夜的大海上，突然自己吹响。目睹了沉默的人，也目睹了现实的脆弱和颤抖。风筝在飞。远方离开了远处。落日下的密林并不带领虚弱的野兽，像一个人内心瞌睡，但灵魂闪耀。

天空升高，整个世界的影子突然映入，像我经过秋天，奔腾的身体一下被掏空。我雪白的骨头被谁阻拦、抓住，像木笛一样发出呜呜的声音？

我所降落的草尖在翻滚。巨石摇晃，漩涡骤起。

树根下的天空，如此沉默。而早晨突然站出，旭日像猩红的野兽，在树枝间露出炫目的身影。

大地如同一场辉煌的梦，我寂寥的笑声，已不比往日。山峰外面，岁月停留在塔尖；离开河流的波涛，走入人群，用母亲的手指，洗白那些街灯。

而村庄和草原，久久无动于衷，像流浪者冷酷的漂泊之心；风推着白云，擦拭山顶和树丛，擦拭蜂巢中空洞的黑暗和甜蜜。我在虚空中被抓住，但我并不能在一瞬间，感受到人生的真实和寂静。

"如果这是启幕，从我的身上，永远没有通向远方的道路"，而地球，只是让天空如鲠在喉；而我的降落，只是新生者一次堕落和匿名。但一场突如其来的暴风雪，像历史设下的陷阱，它用我的身体，向黎明的大地渐渐逼近。

你派出一个人，守在路口；你派出另一个人，守在窗口；树顶上的路，过于开阔，要留给星宿去把守。

低处的乌云，是人间的迷雾，它首先要抱住尘土中熄灭的脚步，而贴近磷火的棺椁，是树根里金黄的仓廪，它盛满了生活中走散的人群，和雨水里衰落的宝石，如果它继续坚持了大地的法则——自己消失，又自己填补，像生活中的灯光，明灭，闪烁，恍惚……我们即使揪心，也毫无办法。

秋风在旷野上，响着呼哨，它一层层剥开湖水，和两岸乱蓬蓬的柴门，坐在树荫下的人一动不动，像一只沉睡的蟾蜍，偶尔睁一下眼，它似乎看见了千里之外寂静的池塘，正在卷起银光；而我仍要赞美，那些停留在落叶之中的无限生机，和它们身体里到处弥漫的衰败的烟雾……

秋天，如同一场浩大的真理，而我们在一切真理面前，都过于渺小，微弱无力，如同大地上陷入等待和重生的草木……

沫蝉的琴柄，是一棵红色桉树，它树冠上的广场，正在云中悄悄扩大，射出秋天最远的星光；盛装豆娘，在新房的阴影里，筑起了另一道阴影；而蟋蟀的身体是燥热的，它浑身冒着金光，即使是咬牙切齿，也无法隐匿断裂的柔肠。

蜘蛛在网中沉睡，它被自己梦见的幸福突然击溃，一下子掉在地上，像一颗摔碎的露珠；而织娘的小纺车并不由月色画出，却要由夜幕擦亮，它和穿过纸壁的金蛉子，突然与飞逝的流星相遇，就产生了烧毁自己的愿望。

螳螂的银刀，在翅膀下慢慢抽出，像从肉里拔钉子：既有刀子的尖锐，也有刀子的声响；那些蚯蚓——那些无声的潜行者，在泥土里偶尔穿过，让徘徊在树梢的鹭鸶，突然在半夜，就听见了来自大地深处的轰响，而一片混乱的池塘，用雪蛙的肚皮和嘴唇，就把整个夜晚的波纹，全都装走了……

窗台前，一粒煮熟的蚕茧，仍声嘶力竭在喊："你即使变成灰，我也能认出你前世的脸！"

鸿雁归，玄鸟来，群鸟双目闪闪，像铜铃返回的波光，在天空聚成了一团银色的河流，它们的波涛，以远处的星辰为两岸。

而孤身一人走过深山的，不是古寺里满面红光的僧侣少年，而是早晨的钟声里，突然放下了杀生之念的猎人，他正把一杆猎枪，埋入落叶纷飞的山冈。

长天浩荡，白云悠闲，而人间开始变得越来越浅，像露出水面的河床，那些细沙和尘土多么柔软啊，它们散发着金子和心脏的光。

灰鹳把新房安在树顶，鼹鼠把粮仓藏进泥土中央，睡蛇飞过农夫的肩头，露水在长着向日葵的旷野上，洒下了一层白霜，溪流喷薄而出之时，已经把一条湿淋淋的山谷，变成了镜子里木铃花盛开的草地和虹霓弯曲的模样。

此时我不在天空里出现，我要在白桦树下与你相见，那些红得像丝绸一样的树叶，还没有掉落，我要赶在秋风摘下它们之前，我要赶在暮色染黑它们之前，与你在树梢下紧紧相拥，像两枚月亮，同时升起在寂静的山顶。

而在赶往山里的途中，我要边走边喊你的名字，像喊住那些南归的大雁，像喊醒它们队伍末尾，那个突然的伤心人，让它偶尔回头，就变得心慌意乱，然后一个人悄悄地飞回，我久久仰望的雪花闪亮的树冠之上。

重新回到我们身边的人，都换了面孔，这是秘密；转瞬即逝的人，像寂静的流水，只获得了片刻的机会。在大自然中，幸福和繁荣，都是不存在的；而荣誉，仅仅是一种虚假的冠冕，它另有危险的目的。

像我们所设计的秩序中的一环，它必须要让一群心愿宏大的人，在其中找到适宜自己的虚荣。它还要让一群小人物，在其中发现自己命运卑微，而那些貌似完成了任务的人，只不过是一些两手空空的狂徒。

一切事情都有公正的结局，这是秘密。大地正在撤去它的星辰，包括沉溺在风声里的人群，和他们身体中的一颗疲惫之心。在这个空旷的季节，尽管我手足无措，蟋蟀仍然沉着地发出它唧唧的叫声。

落叶弥散四野，中午的山冈撤去了树荫和蟾蜍的脸庞。狐狸并非老谋深算的那个，而老虎正在树顶徘徊，它不仅仅迷恋暖阳中的沉睡。

深草中的兀鹰，正站在青石上，用翅膀拍打水塘和白露的光。恋爱的人，返回大路，留下刻有誓言的那棵皂角树，像火苗一样在风中摇晃。

而这些还不够，此时还要有一两朵白云，飞过头顶，做出依依不舍的样子。像几个世纪以前的那种状态：寂静，空旷，没心没肺，一切似乎都大有深意，一切又都了无希望。

这样才能使一个秋天转瞬即逝，这样才能让一片深山，埋住心里那些不死的废墟和浩荡的时光。

漆黑的树木在夜晚发出祝愿。幸运的花朵用自己的手点燃了火焰。一匹幼兽飞过头顶，它运气莫测，它有闪电的齿轮，但它并不背叛云朵。

天空的窗口在移动的时候，把这些炫丽的水流慢慢变成了人的脸庞。而我随着一只狗旅行，四十年后才渐渐记起梦中的家乡。

母亲的旧信纸传出的声音，让泥沼中冰冷的孩子浑身发烫，像被阴影照耀的变色龙，心中突然闪闪发光。而我今夜的幸福，并不为人所知，像一场弥漫的烟雾，它用奔腾的虚空，盖住了我宁静的心房。

今夜是霜白之夜，寒流起于四角。而我从来都不在此时掩盖自己的忧郁，就像我生来就迷信空荡荡的远方。

我相信所有山峰都是可以翻越的，只有传说中的那座山冈，才能把我降低，像驱赶田野上那朵孤独的白云一样。

当你在远处悄悄为我衰败之时，我一个人正在天空里照见自己两鬓飞霜。

而大地所减缓的光泽正向海洋里坠落，此时草原多喧嚣，大雪压住了所有屋顶。几万里草木发出同一个声音：安静，安静！

时间正用它的波浪推动湖泊和峡谷，推动大地上一切命运中的不安和静穆……

天堂的真理是浮云的声响。而尘世的真理，是聋哑人的梦幻。它埋在心里，不能被诉说。我可以验证：灾难来临之时，所有包围你的人都会跑掉。而幸福，会让不同的人都闪闪发光。

我把自己囚禁的时候，既熟悉了自己的心灵，也熟悉了暴力的力量。我没有理由放弃道德，是因为无耻的事情太多，它们超过了信仰。被死神押走的人，天天回头和我说："再见！"这是现实的，也是真切的，我承认：我早晚会和他们一样！

此时我感到生命的范围非常有限，而我只能选择一个角色生活，一个暧昧的小人物，既不能对别人施以援手，又不能消除自己心中的恐慌。

那些被毁坏的城市和村庄，它们是在等着接纳什么人吗？像取消了闪电的天空，它在等待一朵白云寂静的光？

而我此时多么贫乏，秋风已经把我掏空，我一点力量也没有了，我的身体像被时间击垮的废墟一样！一只偷生的蜥蜴被发现，而它还不知道躲藏，它关闭的沙土，仍然在记忆里发出轰响。野兽翻遍山冈也找不到的泉水，突然在瓦罐里冒出来，而它只剩下了一团耀眼的虚光。

此时捎来口信的人令人生疑，尤其是在这个肃杀时节，他的微笑比未来人更诡计多端，"心有不轨，爱上恶魔"，我在半夜观察他的睡姿，突然发现他露出了狐狸妩媚的嘴脸。

而我是鞑靼人的后代，我不喜欢阴谋诡计。我喜欢散开长发，环佩激越，一个人冲过草原，像月黑风高之夜里的弯刀一样独自飞翔。

现在我讴歌的时代，已经坠落。它的新生，需要在落叶中寻找。像我重生的爱，它散落在远处，而结局仍然神秘莫测！

此时，我无限眷恋山里的薄暮、彤红的云霞、山冈、灌木和乔木。在它的下面，大地幽远，万籁俱寂。河流和村庄，都染上了阵阵轻烟……

野兽和陨石隐身在远方，没有人能目睹它们心中突然闪出的光亮。我有幸利用了最后的时间，在落叶中建起一座新家：茅檐低小，流水声远，月上三竿之后，我一个人在门前饮酒、漫步；这是我用来恋爱的圣境，也是我用来消逝的世界。现在我一个人，暂时要用她来徜徉和狂欢，像沉醉在遥远的记忆中一样。

霜露不须把我激怒，落叶也不会让人感伤。此时，只有风声和书籍带来的片言只语，才会让人略显疲倦；在落日绚丽的余晖里，恍惚生出一些人间的惆怅。鸟鸣寻访，它用骨针敲打我的前额，而沙麝却要在后半夜，把它的香囊挂上屋梁。

此时山外有多少人，正在借机锯开木头，在虚空中竖起梯子，要爬进自己颤抖的新房。而我只在月光下讥笑他们，我无声的讥笑，适宜我自己在草地上安坐，也适宜让秋风收缩身体，抚平心中偶尔起伏的波浪。

阳光照耀大地，灰土，山岳。抽象的人间，连绵不息；我的确属于这里，特别是晚上，树林的声音，像醉鬼的回忆，远景的片段不断闪现……

我享受过的某种幸福，像田野之花，在露水中盛开和凋落，总有优美和无奈的启示；我可爱的田园，不能只饱含了你的浪漫，它也暗藏着我心中衰败的力量。

果实熟透在秋风中，而它们是多么易碎！无论是生是死，都没有人能追上它们心中消失的虹光；枯枝的游戏，多么稚气和令人错愕，如同即将销声匿迹的金子，它们在空中互相照亮身体。

树林里浮游的幻影从不减少，暮色让一切都得到继续。老死在家乡的人，提前刻下自己的墓碑，而去年的旅人，仍然陶醉于一个人的漂泊，美好世界的创造者已被人间遗忘，而我今天要称颂的人，正被苦难改变脸庞。

我亲爱的无花果树呵，高高兀立在北方的山冈上，守卫着心神不宁的沙堤、荒野和远方；在万物的形体之下，隐藏的人仍不现身，花草按着安排谢落，而我自身并不生长；万物之境，令人神迷，唯有泥土中的寒凉无法克服；唯有头顶上簌簌作响的星辰，不知落向了何处；唯有天空下一个忘记了姓名的人，被时间晒黑了心脏。

落叶中的歇脚之处，仍然不能治愈我心中的荒芜，占居一片山坡，翻土，种花，在月光下发呆，和冥想一样；而秋天像梦乡一样华丽幽深，此时，没有人能揭开它的秘密，像轻浮的人，永远不会知道我心中突然涌起的悲伤。

我如此熟悉那些凋零——那些远行的死者，像落叶中的繁星，那些虚妄的人，那些襟怀坦白的人，都衰败得如此耀眼和触目惊心；那些强壮的身体，像突然放倒的枯树；那些卑微得一声不吭的人，曾经扮演生活里的弱者，此时，他们消失得多快呵！像夜色中一滴露水。

我不知道幸福在他们心里留下了什么证据，而我迷恋的人，如失眠的灯笼，他们也将在人群中——熄灭……

风声渐起。秋虫纷纭。我心中一片混乱，已经无法在平静的等待中聚精会神，餐风饮露的人飞过了洁白的山冈，两手空空的人双眼一片迷茫，只有深陷爱情和幻想之中的人，才偶尔露出满脸甜蜜和晕眩的微光。

今天是一场盛大的典礼，我们谁都不能躲过这命定的捕获，即使是石头中的水晶，也不能逃脱这衰老的时刻；即使是旷野上巨大的寂静，也不能掩盖那些免于一死的幽灵；而远方的大海上，时间举起的每一片波涛，都是一次爱情的重生。

那么，就让我用一个早晨来告别吧，像在所有的缺憾中，默诵一段崩溃的诗句："一个死于追求的人，是时间让身体丧失了节奏——"

落叶新红。天空高远。心中突然掀起阵阵波浪，这时你才知道，秋风已经君临大地，我双眼迷惑，满面苍白，像一个失意的人，走在郊外的田野上。树冠放光，云中纷乱，仿佛高处悬着一层白霜。世上那些懵懂的人，都散失在山冈的周围，并没有人真正关心他们是来自昨天的幸福生活，还是消失于今天的迷幻时光。

墓地上翻身坐起的身影，正在寻找旧时的恩爱。而婚姻中的叛逆者已经另有了新欢，只有一两个痴心的人，还在苦苦等待，耽于幻想。藏在雾霭中的父亲是多么神秘和英俊，他在短促的生活中，已经慢慢变得心灰意冷，如同颓废的刺猬，刺破自己只是他最后的无奈之举。

快乐的岁月无孔不入，连野兽都获得了前所未有的尊严，但我仍然不能改变自己：秋风、落叶，整个世界的脆弱连成一片。我的谜底并不是这个秋天正被改变的万物，而是衰败的身体和其中乱成一团的心脏。松针倾泻在我身上，紧跟着大雪也将来临，现在它的羽翼已经暴露在雁阵的头顶上。

长时间饱受凄苦的海面正在腾起烟尘和波浪，而飞越黎明的女妖正攀上一条鲸鱼的翅膀，对于大海，秋天只需在它的头顶把高处的窗口擦亮。让一场疯狂的舞蹈，把双脚抬高。而我站在岸上，已经被一场风暴彻底扬弃，像一个落伍者，我仅落伍于今天这些衰败的时光。

不要惊动床头那片动荡的死海，病沉的人正蜷缩在激流汹涌的梦乡。虚度光阴的人，醉生梦死的人，收获了比秋风还要多的光荣和幻想。

陶醉于书斋的人，正躲进纸里，和一群鬼魂和狐狸虚构着半夜的月光。

落叶下深睡不醒的人，正被云中一双翅膀领着，只身穿过深邃的远方。

小人物满脸寒酸越来越像流氓，君子们正被浑身的正义和道德感激励得满面红光。只有一个聋哑人仍然喜笑颜开，他并不理解年轻的母亲，为什么要在小声的啜泣中慢慢衰败。

现在，我是村庄里最后一个濒死的人，我身后的屋门已经挂上了生锈的铁锁。在我生活坠落的那片山冈，还有一个苍老的牧羊人，他孤零零地站在山巅，遥望着大地上那些散失的羔羊。

"一切轻浮的幸福都需要被诅咒，只有无耻的人才有勇气看到时间的下场。"当我说出这句话，我的心迅速爱上了自己。而我的肉身，已经开始忙于迎接另一场即将被虚度的时光。

半夜风声呼啸，只短短一瞬，青萍麻木，感觉系于末梢。而我失眠之后，浮云起于树叶，促织喧哗，尽是优伶心事，一件两件，却都憔悴寂静。

远方多远啊，伊人在寂寥深处。而夜色肤浅，埋不住星光白露。此时若是肃杀节烈时刻，问开刀问斩人的杀人感觉，他说："乘夜好行风，乱麻，快刀，刀刀见血。"而我浑身颤抖，如天边萧萧落叶……

隔着一条山谷，藤条上的猢狲正四处溅开，它们消失在耳畔的天空，一如消失于轮回的深井。

我守着枯柳的衰落，也守着它们虚无的身影。但半夜，梨花突然错乱，变白，飞涌过山冈，黎明一下子就升上来。此时，月光仅仅停留在头顶，这些都仿佛魔术，而秋风徐来如不速之人，所以我们不必在意它要在身边干些什么，大家还是各安天命吧。

妹妹一直记着我的话，一直是无辜的样子，妹妹总是抿着嘴，在此时的长眠中醒过来。她因年幼，从不知长眠之苦，在没有人逼迫她进入酣睡之前，旁观者的眼神，是多么清醒和冷漠，像泡沫一样，他们形成了围观的人群，然后喧嚣、破碎，而妹妹已经渐渐爱上了秋风中的长眠，渐渐没于田野和空空的草木……

土獾在草皮下，羞涩，拘谨，心中偶尔一震，额头顶着晕眩的轻霜。

它眼睛看着我，像盯着恍惚的童年，它还不知道，草甸子上一个一个掀翻的沙塔，正在沉入夜晚，而日出的结果，就是把另一座沙塔，重新竖起在它的头顶。

此时，谁跑在最后，谁将被饥饿所击溃，这都需要计划。

隐约往返的根系，在它的胃里，开始泛起花草苦涩的阴影。

那些干净的少年，都用小鹿的身体，围绕着湖泊和毡房，围绕着跪在地上的羔羊，看它用红色的双唇，慢慢挨近母亲的乳房。而卧在夜色中的牛群所咀嚼的干草，此时正在天边的牧场上，像烟雾一样摇荡……

我在地皮上说："我，我们，要淹死于夏天的花朵和灌木。"我把枯枝立在树顶上，点着香烛；我把花瓣串起来，用于祭献；我把自己用作掩面啼哭的那个人，然后，在旷野上，高一声低一声地喊："人生一世，草木一秋！"夜幕下，蹲在河边洗脸的人，是三年前那场大火烧死的老榆树转世，它满脸的烫疤像丑陋的奥登，现在，他只能用树皮掩盖自己的真容；而那些烧灼的伤痕，已经被印在肉里，谁能把它们洗去？即使你用整条河的水，洗它三天三夜也没用。

我攥着一把灰在山里奔走。我的身体里跳跃着一万个树冠，我的皮肤里翻滚着一百里的树根，它们像石头一样被驱赶、轰鸣，无数座森林的影子在撞击我沉默的颅骨和头皮；我伸开双臂——我只能如此，但它们并不顺从我宏大的怀抱和山谷，它们在飞，像黑暗的沙尘一样飞，像苍黄的薄暮一样飞，像北方绝望的初春一样飞……此时，我对自己毫无信心，我只能抓住其中一粒，像抓住天空的袍袖上一块破碎的补丁。

木楔插进身体，它不仅仅是为了满足疼痛，它喜悦于其中的迅速躲避；这样的景象，也许可以证明：整座森林并不缺少敏锐的反应，少许的麻木，也许恰好控制了它的腐烂和陈旧？树顶上尖叫的人，舞蹈中跌落的人，棺椁中嬉笑的人，以灵芝的身份重生的人，在朽木上一下一下雕刻自己的人……或者，都另有自己的目的？

我不是那个疯狂奔跑与你迎面相撞的人，在你面前，我有时疾走，有时漫步，像用黎明或黄昏考验耐力和体力的那些老人，即使行将就木，我仍不愿做鲁莽的棒槌，一下就敲破了今天的鼓皮；我在楼头上种树，种悬铃木、银杏、车梁木、鹅掌楸、白蜡、合欢、黄连木、糖槭、黑榆、鸡桑……它们给我的荫翳，广大而虚无，像一场空荡荡的梦，虽无望，但听着风声也是好的——我这样安慰自己。

如果我今天能在影子里得到安慰，我希望世上的森林都冒出烟雾，让我们欢叫，追着它四处飞扬的灰。

我并不知道自己已经成为斧头，这样的因果，证明我曾是一棵树，或是一片森林，而现在，我要砍向谁？我被崩出豁口的身体如同一把失去弹力的锯，在夕阳下，它拖着大地上的倒影。树干里的流水，已经开始变得缓慢，它们就要断流了，这些并不明确自己归宿的小溪，通过山谷里的烟岚，记住了远处的响声；通过枯枝，翻开了绿荫下湿漉漉的泥土。

我在纸上画斧头，画冰雪上的马车，狐皮帽子包住脸的人，舔树干冻僵舌头的人，黝黑的烧炭者，翻下山冈摔成碎片的人，摇摇欲坠的悬崖，还有月光里用风的脚步到处乱走的影子……我还要在纸上画出有限的石头，让它们拥挤在树林里，偶尔向前滚动一下。

我把斧头挂在森林中间，整个大地都跟着发出震动！像秋千一样晃荡的斧头，像钟摆一样摇曳的斧头，明晃晃的，我带领的这些人，都不能躲开它的锋刃！我看见的这些树木，都要被它劈开，露出白色的牙齿。

它们被劈开就对了，因为它们什么都不需要，它们只要不脱离一片宏大的旷野，不脱离自己的绿荫就行了；而我们不行，我们需要薪火相传，需要缓慢的真理和轮回，我们太苦，我们没有办法在春风中再次获得复活的机会，所以我们要在身体里设置一场无休止的战争，哪怕是对自己的一次袭击，然后杀伐，然后获胜，然后像沉寂的坟场一样在夜幕下冒出蓝光。

这能让我变得更加锋利吗？当我用尽力气，向一座森林砍去，"当"的一声，斧头落地，我呆住了，我看见：每一个树干里，都有一个睡眠的人，他们像婴儿一样甜蜜地蜷缩着，他们无声无息。

我不知道他是否真的存在？一个比影子还虚无的人，真的那么诡异？他通过谁来到我的面前？他通过什么方式，把我洗劫一空？

我行走时，他用翅膀拍打我的头顶；我睡眠时，他用梦境运走我的身体；我抬头仰望，他用巨大的空白修改了我的眼睛和大脑，使一场有意义的远眺变成了装腔作势的假寐；当我进入沉思，身体里一群庄重的哲学辩论者突然变得轻浮无状、嬉皮笑脸……当我死去——假设这是最后的一次仪式：四只蚂蚁用高高的触角举起的葬礼，已经完全超出了我个人尊严的界限和重量，突然一泡狗尿凌空而下，哦，我今生最后的一趟差役，也变成了一股湿淋淋的烟雾……

如果这一切，是受制于一双手，那么，我需要向谁诉说我的委屈？而谁才是那个一生躲藏在我的身边、从来不露出面孔的隐秘的聆听者？月光在我的身影里洒满了银子，但这并不能让我对生活产生记忆——"忆旧等于耻辱！"想想这句话，我骨头都疼得难受。

那些白瓷土无法被烧成城碟，只能被烧成酒瓮，放在山顶；一个鼓盆而歌的人坐在云中，他大口喝酒，然后用透明的拇指擦洗那些移动的阁楼，然后他像一只老猴子那样长啸、流泪，绝望得如同一座黑色的悬崖……我知道有这么一个人存在，我在旷野上寻找，但我始终不能找到他的踪迹。

他不属于人群里应有的那种，他也不是隐士，他是一个被时间藏起来的人，任何一种贪恋空间的行为都会被他讥笑，即使是针尖上的一个空位，对于他，也是道德的坟墓。一截快要崩断的钢丝上，他站着，或者是钢丝本身的断裂？我常常在他面前悲伤得像一道空旷的峡谷，弯曲的，黑暗的，不知底细的，没有结局的恐惧……

如果不是在星空的背面，我找到你的时候，你怎么能匆匆腐烂？

时光迟缓得像穷人身体中的肺病，气喘吁吁的影子里，蝴蝶披着白花、红花和说不清颜色的野花在其中飞；流云迷幻，仿佛一场盛大的欢聚，在无人的山冈上，放射出耀眼的金光银光，又翻卷着挪出空旷的头顶。

那座腐烂的房子，站立在阳光下，它的阴影仅够盖住它自己。

鞑靼人在敖包下沉睡。他梦见一个壮汉在往悬崖上抹胆汁，而天空倾斜，像一匹停止了飞舞的丝绸；骑着鹰脊的少女，额角烫着天狼的族徽；被向日葵篡改了的大地疯狂舞动，它们混淆了一群热血沸腾的武士和烈女，混淆了油菜花里流连忘返的游人。而他们那些衣着鲜亮的后世子孙，此时正在滦河桥头出租鞍鞯和马群，他们牵着马，驯顺地走在草地上，用媚笑和小伎俩赚取花花绿绿的钱币。

山冈上沉睡的人突然翻身坐起，狠狠地骂了一句。我猜他在梦中肯定是遇见了一些粗暴的人。天空下，一个在草原上竖直梯子的人，像在大地上整理那些纷乱的烟尘，他想爬上头顶的白云？还是想爬上远处的星辰？秋风浩荡，吹拂他长发中月亮一样的脸庞，像寒露吹散胡草中白色的冰凌。

一个分食獐狍野鹿和牛羊的欢欣部落，一群马头上挂着剑戟和阴影的莽汉主义信徒，有时是箭镞下被追赶的兔子，有时就是飞翔的箭镞本身；他们既沉溺于杀戮，也沉溺于消逝；草地上流出的蜜汁，喂养了太多的英雄、土匪和盗贼，也喂养了无数粗手大脚的绝世女子和她们身体里充满柔情蜜意的爱情。

荒冈上那些石头，像时光在默默堆积，它们偶尔被鹰抓起，塞进胃里，磨碎了另一些沉睡的人；我从不轻易在草原上捡起它们，也不会把它们放进书房，我担心它们会在纸上发生一场暴动，而一场文字的动荡会暴露出多少前世的秘密？这也许是今天的幸福生活永远不能诠释的秘密。

在草地上使劲摁车铃的游客，突然飞起来摔进草丛，他爬起来的时候，开始用一种异域的口音喋喋不休地倾诉，好像一个逝去多年的人曾经蒙受过不可思议的耻辱；他今天突然清醒，是用谁的手拨开了自己的迷雾？

那座腐烂的房子，草原上那些寂寞灵魂的最后堡垒，在一粒一粒地掉着土屑，而它们是无声的，如同一具千年前美丽的木乃伊，她内衣里的小乳房已经停止了发育……

这逐渐扩大的空间，使空谷沸腾，使雷声沙哑，并且越过崛起的河床，向下送出霹雳和闪电。而我的目光被切碎，我的心脏一再被挤压，我的手一直要接近的树木，在绕着大地奔跑，像牛皮鼓的一个断面；而我一直不能停止这奔跑，这狭窄的路脊命悬一线，水光闪闪；这奔跑，使一个内心松弛的人开始不安。

阴云终于下来了，阴云使沉寂的池塘，开始了回应。干枯的荷叶，用她巨大的背影接过了雨声和闪电……安静。我说：安静！这秋天像一个危险的游戏，她的旅程，要到什么时候才能结束？

在痛心疾首的大地上，初雪如同一场悲壮的梦。飞行的辙痕，像一次车祸留下的疼痛，使人发出惊叹。我羡慕高处的阳光和低处的树。我羡慕风筝上的旧花朵和她微微的颤抖。我羡慕站在雪地上流泪的人。我也羡慕婴儿新鲜的啼哭。黑暗中的星空使我不断怀想，心里的伤痕使我忍不住要大声叫喊。

但是，我说：安静！即使一颗不再坚强的心，也要伏下身来，让秋天把自己埋住。

麻雀在叫。空旷的树顶一片茫然。肉体在高处开始了狂欢。

被打翻的房间向下倾斜，天堂的灰尘迷住了行人的双眼。河流穿过旷野的身体，向日葵回到一片烟岚。

晨辉中的岁月贴着水面飞行。大地的翅膀在浪花上讨回弓弦。眼前的日子多么寂寥，心里的云水多么遥远。而村庄像奇迹一样冒出来，我伏在妈妈的背上，我的童年一片晕眩……

麻雀在叫。树顶的星群即将出现。

山花椒不是树。山花椒是空中之花，她和一朵白云并生在高高的悬崖。我把羊群放在云里。我把篝火点燃。我服从了太阳的暖意和天空中的家。

我从来不渴。岩缝里的水，流经大山的心脏，也煮沸锅里的鸟蛋和山茶。鼹鼠是地狱里的灵车，当它看见我，它必将重新逃亡，一直飞行在荒凉的地下。高翔在头顶的大鹰，在炫目的阳光里，它把一道燃烧的门突然打开了……

而放下牧羊铲，我倚在一块巨石上，久久无言。纷繁的世界把我沉睡的影子也带走了……

这也许是另外一副情景：那些树木吸饱了雨水，那些叶子在暗处自己闪光；温润的山坡上，玉米正通过花蕾在灌浆；花叶深埋的树丛，土獾已经帮助岩羊把牙齿磨尖；它们在等着抱紧一团杨花，飞过移动的草尖。

而村庄却像一条迷途的小船，她在随波逐流；她要回家的道路，必须经过旷野的中央；而太阳就在我的头顶，我看见她的光亮，穿过我的身体，照亮我心中摇动的大地和旷野里慢慢走回家来的新娘……

你不知道秋天的那一炉炭火，有多么亮，有多么尖锐。它可以把铁屑放进去化成水，像一条红线，碰断的犁铧在里面沾一沾，叮叮当当一阵敲打，秋天就变得火花四溅。

就是一块这样的铁，一块离开了炉火和敲打的铁，突然把大地翻开了。把新鲜草根摊开在太阳下，使一片改变成田畴的山冈散发着油光，把我喜欢的山河和家乡都划开了，划得那么深呵，让空荡荡的四季翻卷着波浪……

就是这样的一块铁，她在我的心里，被磨得又尖又亮。

台阶，白霜，盐渍……索性就让它冷，让它白吧，让它在雪后结冰，让它在我的描述中露出泥水和白云的模样，露出羊的舌苔和一串串白气，露出一小片冬天的沉默和温暖。

索性就让它停在村头，不要像影子一样躲闪；让一个少年坐在它的上面继续读书，然后踮起脚来数遍全村的炊烟；这期间会有许多人走过来，看着一条柴狗在它上面蹭肋骨，然后像磨道上的驴一样围着它转圈；而那些在暮色里回家的牛群，白亮的尖角贴着村边滑过来；熟悉的道路上，一片移动的森林，使草木的清香提前到达。

黄昏有睡眠的味道，黄昏掩藏了沉默的秋光。

北　野　中国作家协会会员，河北围场满族蒙古族自治县人，满族。在《人民文学》《诗刊》《中国作家》《十月》《青年文学》《民族文学》《北京文学》《散文》等期刊发表诗歌、散文、评论等。出版《普通的幸福》《身体史》《分身术》《读唇术》《燕山上》《我的北国》等8部诗集。获"孙犁文学奖""中国当代诗歌奖"等奖项，作品收入多种选本并被译为英、法、俄、日等文字。现居承德。

翻 译

水鸫的故事

[美国] 约翰·缪尔 ◎董继平 译\

水鸫的故事

[美国]约翰·缪尔

◎董继平 译

水鸫是溪流的宠儿，水域的伴侣

在内华达山中，只有一种鸟儿会频频前往瀑布，那便是水鸫。这个小伙伴格外欢乐又可爱，体型与知更鸟大小相仿，身披一件朴素的防水礼服，呈浅蓝灰色，脑袋和肩头则呈巧克力色。在形态上，它丰满而紧实得光滑，犹如在壶穴中旋动的鹅卵石，只有它那强劲有力的双脚和嘴喙、挺括的翼尖、鹪鹩般上翘的尾巴，才会阻断这种流畅的体型。

我在十年探索内华达山的过程中，无论是在冰峰中间还是在温暖的山麓小丘间，抑或是在中部地区的那种约塞米蒂似的巨大峡谷中，在无数瀑布中间都发现过水鸫的身影。任何一道峡谷，只要有跌落的水流，都不会寒冷或孤寂得让这种小鸟无法生存。找到一道瀑布或跌水，或奔涌的激流，总之在清澈的溪流上的任何地方，你都肯定会发现这种与溪流互补的水鸫，它在水花中到处轻快地掠过，潜入泛起浪沫的涡流，犹如叶片旋动于受到冲击的铃铛状浪沫中间，始终生机勃勃，充满热情，却自给自足，既不会寻求也不会躲避你的陪伴。

当它在溪流边缘的浅水区到处沉浸的时候，如果受到打扰，它要么会迅速地呼呼拍动翅膀，飞往溪流上游或下游的某个别的觅食之地，要么歇落到外面水流中的某块半沉浸在水中的岩石或突出物上面，立即开始像鹟鹩那样点头，显出彬彬有礼的样子，把脑袋从一边转向另一边，做出很多其他古怪而优雅的动作，始终会吸引观察者的注意。

水鹩是山溪自己的宠儿，如花盛开的水域的蜂鸟，热爱岩石嶙峋、涟漪形成的斜坡和一层层浪沫，一如蜜蜂热爱花朵，更像百灵鸟热爱阳光和草甸。当我独自漫游时，在所有的山野鸟类当中，还没有哪一种鸟儿像它那样热情地激励我——没有哪一种鸟儿如此无穷无尽地激励我。因为在冬季和夏季，它都会美妙而快活地歌唱，同样不依赖于阳光和热爱，只需它所栖居的溪流给予的鼓舞。无论是炎热还是寒冷，无论是平静还是风暴的天气，只要水流歌唱，它肯定也在歌唱，始终把嗓音调到确定的和谐之中，尽管在夏季干旱和冬季干旱中声音很低，但绝不会沉寂不语。

在秋季小阳春的那些金色的日子里，大多数积雪融化、山溪变得虚弱——一连串沉寂的水潭，被浅浅的、透明的水流和一条条银白色的网状物连接在一起，于是水鹩的歌声便降到了低潮。然而，一旦冬天的云朵绽放，山峦的宝藏再次得到了雪花的补充，溪流和水鹩的嗓音便增加了力量，显得丰富多彩，一直到初夏的洪水季。随后，激流吟唱起最高贵的圣歌，接下来便是充斥我们这个歌手的旋律的时候。对于它，天气并不重要，黑暗的日子和阳光的日子都一样。大多数鸣禽的嗓音，无论多么欢乐，都会在漫长的冬季里消失不闻，而水鹩却穿过一年四季、穿过每一种风暴而一直歌唱，不会停息。实际上，没有什么风暴能比得上它愉快地栖居其中的瀑布风暴那样猛烈。无论天气多么黑暗和狂暴，下雪、吹风或者多云，它都一如既往地歌唱，从不会发出悲伤的音符，无须春季的阳光来融化它的歌声，因为它的歌声从不会冻结。你永不会听到它那温暖的胸脯发出寒冷的音符，丝毫没有那种病恹恹的吱吱声，也没有那种在悲伤与欢乐之间摇摆不定的音符，它的嗓音圆润，犹如笛音，始终毫不含糊地调到欢乐的曲调，犹如雄鸡啼鸣一样毫无沮丧的性质。

令人很遗憾的是，在寒冷的早晨，在山野的树丛中，看得见被霜冻缩的雀鹀从羽毛上抖落雪花，四处跳动，仿佛因为无法欢乐而焦急不已，然后赶快回到避风之处躲藏起来，鼓起胸脯的羽毛遮住脚趾，栖息在树叶中间，寒冷而又没有早餐可食，饥肠辘辘，与此同时，雪花继续飘落，看不到天晴的迹象。尽管如此，水鸫从不会引起一丝怜悯，这倒不是因为它强壮得能够忍耐，恰恰相反，是因为它似乎过着一种入迷的生活，每一种让忍耐成为必要的影响都无法让它动摇。

冰封的冬季，水鸫一如既往地歌唱

在一个狂野的冬天早晨，一场强烈的暴风雪从西向东突然袭来，横扫整个约塞米蒂山谷，于是我出发去看看我能了解和欣赏到些什么。一种灰白、暮色般的幽暗充满了山谷，看不见巨大的崖壁，所有通常的声音都被抑制住了，即便是一道道瀑布最响亮的隆隆声，也不时被淹没在那沉重地裹挟着雪花的怒吼下面。草甸上，松散的积雪已经超过了1.5米厚，如果不穿雪鞋根本就不可能走出多远。尽管如此，我还是发现前往河流的某一处涟漪并无多大困难，我接触的一只水鸫就生活在那里。当时那只水鸫在家，在河边浅水处的鹅卵石中间忙忙碌碌，拣拾早餐食物，显然它根本没有意识到天气有什么不同寻常。不久，它就飞了出来，前往冰冷的水流拍击的一块石头，背对着风，犹如春季的百灵鸟一般，唱起令人愉快的歌。

跟这种我最爱的鸟儿度过了一两个小时之后，我就起程越过山谷，穿过一阵阵飘雪，从容而缓慢地前进，一路上摸爬滚打，尽可能去探明其他鸟儿此时的情况，看看它们究竟是怎样打发时间的。在冬天的约塞米蒂，很容易发现鸟儿的身影，因为除了水鸫，它们全都被限制在这道山谷阳光明媚的北边，而南边时常被崖壁那霜冷的巨大阴影遮蔽；还因为印第安峡谷的树丛颇为特殊地暴露于阳光之下，所以那里最温暖，鸟儿也就聚集在那里，在严峻的天气中尤其如此。

我发现，大多数知更鸟畏缩于较大树枝的背风面，待在那样的地方，雪花就无法飘落到它们身上，与此同时，两三只大胆的知更鸟则不顾一切地努力，神经质地依附在大片积雪加冕的植物下侧，犹如啄木鸟那样背朝下，试图获取槲寄生的浆果。它们不时会移走那冠冕般的积雪的一些松散的边缘，而那些雪会漏下来，落到它们身上，惊得它们尖叫着飞回营地，回到营地后，它们会像饥饿的孩子般低沉地嘲啾，咕哝着、抱怨着、战栗着，栖息在同伴中间。

在较大的树木脚下，一些雀鹀忙忙碌碌，拣拾种子和被冻得麻木的昆虫，时不时还有一只知更鸟，因为尝试获取积雪覆盖的浆果而未果，便心生厌倦，也飞过来汇入其中。勇敢的啄木鸟，依附在较大的树干和头上拱起的营地树枝无雪的侧边，从树丛的一边短途飞到另一边，时不时啄食它们贮存在树皮中的橡实，漫无目的地嘲啾，仿佛无法安静下来，却显然以一种非常枯燥的方式来打发时间，犹如被风暴围困在乡间客栈中的旅人。吃苦耐劳的五子雀以通常表现的那种勤劳方式，穿过树干裂开的皱纹，发出古怪的音符，显然比邻居感受到的烦恼要少。而暗冠蓝鸦根本就静不下来，它们发出的嘈杂的骚动自然要比其他鸟儿合起来还多，始终咆哮着来来往往，尖叫着，仿佛每只这类鸟儿的喉咙里都塞进了一大块融化的泥状雪，坚持不懈地利用风暴提供的有利时机，去偷窃啄木鸟贮存在树皮中的橡实。我还注意到一只孤独的灰鹰，就栖息在树丛外面的一截高高的松树桩顶端，勇敢地面对风暴。它犹如箭一般挺直地伫立着，背对着风，一蓬积雪堆在它那结实的肩头上，俨然是一座冷漠且颇具忍耐力的纪念碑。就这样，每一只被积雪围困的鸟儿，如果在烦恼中不积极，那么似乎就或多或少不那么舒服自在。这场风暴反映在它们的每一个姿态中，没有一个嘴喙发出令人欢乐的音符，更不要说歌声；它们展现出畏缩的、毫无欢乐的忍耐力，与水鸫那种自发的、压抑不住的欢乐形成了鲜明的对比——水鸫禁不住发出美妙的歌声，而那样的歌声无疑是一缕美妙的玫瑰芳香。即便是天塌下来，它也必须歌唱。我想起一件往事：在1872年那场强烈的地震期间，约塞米蒂山谷里的松树发生了异动，它们拍打、挥舞枝条，突出的岩石悬崖边缘则猛烈地崩塌下来，发出雷鸣般的声音，撞击到草甸上，当时我注意到一对知更鸟显得悲痛万分。在其他激动人心的观察中，我想不起去寻找水鸫，然而我毫不怀疑它们会一路歌唱到底，无畏地面对那可怕的岩石雷霆，甚至将其视为它所时常出没的瀑布发出的隆隆声。

水鸫与溪流合唱，曲调变化多端

那种被视为水鸫的独立之歌的音符，特别难以描述，因为它们如此变化多端，同时也如此富于融合性。尽管对于这种最喜爱的鸟儿，我已经熟悉了十年，而且在那十年的大部分时间里，几乎每一天都会听到它们在唱歌，但我依然会探索它们的音符和曲调，仿佛我对它们依然很陌生。它们几乎所有的音乐都很美妙悦耳而又温柔，从它们那浑圆的胸脯中流逝出来，犹如水波一样漫过池潭那光滑的唇，然后进一步碎裂成旋律优雅的音符形成的闪烁的浪沫，带着被压抑的热情而发出光亮，却并没有表达多少刺歌雀或者云雀的那种喷涌而出的强烈的狂喜和迷幻。

水鸫较为引人注目的曲调是旋律完美的阿拉伯藤蔓图饰，由圆满、圆润、柔和的音符构成，间或夹杂着精致的颤音，而那样的颤音消隐且融化在长长的、纤细的韵律节奏之中。大体上，它的音乐是经过了提炼和灵性化的溪流音乐，其中有瀑布深沉的隆隆的音符，激流的颤音，边缘涡流的汩汩声，平坦河段低沉的低语声，不同的水滴从苔藓末端慢慢渗出来，掉进宁静水潭里的悦耳的叮当声。

水鸫从来不会跟其他鸟儿或同类合唱，却只与溪流合唱。犹如盛开在地表下面的花朵一样，我们最爱的某些最佳歌声的花朵，也从不会上升到水流较为沉重的音乐之上。我常常观察到水鸫在冲击的水花间歌唱，而它的音乐完全被淹没在水流的咆哮下面，然而，通过它的姿势和嘴喙的运动，我知道它无疑在歌唱。

根据我迄今注意到的，水鸫的食物是由各种水生昆虫构成的，在夏季，它主要在浅水区边缘捕获这些昆虫。在这样的区域觅食的时候，它会到处涉水而行，像鸭子一样把脑袋钻到水下，用嘴喙灵巧地翻动水底的鹅卵石和落叶，很少选择前往深水区域，因为在那里，它不得不使用翅膀来潜水。

在水流很浅的光滑的岩石水道底部，依附着大量的蚊子子孑，而水鸫似乎特别喜欢这类食物。当它在这样的地方进食，它会一路涉水溯流而上，当它把脑袋伸到水下之际，迅疾的水流常常沿着它的脖子和肩头那具有光泽的曲线而朝上面转向，因此它的身体状若水晶般清澈的外壳，犹如钟罩完全将其合围起来，而每当它抬起和浸入脑袋，那个外壳便被打破，又重新形成。与此同时，它时不时悄悄走出去，前往那过于强劲的激流将其双脚冲倒之处，然后它又会敏捷地拍动翅膀，站起来，再度前往较浅区域觅食。

然而在冬季，当积雪覆盖着溪岸，形成圆形突出物，溪流本身也被冻得几乎下降到冰点的时候，那在风暴天气中飘落到溪流中的雪没有完全融化，却形成了一种薄薄的、蓝色的泥状雪，如此一来，就使得水流变得不透明，失去了光泽——那时，水鸫就会寻找主要河流的较深区域，在那里，它可以潜入那种泥状雪下面的清水之中觅食。要不然，它就会前往某个开阔的湖泊或磨坊水池，在那里的水底安全地进食。

当水鸫像这样被迫前往湖泊，它并不会像鸭子那样立即投入水中，而总是首先歇落到某块岩石或沿岸的某一根倒下的松树上，然后，它会飞出27—36米，差不多就那么远，根据水底的特点，身子优雅地一闪，便落在水面，四处游动，俯视水下，最后拿定主意，随着翅膀猛地一拍，便消失在水下。在水下觅食两三分钟之后，它就会突然重新出现在水面，身子有力地一抖，把水从翅膀上抖掉，又仿佛是从下面被推动一般而骤然起飞，回到栖息处，歌唱几分钟之后，又重新飞出去潜入水中。就这样，它会在同一个地方来来往往，歌唱、潜水多个时辰。

三只水鸫在水面做游戏，相互追逐

水鸫通常都单独活动，除了在繁育季节里，它们很少成双成对，而且很少见到它们三四只一群活动。在上美嘉德河地区海拔约2286米的一个小冰川湖上，我曾经观察到三只水鸫这样成群活动，度过了一个冬季早晨。前一夜，一场风暴袭来，但到了早晨，太阳驱散了乌云，阳光照耀下来，那个影影绰绰的湖泊，在新雪的背景中幽暗地闪烁，犹如镜子一样光滑而平静。我的营地碰巧就扎在距离水边仅有两三米之处，面对一棵倒下的松树，而那棵松树的一些枝条探到湖面之上。我观察的那三只深受欢迎的访客便驻扎在那里，立即开始用美妙的旋律给霜冻的空气增添装饰，在那个特殊的早晨，当我为一路突破并穿过积雪阻塞的峡谷前往低地而心生忧虑时，这样的情形无疑让我倍感愉快。

那些水鸫选择为觅食之地的湖底区域，位于水下4.5—6米的深处，覆盖着短短的水藻和其他水生植物——这是我在以前划着筏子越过湖面时，就已经确定了的事实。那三只水鸫歇落到玻璃般光滑的水面之后，偶尔会沉溺于一种小小的游戏，绕着小圈子相互追逐，然后三只水鸫会突然一起潜入水下，接着便重新浮出水面，飞到岸上歌唱。

在水面上，水鸫很少游出几米的距离，因为它并没有那种蹼状的脚，因此游动的速度相当缓慢；然而在水面下，它可以依靠强劲有力、干脆利落的翅膀来游动，或者更确切地说，它常常是敏捷地飞行到相当远的距离之外。但是，在对抗猛烈的激流力量时，它的翅膀在这方面的能力堪称引人注目。下面这个例子可以看作它在水下的飞行能力的鲜明例证。在冬天的一个早晨，风暴大作，美嘉德河因为积雪未曾融化而呈现出蓝色和绿色，我观察到一只水鸫栖息在外面奔涌的激流中央的突出物上面，欢快地歌唱，仿佛对一切都很满意，而正当我站在岸边赞赏它之际，它却骤然中止了歌唱，潜入泥泞的激流。在水底进食了一两分钟之后，正当我认为它肯定不可避免地被冲到了下游之际，它却就在那个下潜之处露出了水面，歇落到同一块突出物上面，从羽毛上抖掉水珠，继续唱起那支尚未完成的歌，看起来宁静、从容不迫，仿佛根本不曾为中断的歌而感到烦恼。

水鸫完全顺着溪流飞行

在所有的鸟儿当中，唯有水鸫敢于进入白花花的激流。尽管它在体型结构上完全属于陆生鸟类，但还没有其他哪种鸟儿像它那样与水密不可分，在这一点上，即便是鸭子，或者是勇敢的海洋信天翁，抑或是海燕都不如它。因为鸭子在未曾遭到打扰的地方一旦完成进食，便会立即上岸，在陆地上频繁地长途飞行，从一个湖泊前往另一个湖泊，或者从一片土地前往另一片土地。同样的情况也适用于大多数其他水鸟。然而水鸫诞生于溪畔，或者诞生于溪流中央的突出物或大圆石上面，很少离开那里。因为，尽管它常常展翅飞翔，它也从不会在陆地上长途飞翔，却只在溪流上空随着那迅疾的、鹌鹑般的拍击而呼呼飞翔，追溯溪流所有弯弯曲曲的水道。即便是在溪流相当窄小，比如说只有1.5—3米的地方，无论溪流多么骤然地弯折，它也很少越过拐弯处而缩短飞行路程，却一直沿着溪流飞行；而当它在岸上遭到某个人的打扰，它更喜欢飞过那个人的头顶，以便在地面之上躲避。因此，当看到它沿着弯曲的溪流向上飞行，它就做出最引人注目的摇摆——以闪电般的速度，用每一根曲线对空气进行描绘。

当它追溯大多数陡峭的水流的垂直曲线和角度，它同样采取了十足的忠诚，顺着跌水的斜度飞扑而下，在水花中间从令人眩晕的瀑布上垂直落下，又带着同样无畏的精神，轻松地上升，很少在抵达瀑布底部之前就开始上升而寻求陡峭度。无论瀑布高达几十米还是一两百米，它都会保持一路向前，仿佛要头朝下，一直俯冲到隆隆作响的火箭群中，并且骤然向上，在悬崖顶上歇落下来休息片刻之后，继续进食、歌唱。它的飞翔可靠而迅疾，翅膀从不会终止拍击——发出的那种嗡嗡声，与满载而归的蜜蜂一模一样。当它这样自由舒展地从一道瀑布嗡嗡飞到另一道瀑布，听得见它频频发出一连串拉长的未做调整的音符，那些音符跟它的歌声毫无关系，却紧密地联系着它那孜孜不倦的飞翔。

内华达山上，所有水鸫的飞行都被描绘在一张图表上面，它们会指明整个古代冰川系统的流向，从大约在冰层破裂的时期，到接近冰川期的冬季结束的时候，因为除了少数不重要的旁侧支流，水鸫如此迅疾地追随的溪流都在水道中流淌，消失的冰川为了它们，从这条山脉坚固的侧翼上把那些水道腐蚀出来——溪流追溯古代冰川，而水鸫则追溯溪流。在任何其他山地鸟类或各种走兽的生活中，我们也没发现对于冰川环境如此完整地顺从。熊频频接受冰川铺就的路径，将其作为最容易行走的途径，然而它们却常常会离开那些路径，从一道峡谷越过，前往另一道峡谷。因此，在某种程度上，大多数鸟儿也会追溯冰碛，因为森林就生长在那些冰碛上面。但是，它们远远地漫游，越过很多峡谷，从一个树丛前往另一个树丛，画出特别具有角度而又十分复杂的线路。

外壁长满苔藓的水鸫巢穴

在我所见过的鸟类建筑中，水鸫巢穴是最不同寻常的杰作之一，其设计独特新颖，完全清新而美丽，每个方面都值得再现这个小小建筑师的天赋。其巢穴直径约为30厘米，轮廓浑圆，浮雕般凸出，接近底部之处有一个整洁的拱形口子，有些类似于老式砖炉，或者霍屯督人①的小棚屋。这个巢穴几乎是专门用绿色与黄色的苔藓构筑而成的，主要是长着复叶的美丽的灰藓属，在瀑布附近，这类苔藓往往覆盖着岩石和老旧的漂木。水鸫把这些苔藓灵巧地编织、黏接在一起，形成一座迷人的小棚屋，因为它坐落的位置如此，以至于很多外部苔藓如果没被采摘，就会继续蓬勃生长。偶尔还会发现一些精细的、梗茎丝绸般柔软的草，那些草跟这些苔藓交织在一起，然而，除了一层薄薄的草作为巢穴内部衬里，草的出现似乎属于意外，因为这种草往往跟苔藓生长在一起，很可能是在水鸫采摘苔藓时一起带来的。为这座古怪的宅邸而选择的地址，通常位于某一片岩石壁架上，较为轻盈的瀑布水花微粒能溅洒到那里，因此巢穴的外壁保持着绿色而且在生长，至少在高水位时节如此。

在恰当的位置上，看不到巢穴的任何部分呈现出粗糙的线条，然而当把它从它所坐落的壁架上移开，你就会发现其背部和底部，有时还有部分顶部，棱角非常分明，因为它是遵照其坐落的那块岩石表面而建造的，只要岩石碰巧能提供细小的裂缝和突出物，这个小小的建筑师始终都会加以利用，而且借助了抓攫力和吻合力，使其构造十分牢固。

选择巢穴的建筑地点时，水鸫似乎并没有考虑采取隐藏手段，然而，虽然巢穴很大，而且直接暴露在目光之下，却也不那么容易被发觉，这主要是因为它向前突出，与自然生长在如此位置上的任何其他突

---

① 西南非洲的土著部族。

出的垫子般的苔藓并无二致。在巢穴得到水花充分浇洒的地方，情况愈发如此。有时候，岩蕨和草丛围绕那苔藓生长的外壁，或者在巢穴门槛上萌发出来，滴着水晶一般的水珠，给这些浪漫的小棚屋增添了美感。

此外，在一天中的某些时辰，阳光在必需的角度倾涌下来时，大片的水花笼罩着这一可爱的建筑物，呈现出灿烂的彩虹色，正是透过如此壮丽的彩虹，我们的一些无忧无虑的水鸫第一眼窥见了这个世界。

发现内华达峡谷的水鸫巢穴

水鸫似乎是其所栖居的溪流如此完整的重要组成部分，它们只暗示着自己的起源属于溪流本身，你想象它们直接来自流动的活水，犹如花朵来自地面，如果是这样，那么就可以得到原谅。至少，不管是什么原因，我都没有想起去寻找它们的巢穴，直到一年多之后，我才熟悉这些鸟儿本身，尽管我在开始搜寻的那一天就发现了一个。当时，从约塞米蒂山谷前往美嘉德河与土伦河上端的冰川时，我在内华达峡谷一个特别野性而浪漫的区域扎营，在那里，在我以往的旅程中，我始终都欣赏到了我的这些最爱之物的聚会，无疑，位于岩石壁架上的安全筑巢地、大量食物和瀑水，把它们吸引到了这里。那条上下延伸若干公里的河流，由一连串3—18米高的小瀑布构成，其间由那些从一道瀑布闪现着流向另一道瀑布的羽毛般的跌水连接，它们几乎没有水道，在冰川擦亮的花岗岩那波浪状起伏的褶皱上面自由地流淌。

在其中一道瀑布的南边，沐浴在水花中的悬崖区域，呈现出一系列小小的壁架和石板，花岗岩中裂开的平面的发育，以及随之发生的大片花岗岩因为水流运动而坍塌，导致了这些壁架和石板的形成。我说："如今在这个地方，到处都是水鸫构筑巢穴的最迷人的地点。"随后，我透过水花仔细审视那被侵蚀的悬崖表面，终于发现了一块浅黄色垫子状的苔藓，它生长在一块平坦的石板边缘，距离瀑布的外部褶层还不到两米。然而，除了熟悉水鸫生活的人会认为水鸫巢穴应该在那里的事实之外，其外观第一眼看起来并无特别之处，没有什么能将它与其他圆形突出的岩苔藓区别开来，因为岩苔藓同样也位于终年不绝的水花附近，直到我一次次仔细检查，还脱下鞋子和长袜，沿着岩壁爬到2.4—3米的范围之内，我才能无疑地确定它究竟是巢穴，还是自然生长物。

在这些苔藓小屋里面，搁放着三四枚蛋，它们洁白得就像浪沫的水泡，从这些蛋里面孵化出来的小鸟，都有充分的理由唱起流水之歌，因为它们一生都听见那些歌，即便是它们在出生之前也不例外。

我经常观察刚刚出巢的雏鸟做出古怪的姿势，在各个方面，它们看起来都像经验丰富的父母，同样安适自在，无拘无束，犹如初生的蜜蜂踏上最初的旅程，前往鲜花盛开的原野。再怎么对人熟悉，它们的活动方式似乎丝毫也不会改变。显然，它们第一次看见人时跟频频看见人时相比，举止一模一样。

一只水鸫落在我的身旁，伸手可及

在那些构筑了磨坊的较低河段，水鸫透过机器的噪声，透过狗、牲口和工人发出的嘈杂声继续歌唱。有一次，正当一个伐木者在河岸上工作时候，我观察到一只水鸫在木屑都能飞溅到的范围之内快乐地歌唱。任何异常的打扰都没有使得它心情不佳，或者吓得它从安之若素的状态中失魂落魄。在穿过一道狭窄的山峡时，我曾经驱赶一只在我前面飞行的水鸫，把它从激流驱赶到激流，在由于水道狭窄、它无法自如地飞过我的地方，我还连续四次迅速地惊扰它。在相似的情况下，大多数鸟儿认为自己受到了追逐，会变得满腹狐疑地不安，然而那只水鸫非但没有因此变得紧张，反而唱起最为宁静的曲调。在几米之内观察它们，看得见它们的眼睛表达出显著的温和与智慧，但除非你穿着与岩石和树木颜色相仿的衣服，并且知道怎样静坐着不动，否则它们很少允许你如此接近去观察。有一次，当我沿着一个山湖的岸边漫步，在那里，至少是那个季节出生的鸟儿从未见过人，于是我就在一块靠近水边的大石头上坐下来休息，当水鸫和矶鹬飞到湖岸的那个区域觅食之际——它们似乎习惯于歇落在那块石头上，而其他一些鸟儿降落下来洗濯或饮水的时候也如此。几分钟之后，一只水鸫一路呼呼地飞了过来，歇落在我旁边的那块石头上，就在我伸手可及的范围之内。随后，它突然看到了我，紧张地弯着腰，仿佛立即就要飞走，但由于我如同石头那样一动不动，它就有了信心，持续地注视着我的脸，这样的注视持续了约有半分钟，然后它就悄然飞往湖泊出水口，开始歌唱。接下来，一只矶鹬飞来，露出跟水鸫一样诚实的表情看着我。最后，一只暗冠蓝鸦从一棵枞树上飞扑下来，它很可能是打算用水润润它那吵嚷的喉咙。然而，它非但没有像其他访客那样信任我而栖息在附近，反而立即仓皇跑掉，几乎是在满腹狐疑的混乱中倒栽葱似的跌进湖里，同时还高声尖叫，唤来了四邻。

热爱那些美妙的嗓音富于人性的鸣禽，似乎比热爱花朵更为普遍而永恒。每个人在某种程度上都热爱花朵，至少在生命清新的早晨，犹如蜂鸟和蜜蜂本能地受到了花朵的吸引。即便是年轻的印第安人挖掘者也对那些生长在山上的花朵怀有充分的热爱，因此会采摘它们，将其编织起来，插在头发上作为饰物。通过引诱少数印第安人谈论这一主题，我愉快地发现，他们给野玫瑰和百合以及其他惹人注目的花朵都取了自己的名字，无论那些花朵可以作为现成的食物还是具有其他用途，他们统统都予以命名。尽管如此，大多数人，无论是野蛮人还是文明人，对于所有只有美观而并无其他明显用途的花朵都显得冷漠。然而幸运的是，人类对于鸣禽的最初的本能上的热爱，从未被完全抹杀掉。我常常愉快地看见，当一只鸣禽碰巧歇落在附近的时候，无论是辛苦的商人还是老矿工，脸上都会闪烁着一丝纯洁的、崇高的光芒。然而，某些鸣禽胸脯鼓起的那一小口肉，常常成为它们的死因，特别是成百上千的百灵鸟和知更鸟被带往市场。然而幸运的是，水鸫还没有渴望吃掉它小小的身躯、因此追踪它而进入山野偏僻处的敌人，我甚至从不知道它受到过鹰的追逐。

听到夏天般的歌声，猎人放下猎枪

我的一个熟人——一个喜欢攀登山麓小丘的人，拥有一只宠物猫，那是一只迟钝、长得过大的大型动物，其肩膀宽大得犹如猞猁。在冬天，当积雪深深地堆起来，那个登山者就会坐在自己位于松林中间的孤独的小木屋中抽烟斗，以此来打发枯燥的时光，那只名叫汤姆的猫成了他唯一的伴侣，分享他的床铺，还会坐在他旁边的一张凳子上面，呆滞的眼神几乎跟它的主人一模一样。那位本性善良的单身汉要求不高，只要有苏打面包和咸猪肉之类的坚硬食物就满足了，然而汤姆是世界上唯一自认依赖于他的动物，必须要吃鲜肉。于是，他就让自己忙碌起来，设置松鼠陷阱，还拿着猎枪蹚进白雪皑皑的树林，在为数很少的冬季鸟类中间大开杀戒，制造令人悲痛的浩劫，对于知更鸟、雀鹀甚至极小的五子雀，他统统不放过，而快乐地看到汤姆饱餐这些食物并长胖，便成了他极大的回报。

一个寒冷的下午，当他沿着河岸狩猎之际，他注意到了一只羽毛朴素的小鸟在浅水中跳来跳去，便立即举起猎枪。然而，就在那时，那个信任人的歌手开始歌唱，在聆听了它那夏天般的旋律之后，这位着了迷的猎人便转身离开，说道："祝福你这小宝贝吧，我不能射杀你，即便为了汤姆也不行。"

即便在如此遥远的北方，像在天寒地冻的阿拉斯加，我也发现了那个快乐的歌手。在11月的一个寒冷的日子，当我探索费尔韦瑟山与斯蒂金河之间的冰川时，我试图强行穿过桑顿湾的无数冰山前往其源头的大冰川，却徒劳无功，然后我疲倦不堪，深受挫折，坐在独木舟上休息，深信自己不得不离开正在探索的这一区域，留待今后探索。于是，趁着正在开始形成的初生的冰还没将我封闭在里面，我开始计划逃往开阔的水域。正当我这样随着冰山徘徊着漂浮之际，在这些幽暗的不祥预兆之中，也在所有可怕的冰川的荒凉和壮丽景色之中，我突然听到了一只水鸫的翅膀发出熟悉的呼呼声，抬头仰望，我就看见那个小小的安慰者从岸上径直飞越冰面。一两秒钟之后，它就来到了我的身边，三次飞绕我的脑袋，对我致以快乐的问候，仿佛在说："老朋友，振作起来吧，你看我就在这里，一切都很顺利。"随后，它飞回到岸上，歇落在一座搁浅的冰山最高的锯齿状缺口上，开始点头、鞠躬，仿佛它完全置身于内华达山阳光明媚的跌水中央，置身于它最喜爱的大圆石上。

水鸫这种鸟类沿着太平洋海岸的山脉一路分布，从阿拉斯加一直延伸到墨西哥，向东可达落基山脉，其身影都频频闪现。尽管如此，它还是相对不那么为人所知。奥杜邦①和威尔逊②不曾遇到它。我相信，斯温森③是从墨西哥描述这类鸟儿标本的第一位博物学家。此后不久，德拉蒙德④也在阿萨巴斯卡河源头附近获得了一些标本，那里位于北纬54°—56°之间。在穿越我们西部的这些州和领地的探索活动中，人们几乎都获得了这种鸟儿的标本，因为它们始终会以非常特别的方式来吸引博物学家的注意。

于是，我们小小的水鸫就是这样，深受每个有幸了解它的人的热

① 约翰·詹姆斯·奥杜邦（1785-1851），美国博物学家、鸟类学家、动物画家。
② 亚历山大·威尔逊（1766—1813），美国博物学家、鸟类学家。
③ 威廉·约翰·斯温森（1789—1855），英国鸟类学家。
④ 托马斯·德拉蒙德（1793—1835），苏格兰植物学家。

爱。从内华达山的一端到另一端，它展开强劲有力的翅膀，追溯最陡峭的激流的每一条曲线，不畏艰险，穿过最幽暗的山峡和最寒冷的积雪隧道去追随它们，去熟悉每一道瀑布，那里回响着它们圣洁的音乐，在它们美丽的一生中，在激流和风暴发出的声音中，诠释着我们在全然不信中称为可怕的一切，仅仅将其解释为上帝永恒之爱的各种表现。

约翰·缪尔（John Muir, 1838—1914） 美国早期环保运动的领袖，帮助保护了约塞米蒂山谷等荒原，并创建了美国最重要的环保组织——塞拉俱乐部。他的著述众多，包括自然随笔、专著，特别是关于加利福尼亚的内华达山脉的著作，广为流传。主要著作有《夏日走过山间》《加州群山记》《约塞米蒂山谷》《我们的国家公园》《阿拉斯加旅行记》等。

董继平 1962年生于重庆，获得过"国际加拿大研究奖"，参加过美国艾奥瓦大学国际作家班，获"艾奥瓦大学荣誉作家"称号，担任过美国《国际季刊》编委。译著有外国诗集《帕斯诗选》《勃莱诗选》《默温诗选》《特兰斯特罗默诗选》等二十余部，美国自然随笔集《清新的野外》《自然札记》《鸟的故事》《猎熊记》《秋色》《山野手记》《山野奇境》《山野鸟鸣》《在野生动物中间》《野生动物家园》《荒野漫游记》《探访大灰熊》等十余部，以及美国长篇小说《了不起的盖茨比》，另著有人文建筑随笔集《世界著名建筑的故事》。

艺 术

马永波／现代性的后果及审美救赎

朱 灿／沈从文：照见的前半生

现代性的后果及审美救赎

◎马永波

　　"现代性"（modernity）是指启蒙时代以来，"新的"世界体系生成的一种持续进步的、合目的性的、不可逆转的发展的时间观念。现代性不仅仅是一种历史分期，按照福柯的说法，它更应该被理解为一种态度，"我所说的态度是指对于现时性的一种关系方式：一些人所做的自愿选择，一种思考和感觉的方式，一种行动、行为的方式。它既标志着属性也表现为一种使命，当然，它也有一点像希腊人叫作ethos（气质）的东西"。它推进了民族国家的形成，建立了高效的社会组织机制，创建了以人的价值为本位的自由、民主、平等、正义等观念。但是，"现代性"又具有内在致命的矛盾，"说它好，因为它是欧洲启蒙学者有关未来社会的一套哲理设计。在此前提下，现代性就是理性，是黑格尔的时代精神，它代表人类历史上空前伟大的变革逻辑。说它不好，是由于它不断给我们带来剧变，并把精神焦虑植入人类生活各个层面，包括文学、艺术和理论。在此前提下，现代性就变成了'危机和困惑'的代名词"。

　　葛兰西、韦伯、卢卡奇都认为，现代性产生了一种新的意识形态霸权的形式——技术理性——它对文化和社会生活整体有巨大的作用。技术理性所支配的主客二元对立思维模式和人类社会不断进步的线性观念，这种二元分立的对象化思维决定了人对自然采取的是剥夺、利用的经济学模式，而不再把它当作养育人类和万有的母亲。自然已经死亡。20世纪五六十年代，环境污染开始成为西方工业化国家普遍面临的社会问题，这就是第一次人类环境危机，其主要表现为大气、水、土壤、固体废弃物、有毒化学物品以及噪声、电磁波等物理性污染。这所谓的第一次环境危机，西方工业化国家采用环境保护措施基本予以控制或解决。但是，到了20世纪七八十年代，人类面临的是第二次环境危机，它已经不局限于西方发达国家，而是全球性困境，资源短缺问题开始出现，加上人口的暴增，地球作为孤独人类在茫茫宇宙中唯一一个家园，唯一可以依靠的生命支持系统，已经脆弱不堪。曾经丰满的母亲的乳房，干瘪塌陷了，呈现出荒漠的可怕枯黄颜色。臭氧层泄漏、二氧化碳增多、酸雨肆虐，扰乱了地球母亲盖亚的呼吸，阻塞了她的毛孔和肺。有毒的废弃物、杀虫剂和除草剂，渗透到地下水、沼泽地、港湾和海洋里，污染着盖亚的循环系统。伐木者修剪盖亚的头发，热带雨林和古老的原始森林以惊人的速度被砍伐、消失，每天都有物种在灭绝。失去森林的护卫，河流上游的水土开始大量流失，河流携带的泥沙淤积起来，使河床越来越浅，地下水位升高，地下水中的盐分就随水上升到表层土壤，结果土质盐碱化。

新的机械主义秩序，以及与之相联系的权力和控制的价值，将自然母亲交给了死亡。日益扩张的城市在大地和山脉原来所在之处生长出高楼大厦，城市已成了自然的墓地。城市中的花草树木不过是类似于家畜的东西。在农村，生长的植物已不再是纯正的自然之子，而是化学和工业的后代，是工业链条中的一个环节，为欲望强盛的城市提供消费原料的场所。海洋不过是人类的污水池，地球上最大的废品仓库，水生动物的受难之所，战争的广场。地球上能找到自然的地方只剩下那些数量有限的自然保护区了，它们是自然界仅存的避难所，有的还是以收容所名义出现的监狱和集中营。回归自然已经成为一个自欺欺人的幻觉，到仅存的自然的碎片中旅游漫步，勾起的仅仅是痛苦的乡愁与回忆，甚至这种所谓的旅游有可能带来进一步的污染。在这种情况下，自然作为书写的对象已经基本消失，传统的以自然之美、以天人关系为主体的自然文学书写，也陷入了一个虚无困境，就像一个爱人已逝的钟情者对着虚空之墙独自抒情。而如何在技术理性统治下的时代语境中，为自然书写找到充足的理由，从现代性危机的根源处发掘，找到人与自然、人与社会、人与他者、人与自我这四个层面上的新的和谐关系，才是生态文学研究所要真正面对的对象。对待自然与对待他人之间有着内在的对应关系，它们是受同一思维模式左右的。自然生态环境的恶化，其内在原因在于人文生态环境的恶化。正如一个不孝敬父母的人，不可能对朋友真正友善；一个连神灵都不敬畏的人，如何能指望他对他人保有尊重？混沌理论告诉我们，安第斯山脉的蝴蝶拍动一下翅膀，孟买就会起龙卷风。几乎注意不到的微小事件的组合，甚至可以导致一场巨变。"生态学家和环境保护主义者很久以来就在劝服我们，要以同样的方式看待自己与自然界的关系。甚至对动植物和人类之间无限复杂的关系网的最微小的触动都可能产生不可预见的甚或灾难性的后果。我们故意冒险地干预自然界：我们不仅会目睹直接可见的后果——例如物种的灭绝——而且我们也将承受更加不可捉摸的力量对我们生存与健康的影响。"

著名学者王晓华曾言："所谓现代性是相对于前现代性而言的，前现代性将人性置于对自然性和神性的从属地位，而发源于文艺复兴时期的现代性则使人从世界体系中凸现出来，把人当作征服—认知—观照着的主体，所以，现代性的核心是人的主体性，弘扬人的主体性乃是现代性理论家的共同特征。"这种主体性包括个人中心主义和人类中心主义，它们是传统人文主义的核心。而主体性所带来的二元对立的思维模式，不但培养了人对自然征服利用的意志和态度，也构成了现代性内部的二元紧张关系，其危机于是生发出了它自己的对立面，那就是以"否定的美学"为主导的现代主义文艺，它试图以批判来抵抗技术理性的宰制，抵抗工业文明对自然与人的双重异化，企盼重新找回内在与外在的和谐关联，弥合主客对立所带来的一系列可怕后果。卡林内斯库曾指出存在着两种截然不同却又剧烈冲突的现代性，他说："可以肯定的是，在19世纪前半期的某个时刻，在作为西方文明史一个阶段的现代性同作为美学概念的现代性之间发生了无法弥合的分裂。（作为文明史阶段的现代性是科学技术进步、工业革命和资本主义带来的全面经济社会变化的产物。）从此以后，两种现代性之间一直充满不可化解的敌意……"

资产阶级现代性延续的是进步的学说，相信科学技术造福人类的可能性，关切可测度的具有可计算价格的时间，崇拜理性、行动与成功。而审美现代性自其浪漫派的开端即倾向于激进的反抗与厌恶的"否定"态度。标举艺术自律的"为艺术而艺术"便是审美现代性反抗市侩现代性的第一个宁馨儿。在失去信仰支撑的当代，文艺的动力就是通过创造给日常生活的混乱状态赋予一种象征性秩序，抵制理性主义和科学主义所导致的人的异化，为迷失于物质主义荒原的现代人提供终极意义和价值旨归。这种有关现代文明的危机意识，便是现代主义的一个出发点，即"悲观主义世界观，在日益恶化的状况中，悔恨化为绝望，最终变成危机和天启"。具体地说，就是深刻意识到在"人与社会、人与人、人与自然（包括大自然、人性和物质世界）和人与自我这四种关系上的尖锐矛盾和畸形脱节，以及由之产生的精神创伤和变态心理、悲观绝望的情绪和虚无主义的思想"。因此，现代主义文学"表现出全面否定的态度"。

这种否定性来自现代主义文化的自我意识对经验的侵袭，也就是说，现代主义文艺发现，经验与认识之间存在巨大的鸿沟，人们对生活的感觉方式与用来表达那一感觉的形式之间存在着一种似乎无法改变的张力，"现代感受性的特征是一种急迫而痛苦的差距感，该差距存在于经验与意识及用经验的强烈感受来补充理性意识的欲望之间，那么，这本身就标明了经验对意识必要而无法逃避的依赖。而且，反之也是如此。经验与自我认识之间每一分裂本身都产生于认识或自我认识的形式中"。波德莱尔倡导一种能够记录短暂瞬间，而不损害其流变暂时性的诗学，沃尔特·佩特号召我们从流动之中抓住强烈的瞬间，亨利·柏格森相信意识的纯粹时间之流的空间化是不会有差错的，弗吉尼亚·伍尔芙则寻求一种能够以独特的方式记录强烈内心经历的艺术，普鲁斯特对过去时间进行放大规模的想象性考古，艾略特将物理时间分裂为神话时间碎片，乔伊斯和庞德将当代时间与历史时间相互合并，叶芝则表现出对周期性或宇宙时间的灵视……因此，人们普遍认识到，现代主义（或曰审美现代性）对启蒙现代性的抵抗，诉诸的是将时间空间化，以挫败时间的暂时性。这种对空间化时间的追求内在于现代主义美学的自治要求，因为，"如果时间的推移是威胁静态平衡效果的东西，那么，从不断变动中得到的每个意义瞬间、对时间的否定看来是可能保证艺术品坚固不变永恒性的因素"。

现代主义文学这种"全面否定的态度"是和现代性内部的二元分裂密切相关的。现代性是欧洲启蒙学者有关未来社会的一套哲理设计，它许诺理性的解决能够把人类带入一个自由境界。启蒙运动的最重要成果是打碎了中世纪宗教神学的束缚，理性和知识得到了广泛传播。启蒙现代性的最典型方式是数学，启蒙的基本精神就是思维和数学的统一，在"理性"的统一度量下，并非由规则图形组成的世界被驯服为几何学的整齐划一。启蒙现代性追求统一和一致，绝对与确定，它相信"本质""永恒""普遍真理"这些终极实在的存在。然而，启蒙理性在对绝对的追求中不断背离自身，有关人类社会进化、进步等观念逐渐幻灭，理性蜕变成工具理性，其极度扩张引起传统崩溃，技术上升为统治原则，机器时代的文化生产导致艺术"脱去灵晕"，随之带来战争、污染、异化和沉沦，人们越来越趋于非精神化并服从于先进技术和机器的统治，被抛入漂流不定的状态中，失去了对于历史延续性的一切感觉，只生活在孤零零的当下。诗人米沃什曾生动地描述过人的"平均化"与"符号化"的可怕状况："我为集体的浓密物质、那晦涩的、执拗的、坚持的另一个自然所包围，但我至少被分配了一个区域，可以自由活动，关心我的身心健康，享受一个运转正常的有机体的幸福，在活物中间生气勃勃。不过，当我不得不成为我自己的避难所，躲避文明的压力时，那个为我们大家（包括我自己）所藏匿的世界，那另一个自然就慢慢爬到我的身上来，不断提醒我，我的独特性不过是个幻觉，即使在这里，在我自己的圈子里，我也化成了一个数码。"工业文明的崛起将人性中的这种本质性异化强化到了极端的程度。印度思想家萨瓦帕利·拉达克里希南曾说：

> 在高度工业化的国家中，我们拥有庞大的权力系统来处置大量的男男女女和物质财富。人们离开了原来的生活环境，辗转漂泊，被带到了一个完全不同的生活系统。他们不再是人，不再是拥有内在生命与个人选择的主体；他们已经变成了对象、事物与工具。人需要深深地植根于他的居所、传统与习惯当中。这些机器的孩子已经被连根拔除，成为居无定所的游民。一个有机社会，经过了大规模的工业化之后，变成了一个无定型的无机物堆积，这是对正常的人类基本生活条件的彻底扭曲。人被送到了一个视效率为最高目标的组织当中。在一个民主社会下，对无效率的惩罚是失业；而在非民主社会下，对无效率的惩罚则是更为严重的奴役或"清洗"。

当然，错的不是科学技术，而是随着科学技术进步形成的人的对象化思维方式，错的是人的社会和文化生活，是人类对生活多抱有的单纯的工业与功利观点，是人们对权力与享乐的崇拜。现代性本质上是对线性发展的尊崇，它只有在不可逆的时间观念中才会出现。诗人帕斯敏锐地体察到现代性与基督教线性时间观念的内在关联。上帝之死的神话实际上不过是基督教否定循环时间而赞成一种线性不可逆时间的结果，作为历史的轴心，这种线性时间导向的是永恒性。他说："古代人知道诸神是会死的，他们是循环时间的表现形式，因而会再次降生并再次死亡……但基督来到尘世仅此一遭，因为在基督教神圣的历史上，每一事件都是独一无二的、不可重复的。"我们知道，文化与自然的关系一直存在两种模式，第一种模式认为，文化的角色是反映、完成或实现自然的真理，根据这一模式进行再生产的文化求助于自然来获得有效性，它依赖自然与文化的相互证实的同一性。另一种模式是将文化和自然视为对手，它的观点为，文化是一种源于自然、带有一定程度创伤性的自我提取的产物，亦即文化出自原始的物质无意识的意识构造或主观性的构造，文化可能仍被用来实现自然的真理，不过却仅仅作为擅用、斗争和改造的结果。在第一种模式中，自然与文化互相补偿；在第二种模式中，自然的意义、价值和存在被文化强制使用。第一种相互关系模式在古代社会和前现代社会中占据主导地位，第二种对立模式则是现代社会的特征。在自然和文化对称地、充分地存在的社会或时代中，时间是循环的、非渐进性的。只有在物质存在与文化存在二者之间产生分裂之后，记忆和人类创新的可能性才会出现。事实上，只有在自然的自明状态与未完成可能性的倾向（亦即文化）之间的这种分裂过程中，历史才能产生。

而以艺术为代表的文化（审美）现代性则成为与启蒙现代性相抗衡的对立面，拒绝为一种没有精神的线性生活秩序所吞没，转而追求非线性、混杂、零散化和多元化的美学指向。对社会进化论的文明乌托邦的批判成为审美现代性的共同出发点，尼采攻击现代性是权力意志，海德格尔批评它是"现代迷误",福柯指证它为话语权力机构,利奥塔干脆笑它是一套崩溃的宏大叙事。现代主义所代表的审美现代性,本质上是一种否定性,它不但否定了源于希腊和希伯来的西方传统文化,更激进地否定了现代资本主义社会的价值观。艺术站在了社会的对立面,是对一切都依赖于"他为"的社会的偏离。

现代性危机将诸般二元对立摆在我们面前:主观与客观、感性与理性、自我与他者、内在与外在、词与物、真实与虚构等。而诸多现代主义大师,都对这些关联有过深入广泛的思考。例如,在弥合感性与理性这一方面,艾略特与荷尔德林都坚持"理性和心灵的一神论",将"感性的宗教、理性的神话、作为人类教师的诗"整合成一个新的"三位一体"。在荷尔德林看来,以自然主义方式处理单纯的事件和事实,以唯心主义的方式处理纯粹的理念、概念和品德,都不是诗人真正的工作,诗人的目标是在诗歌中调和二者,那就是使永恒和持久成为现在,重新建立业已失落的人与超越精神的关联,重新找回希腊人那种与自然和神灵的无拘无束的关系,这也就是重归存在整体,重新作为万物一员置身于"天地与我并生,万物与我为一"的境界。或如里尔克在《论"山水"》中所言:"人不再是在他的同类中保持平衡的伙伴,也不再是那样的人,为了他而有晨昏和远近。他有如一个物置身于万物之中,无限地单独,一切物与人的结合都退至共同的深处,那里浸润着一切生长者的根。"

作为工具现代性所孕生的,但又批判和反思其内在危险的文化现象,现代主义的动力来自正题与反题两个向度,正题是借助语言的梦想回到自然并重构人与存在整体的和谐关系;反题是对现代性的批判和生态危机的预警。从这两个侧面,我们可以更为全面地观照现代主义文艺的本然面貌。"人与自然之间无所谓什么正确的关系,有的只是对两者关系的正确理解。"印度哲学家克里希那穆提曾经这样说过。那么,文学艺术在正确理解人与自然关系方面，所起的作用将是不可或缺的。我们必须在全球性生态危机的背景下重新思考文学的功能与意义问题。约瑟夫·米克（Joseph Meeker）说："人是地球上唯一的文学生物……如果对文学的创造是人类作为物种的重要特征的话，那么，就应该仔细地检验和诚实地发现它对人类行为和自然环境的影响——决定它在人类的福祉和幸存中扮演何种角色，决定它将何种见解带入与其它物种、与周围世界的关系中。它是一种使我们更好地适应世界的行为，还是令我们与之疏远的行为？从无情的进化和自然选择的角度看，文学究竟有助于我们的幸存，还是加快了我们的灭绝？"

其中最为根本的一点在于，要想真正了解人与自然的真正关系，必须恢复对周遭事物的敏感，必须抛开人世间的功利心，才会让自己敏感起来。文艺正是对世界的非功利性的观照与理解，是使物恢复为物本身，使人得以从超利害的观点去看待自然与他者。这种超功利、非分析、非知识的"观照"，要求人们心里预先不能有成见，不能有任何既定的公式。如果你心里有了定式，就看不到鸟儿，看不到蓝天下的鹦鹉，更欣赏不到它的美。你可能会惊讶地问：这只鹦鹉属于哪一类？那根枯萎的树枝属于哪一类？是因为阳光的缘故，蓝天才看起来那么美吗？其实，此刻你看不清事物的整体，要想感受到事物整体性的美，首先必须抛开这些。我们的行为总是受到公式、概念和理想等因素的干扰，所以才会出现实然和应然不相符合的情况，两者出现了对立，进而产生了冲突，这就是二元分立的由来。固定程式、过去的形象、从前的概念，会扭曲我们观察事物的眼光，在一定程度上曲解事实。混沌理论证实，思维定式使我们对世界的"看法"带上了某种预期的确定性，于是常常引起对现实的曲解和欺骗。更为严重的是，调教我们的是是非非可能会妨碍我们更深地领悟人生的真实和"真理"。这里的"真理"一词既不是绝对的客观的真理，也不是相对的真理，即所谓你有你的理、我有我的理。相反，真理存在于某一时刻，反映出个体与整体间的关联。真理是与一切事物相关联的潜在感觉，一种将无数孤独的心紧密结合的细微而又不可抗拒的信念。真理不是可以获得的概念，而是进入混沌，沉浸于"怀疑和不确定性"之中，将此视为扩大自己自由度的一种方式。随着我们对事物的抽象和习惯的精神结构的消亡或改变，我们会发现许多意想不到的真相和本质，这样的时刻，就是发现"真理"与存在整体重新获得关联的时刻。

帕斯曾言，现代性使永恒失去了价值，完美转移到未来，变化与革命成了人类向未来和他们的天堂运动的体现。在这里，帕斯明确地将现代社会的制度性危机与基督教的线性时间关联起来。其实，类似的指控尚有不少。比如，莱恩·怀特就认为"基督教对于生态危机承担着无限的罪责"。甚至有的学者将创世说视为人类中心主义的思想根源而加以诟病。这其实是对《圣经》一小段经文的狭隘理解。怀特认为，《圣经·创世记》是关于人是万物管理者的训诫，但是，该经文的每一个段落都在劝告人们要节制、热爱大地，要小心翼翼地"管理"这颗行星，而不是漫不经心地征服，在给予人类在地球上的主权以后，上帝立即命令人类必须养育和保持它。尽管亚当不是万物的创造者，他却要对万物负责，为上帝的造物命名并为世界的完善负责。也就是说，《圣经》对人与自然关系的理解并不完全是统治性的，如在《约伯记》中，上帝虽然没有直接解答约伯的不平，但是告诉我们，人类不能从自己的观点出发去对待任何事物，自然处于人类的控制之外，并不是我们的征服物。基督教关于人与自然关系的思想所受到的批评大致集中在基督教传统中，自然是上帝的造物，因而不具有任何神性，所以人对自然的剥削不受道德的约束。但是，补救的办法不是恢复对自然的崇拜，而是从基督教信仰的立场出发，改变对自然的态度。自然虽不是神本身，但它是至高的造物主的创造物，因而是圣洁的，是神性伟力的象征。所以，神学家理查德·贝尔（Richard A.Baer,Jr）认为，对自然的破坏本质上是与基督教的信念背道而驰的，"成熟的基督教立场既不允许崇拜自然，也不允许鄙视自然"。基督教所倡导的超越自我的爱，恰恰有利于让人类承认在自己之外的万物拥有内在价值和内在权利，从而培养出对他者的尊重态度，因为万物都是神性的体现。导致我们目前生态危机的原因是多种多样的，包括民主制、技术、城市化，以及对自然的侵略态度，因此，把基督教视为生态危机的唯一根源，显然是缺乏根据的。

纵观中西现代主义文艺，我们可以发现一个共同的诉求，那就是企图用文艺重新弥合已经分裂的人性，将感性与理性、自我与他者、内与外、经验与超验等二元对立的关联域整合起来。这种理想其实也就是席勒所谓的经由审美达至人性完整的理想。在希腊时代，人与外在自然还处在统一体之中，所以能如鱼与水一样"相忘于江湖"；人的内在自然（感性与理性功能）也还没有分裂，人在自己身上就能认识到自然。而今人与自然已由分裂而对立，成为主体与对象的关系，自然对于人已不是与人结成一体的直接现实，而是已成为一种"观念"。由于近代社会职业分工的日益专门化，人与人的自我也分裂了。在这样的情况下，"自然之所以引起我们的喜爱，一方面是由于它表现我们失去的童年，失去的那种纯洁天真的自然状态，那种'完整性'和'无限的潜能'……另一方面也是由于它表现我们的理想，即通过'文化教养'（审美教育），又回到自然，恢复已经遭到近代文化割裂和摧残的人性的完整和自由"。理性与美绝不是截然分开的和对立的。现在我们将理性与科学联系在一起，认为理性仅仅是一种逻辑、分析、冷静客观和超然的能力，但是，在过去，理性之神阿波罗，同时也是音乐与诗歌之神。甚至上溯到中世纪，理性依然意味着能够看出事物内部的精神联系、主观与客观之间的律动和精妙的平衡。正如阿波罗与狄奥尼索斯是始终相伴的。因此，超越二元性就需要一种新的理性，它不仅包括分析和逻辑推理能力，也包括对自然界的移情和审美反应。

　　众所周知，二元性是现代性得以确立的重要基石，几乎所有的现代主义者都试图以艺术弥合种种的二元性对立。华莱士·史蒂文斯亦曾说过，诗歌是生活的一项律令。"我们相信它是想象与真实之间一份必不可少的婚约。这份婚约如果成功的话，其结果将是完满的。我们还认为，诗歌是意志用来感知无尽的和谐的工具，无论是想象的和谐还是真实的和谐，它使生活不同于没有这种洞见的生活"。可见，弥合二元分立的诸领域，是众多大师共同的着力之处，其中，诗歌作为感性的强化形式，应担当起相当重要的作用。人类不仅和其他生物一样，要冒生存之险，受制于自然规律，还要冒存在之险。这种冒险来源于人的意志性生存对外物的摆置。人的危险在于语言，语言会扰乱存在。因此，真正的诗人总不肯让发自渺小自我的喧嚣扰乱存在的秩序，掩盖存在之天籁，而是以澄怀静虚的态度倾听存在之声，并以对物的非功利性的赞美在大地上传扬这天命的召唤。尽管诗人的声音因其谦卑奥妙而闻者甚寡，但他们总不会放弃赞美的天赋使命，为荒野中透出一丝红色灯光的农舍、为一只沾满大地新鲜泥土的农鞋、为矗立于悬崖而使山峦与天空同时敞开的教堂，为一切因存在本身而庄严的事物留恋驻足，用歌唱将它们挽留。因为，歌即存在！他们的任务便是替没有语言的万物发出声音，为那些痛苦而无法言说的爱情，为那些默默的没有回报的暗中的牺牲，为那些打断了严霜寒冷构思的褴褛的早行者，为那些因劳累而骨节突出颤抖着点燃炉火的手……作为存在的喉咙和耳垂，诗人以苍苍白发和被酒神的女祭司们撕碎身躯的方式得到了祝福，以生前被蔑视死后遭遗忘的方式得到了祝福，以本应该幸福却两手空空的方式得到了祝福，以自身睡梦一样消失而诗篇长在的方式得到了祝福……因为他经历了神圣的恐惧，因为他作为所有的他者而仅仅不是其本身遍历了地狱、炼狱而窥见了永恒之美，因为他曾从梦境中为我们采回了一枝鲜红的玫瑰。

马永波　文艺学博士后，出版个人专著《以两种速度播放的夏天》《九叶诗派与西方现代主义》《荒凉的白纸》《树篱上的雪》《词语中的旅行》及译著《1940年后的美国诗歌》《1950年后的美国诗歌》《1970年后的美国诗歌》《英国当代诗选》《约翰·阿什贝利诗选》《诗人与画家》《史蒂文斯诗文录》《肖邦在巴黎》等70余部。现任教于南京理工大学。

沈从文：照见的前半生

◎朱　灿

一

《沈从文的前半生：1902—1948》，晚于"后半生"[1]出版了。前半生加上后半生，按常理来说，该是沈从文先生的一生了，此书体例，也即是时间的体例，惯照常理，时脉递续，由生而死。现实情况，可能与我们的理会相反，有的人一生，在最开始的那十年，就已经结束了；有的人一生，不过是其名姓的几个字附着在一些事物上，漂荡在历史河流中，与水上泡沫并无二致，时光愈久，人世更迭，观念嬗变，或有人称之为青萍浪蕊，或有人称之为浮泛残渣，能用则用，成他人杯酒，浇遍人事块垒，倒不如那早早结束在最初十年的人。在这期间的一些人，这极少数的人，在完成他们各自的生命。这样的完成，既处在两者之间，自然也不自觉不自主地接受着两者的目光与关注，这样的目光与关注，也会间接影响到生命的个体的完成质量，有的人完成，其本身的力量与时空的力量相互交织，在他身上，自然有着所经历的时代的巨大信息，而往往，个体的力量虽依旧在，又被其所覆盖，历史递续，千载之下，

---

① 此处指《沈从文的后半生：1948—1988》。

后来者与之对晤，所能见者，更易从其人而转至其所生存的环境；有的人完成，其自身生命力量，在与社会时空的两相磨砺中，非是两者相融，更多的是，在这个个体上，两者达成和解，更言之，个人完成了与时空与社会的理解沟通，两者之间的对比关系会随世易时移而变更，但谁也不会覆盖谁，历史延续，百世之后，后来者所见，更多的，当是先去者。

《沈从文的前半生：1902—1948》及其姊妹篇"后半生"，所呈现的一生，不当照常理看作为时间续接的一生，更多是个体生命在时代困境中承续辗转，个体精神在社会力量下砥砺自持、自我延续、自我圆满的一生。时间很重要，时间能包容所有东西。时间又不是最重要的，个体生命精神与时代相抵牾，旁逸而出的那一部分，往往不属于所在的时代，或者说，这样的东西，可以存在于任何时代，它本身构成了生命里的另一段时间线，与自身与时代，两相印证。在这个过程中，明确自己、确立自己、完成自己、照见自己，自我的照见，对应地，也就可照见历史，照见人世人事，也正如沈从文先生在1952年写到的那样："万千人在历史中流动，或一时功名赫赫，或身边财富千万……一通过时间，什么也不留下，过去了。另外一些生死两寂寞的人，从文字保留下来的东东西西，却成了唯一联接历史沟通人我的工具。因之历史如相连续，为时空所阻隔的情感，千载之下百世之后还如相晤对。"

前半生和后半生加起来，不仅是一个人的单纯事迹史，更是一个人的精神生命的完成史，从这个角度来说，作为文学家的沈从文，《边城》《长河》等，如何优秀，早有共识，自是不必多说，而其意义极大，在两本传记中，更多地能看到沈从文其人的，则是引证探寻《从文自传》《湘行书简》及1949年后一系列近乎梦呓的家书。小说和散文，各种技艺笔法融汇一体，或因时事问题触发思考，或因生命行至一定时期而反观自照、旁视身边诸人诸事，这更多的是精神生命和思维在一定

156

阶段的产物。

　　或有人说，自传和书信，自然很容易看出一个人的精神和心迹，但我们所能看出的，往往在观看者思维上，不过将其示作特定时期的一个结果，所得出的东西，也不过是由结果而推及结果，其真正的活生生的历程里，还隐藏着许多细枝末节，恰如人的末梢神经，极其细微，却又是极其敏感的，其间所富含的生命信息与精神信息，难以量计。《从文自传》《湘行书简》及1949年后一系列近乎梦呓的家书，就是由这样的末梢神经所组成的精神文本，循着这三者的线路，来看着两本传记，来看沈从文先生，则更明朗清晰。

　　沈从文先生生于1902年，在湖南一带的山水人世间，求学逃学当兵看杀头，这期间，正如其自言"读一本大书"，这本大书，影响深远。社会正在另外一群人那儿火热起来的时候，他犹自随军队奔波，化进世事里观览大书。1918年，他16岁，《新青年》改用白话、鲁迅先生发表第一篇白话小说《狂人日记》、第一次世界大战结束，沈从文辍学转入杨再春带领的一支军队，路过泸溪县，在一家绒线铺见到一小女孩，印象极深，这本"大书"的一角，此后成了他著作的重要部分。《边城》中的翠翠，"那明慧温柔的品性，就从那绒线铺小女孩印象而来"。这一年，翠翠这个形象开始慢慢埋下种子。这一年，沈从文随部队入驻怀化镇，见部队"清乡"，杀死两千人左右。1919年，他17岁，五四运动爆发，《新青年》由北京迁至上海，仍由陈独秀主编，沈从文因认得几个字，担任了司书，并听从萧选青的建议，改"沈岳焕"为"沈崇文"，并埋头学写古体诗。他与一文姓秘书官成为好友，借阅到《辞源》，知道了"《淮南子》是什么，参议院是什么"，又与文姓秘书官和一老书记一起订了一份《申报》，结果是"认识了好些生字"。到1923年8月下旬，经19天路程，从湘西到了北京，此时，"另外一群人"依旧在各个方面火热着，而他"便开始进到一个使我永远无从毕业的学校，来学那课永远学不尽的人生了"。此时，他21岁。

拿出这些切切实实的历程，旨在说明，当后来者认定的这个社会正发生的巨大变革的时候，沈从文依旧是那一大群人当中的一个，进而言之，他在那一大群"百姓"之中，又早已化在了茫茫湘西山水人世之间，随之而来的岁月里，他才缓缓掉头过来确认自我，且也不主要是借助"五四"的力量，更多的是其自身生命的苏醒，在"化进"之后，又"化出"于茫茫湘西和那20多年的岁月。"发现自我是五四的一个主调和潮流……沈从文自我的发现，你不能说就没有受五四启蒙的影响，但基本上他的思路不是以现代理论为基础的"。所以也就有了后来在《湘行书简》里所言说的："这种河街我见得太多了，它告诉我许多知识，我大部分提到水上的文章，是从河街认识人物的。我爱这种地方、这些人物。他们生活的单纯，使我永远有点忧郁。我同他们那么'熟'——一个中国人对他们发生特别兴味，我以为我可以算第一位！但同时我又与他们那么'陌生'，永远无法同他们过日子。真古怪！我多么爱他们，五四以来用他们作对象我还是唯一的一人！"

这个"唯一的一人"在1932年出版了《从文自传》。到《从文自传》出版时，其作品已经非常丰富了，如《旅店及其他》《一个天才的通信》《沈从文甲集》《旧梦》《萧萧》《丈夫》以及作家作品评论，等等。沈从文用了3个星期写出了《从文自传》，如张新颖先生所说："应朋友的邀约而写成的这一本自传，从沈从文此前此后的文学历程来看，从他完整的生命行程来看，有非同一般的意义；为什么在此时、此地产生，并非出于偶然。"这样的"并非出于偶然"，正是沈从文前半生的一个重要节点，从这个节点上反观《沈从文的前半生》，就更明白此前21年的岁月对于他的具体的影响，以及随之而来的《湘行书简》对于历史、人物、事件的思索感悟，"真的历史却是一条河……我软弱得很，因为我爱了世界，爱了人类"。也就容易在《沈从文的前半生》中看到沈从文自己，在传记里看见被传之人，是极其难得的。这是一个安静的生命在靠近另一个安静的生命。有静气的生命，才顶得住世事的喧嚣。有静气的生命，才能靠近有静气的生命。

因了这本自传，所以，"也许可以说，正是借助自传的写作，沈从文从过去的经验中重新'发现'了使自我区别于他人的特殊因素，通过对纷繁经验的重新组织和叙述，这个自我的形成和特质就变得显豁和硬朗起来……一个人要认识自己，必须得认识自己的'自'，那就需要沿着自己生命的来路去追索，沿途追索的过程，也就是重新探求生命来历的过程。这个过程，是有自觉意识的；过程的完成，是得其'自'"。这样的过程，就是一个自我确立的过程。

沈从文的前半生，就是一个"得其'自'"的自我确立的过程，"本人"得以立起来，有了这样一个支撑点，其前后的各类作品也就因缘际会般地有了依托。有了"得其自"的自传，而再回返湘西的那段日子里，将自己放进生养自我的湘西山水中，有了空间，再度望见山川，望见河流，望见两岸的流离与欢畅，那些吊脚楼，那些妓女与船夫，思绪精神与情感，得以温养，也得以与千载时光相连续，重新认识现状、认识自我、认识历史，自然而然地写下了写在水上船里的文字："但真的历史却是一条河……我触着平时我们所疏忽了若干年代若干人类的哀乐！我看到小小的渔船……看到石滩上拉船人的姿势，我皆异常感动且异常爱他们……我软弱得很，因为我爱了世界，爱了人类。"这个爱了世界爱了人类就软弱得很的人，这个留着楚人血液的从文的人，非是单单地承续着抒情的传统，而是骨子里生出了对于千载历史、对于普通人喜怒哀乐、对于时事热闹非凡而个体泯灭无闻的悲哀。

一个简单的个体，需要多大的体量，能生出、能承担这样的悲哀？

我们想象不出，但我们如果认真一些，用心一些，又能明明白白地看见。

这份悲哀，生长自那段岁月，生长自那些山川河流，那些历史，和平常人的喜怒哀乐，因为对这些有理解、有悲悯、有爱，所以沈从文的这份"悲哀"也就格外地有分量、有力量。悲哀，也是有分量、有力量，也是可以有的。

是它们，生成于前半生，照见了后半生。

二

1949年，沈从文笔下有两件事，较有代表性：3月27日在华大，早起散步，"天边一星子，极感动"。秋天，给时任上海高桥中学校长的程应镠写信，说："到你将来负责较大，能在立法上建议时，提一提莫作践疯人，就很好了。这是很凄惨的。我看过，我懂得，相当不合需要。"前一件事，沈从文还是沈从文；后一件，因为有了前半生，所以沈从文还活着，还在看见，乃至于这样看见的一些事，不需要思索，晓之以平常人情事理，便已经知道哪儿好哪儿不好了，这是正常人该有的能力。

或许是早年见惯了杀头一类的事，中年又四野奔走，笔下是眼下，脚下是天下，其情理认识又曾通过现实的河而再蹚过历史的河，故而，总有一种力量在支撑着沈从文，走出"不毁也会疯去"的处境，生命从"悲剧转入谧静"。有了一个"我"的存在，有了一个"我"的固执地确立与站立，所以能在那样的时间里，还写下如此多的书信，写下细碎繁复的文字，那些文字，就是梦呓，就是疯话。一个时代里，总不那么完善，总会有出问题的，不是个体，就是环境。1996年，《从文家书——从文兆和书信选》出版，张兆和在后记里写下这样的话："从文同我相处，这一生，究竟是幸福还是不幸？得不到回答。我不理解他，不完全理解他。后来逐渐有了些理解，但是，真正懂得他的为人，懂得他一生承受的重压，是在整理编选他遗稿的现在。过去不知道的，现在知道了；过去不明白的，现在明白了。"

1948年8月12日，朱自清因病逝世，沈从文"不合时宜"地在"英雄"声里写下素朴的话："佩弦先生的《背影》……佩弦先生的土耳其式毡帽和灰棉袍……但这两种东西必须加在一个瘦小横横的身架上，才见出分量，——一种悲哀的分量！"这种"悲哀的分量"，是朱自清先生身上的，对于这个写下"悲哀的分量"的湖南人，这个"正感觉楚人血液给我一种命定的悲剧性"的楚人，其自身的"悲哀的分量"，一直贯穿其一生，又何曾少过。

沈从文的前半生，在《从文自传》里明白地确立，在《湘行书简》中赤裸裸地延宕到了那"一条河"里，这样的前半生照见了后来40年的诸般梦呓。照见的是他者，照见的更是自己。照我思索，能理解我；照我思索，可认识人。《沈从文的前半生》就是这样的思索的书。是一支笔，静默地诉说另一支笔；是一个人，安静地接近另一个人；是一个生命，沉潜进另一个生命。

朱　灿　四川仪陇人，曾参加第五届"包商银行杯"全国高校征文大赛，以《听椅子慢慢坏掉》获散文组一等奖。现为闽南师范大学文艺学在读研究生。

特 稿

汪树东／当代文学中的生态人格塑造

当代文学中的生态人格塑造

◎汪树东

《中庸》曾说："唯天下至诚为能尽其性。能尽其性，则能尽人之性。能尽人之性，则能尽物之性。能尽物之性，则可以赞天地之化育。可以赞天地之化育，则可以与天地参矣。"（《中庸》第二十二章）何谓"参赞化育"？就是在尊重万物，同情、爱护和理解万物，以天地化育之道促成万物的生长发育，而不是相反，即不是将万物视为与生命无关的外在之物去役使、去控制、去破坏。参赞化育所显示的人格，我们称之为生态人格，其最高境界即是德配天地式的生态境界。参赞化育的生态人格和深层生态学所说的自我实现不谋而合。就深层生态学的自我实现原则而言，人将不再把自己看成分离、孤立的自我，而是与他人紧密结合在一起，进而与超越人类，与非人类世界的整体认同。认同当然也意味着守护的责任。深层生态学认为我们应该把地上的走兽、天空中的飞鸟、原野中的百合花视为我们生命的一部分，所以当走兽误入陷阱、飞鸟被关进笼子、百合被摧残，我们会感到自身的一部分生命受损了，我们应该挺身而出，施以援手，让走兽自由地奔走，飞鸟自由地翱翔，百合花尽情地摇曳于原野中。我们也应把蓝天白云、青山碧水视为我们生命的一部分，当雾霾弥天、童山濯濯、污水横流时，我们也会感到自身的一部分生命受损了，我们也应该挺身而出，捍卫我们的天空、山脉与河流。

　　当代生态文学对生态危机的全方位展示，对欲望化、城市化、科技崇拜、人类中心主义的批判，给我们呈现了现实的晦暗一面。但是仅停留于揭露生态危机还是不够的，生态作家还给我们描绘出了那些敢于站出来捍卫蓝天碧水、救助受伤动物、修复生态系统的生态人格，展示他们参赞化育的丰功伟绩，希冀用他们的崇高精神感动读者，唤醒人们的生态意识，共同克服生态危机，拯救地球的生态系统。鉴于华夏大地的实际情形，当代生态文学或侧重于描绘那些具有鲜明的人文情怀、文明反思意识的生态人格；或侧重于关注那些能够与大自然近距离打交道、在具体的生产活动中直接感受到生态破坏的后果，从而幡然悔悟、保护生态的生态人格；或者侧重于书写那些深受少数民族宗教文化、民间宗教文化影响而葆有生态意识的生态人格。

一

　　当代生态文学中，以胡发云的中篇小说《老海失踪》和赵本夫的长篇小说《无土时代》为代表，塑造出了一类具有鲜明特征的生态人格形象，即《老海失踪》中的老海和《无土时代》中的石陀。他们都是受过现代高等教育的人文知识分子，喜欢文学，对现代文明具有较高的认识水平和反思意识，经历过种种人生波折，生态意识机缘巧合地觉醒，他们便矢志献身于守护自然生态的崇高事业，为此百折不挠，宁为玉碎，不为瓦全。

　　老海是个较为成功的新闻记者，由于不能忍受新闻工作的程式化和虚伪性，主动要求到山区去工作。在三省交界的乌啸边地区，老海发现了风景优美绮丽的女峡，随后被当地政府开发成旅游区，给当地带去很好的经济效益。当地人又发现了珍稀动物乌猴（黑叶猴），老海也因拍摄乌猴的专题片而名扬海内外。但悲剧接踵而至，随着公路的修建，人们不停蚕食着森林，残酷虐杀各种野生动物，而且还无所顾忌地捕杀珍稀的乌猴。老海痛感自己对乌啸边这片原本保存完好的大自然犯下了难以弥补的罪行，在救治受伤的乌猴、与盗猎分子周旋以及向政府呼吁建立保护区等事情的缠绕下，他备感焦虑。最终，在看到自己的所有努力都付诸东流，最后一群乌猴也面临着盗猎分子的枪管和栖息地丧失的威胁时，他决定只身帮助乌猴迁出乌啸边，去寻找新家园。但盗猎分子并没有放过他和那群乌猴，等待着他和乌猴的将是不可避免的悲剧命运。

老海是具有典型的生态人格的现代人。他出身诗书家庭，受过良好的教养，能够深切地设身处地体会其他自然生命的痛苦。他曾经在一次战斗中打死过一头牛，看到它临死时那只美丽善良的大眼睛，他忽然别有所悟，"他从此再不能忘记那只眼睛。那温暖善良又充满疑惑的眼光，让他看见了人类的罪恶，看见了自己的罪恶。所有关于战争辉煌人类伟大的信念，被这一只眼睛的光芒摧毁了。"能够从一头牛的眼光中看到人类的罪恶，从而获得一种新的生命眼光，这的确是老海非同凡响之处。老海后来读的是大学中文系，也无疑和他富有生命灵性的气质息息相关。

老海富有学养，眼界开阔，对现代文明破坏自然生态的种种恶行洞若观火。老海失踪前给他的同学老阳留下最后一封信，其中写道：

这里面是我近几年拍下来的一些带子。它们已不再是人类发现或征服自然的记录，也不是某一部什么优秀电视片的素材，而是人类罪恶的记录。这罪恶也有我的一份。因为我的幼稚、无知、虚荣与妄想，人类开始了对乌啸边对乌猴对大自然的疯狂虐杀和毁灭。我明白这一点的时候，这一切已无可挽回了。这使我永远不能宽恕自己。我不知道这些东西最终能否减轻一点我的罪过。我对人类的文明已失去最后的信心。我们将遭受报应。这只是时间问题。我们现在所有的文字、音像、图片、数据……它们最终都是人类罪恶的证据……从根本上说，公众并不真正理解这些关心这些。他们可能反对滥伐林木，但他们喜爱木质地板。他们可能会反对乱捕海洋生物，但他们会以吃一顿龙虾大餐而自豪。他们反对大气污染，但他们更愿意坐车而拒绝步行，连世代用脚走路的农民，现在也乐意坐在蹦蹦跳跳的手扶拖拉机上……即使是非常真诚非常有力地张扬环境保护的西方绿色组织，他们的生活方式也决定了他们与这个世界格格不入。这就是人类，它不走到尽头，是绝不会再回头的。就像巨石从山上滚落，没有谁能够阻挡它……我不是悲观主义者，悲观主义者还有些许悲凉的情绪。我曾有过，但后来没有了。我是一个绝望主义者。包括我现在所做的一切，我都认为是无意义的。就像对着滚落的巨石吹气一样无意义。我这样做，只是一种仪式，为我曾做过的一切赎罪。

现代文明早就剥夺了大自然存在的神圣性和有机性，想当然地把大自然视为资源库和垃圾场，现代人只会任由欲望无限度膨胀，哪里会像老海那样想到为了金钱猎杀珍稀动物是罪恶，哪里会想到森林中那一株株参天大树是一个个鲜活的生命！老海为现代人根深蒂固的愚蠢和自私忧心如焚，现代人为了一己生活便利、口腹之欲屠刀狂舞，挥向大自然。对于生态意识觉醒的现代人而言，凡是看到现代人如此盲目地摧毁大自然，可能都会像老海一样深感绝望。

当老海从生态意识角度来审视现代文明，审视所谓的社会发展、经济增长，他看世界的眼光就会和无数沉迷在唯发展主义的现代人看世界的眼光迥然不同。例如，当乌啸边地区要修筑公路时，在常人看来，那自然是文明的大跃进，是社会发展、文明发展的大通道，但是老海却反对向乌啸边深处修筑公路，他认为："这里再不需要路了！哪里修路，哪里遭殃！路是人类向大自然吸血的管道！路是个坏东西！"的确，对于人类来说，"要想富修公路"确实是一句很精辟的话；可是对于山川河流、万物生灵来说，每一条路都是一把刺向它们的利剑。

更为可贵的是，老海不是在书斋里冥想大自然，让生态理论成为欺世盗名的高头讲章，而是踏实勤谨地实践着生态伦理，生态人格的魅力日益显露。老海的确已经看到了生态问题真正的复杂性，但他宁愿舍弃生命，也拒不认同现代人的强力意志，由衷爱护自然生命，担当起自己的责任，显示了他具有殉道者的高贵品格。他和护林员得田一道去巡山，救助被猎人打伤的乌猴，拍片子揭露各级政府领导仗着特权吃熊掌等野味，还想方设法呼唤建立自然保护区。他反对现代人对大自然的颐指气使的态度，强调"在这天地自然之间，我们都如蝼蚁一般"。他能够和熊建立亲密的友谊，认识到"这世上，没有坏的禽兽，只有坏的人"。他在大自然处于弱势地位时，竭力为自然生态的守护鼓与呼。也许，像老海这样的言行终究无法阻止现代人的肆意妄为，但在沧海桑田的宇宙历史中，我相信现代人的罪行唯有依靠这种言行才能稍微减轻一点。虽然老海最后失踪了，带着对现代人、现代文明的绝望感，但是他那为保护自然生态敢于牺牲的生态人格却留给世人巨大的感召力。

赵本夫的长篇小说《无土时代》书写了苏、鲁、豫、皖四省交界处黄河故道的一个叫草儿洼的村庄的后人进入现代大城市木城后的奇特境遇，展示了作家对现代城市文明的生态批判，呼唤着现代人再次回归土地，企望着现代文明的绿化、生态化。而其中尤其值得关注的是石陀这个生态人格形象。

石陀在木城出版社任总编辑，极为迷恋土地，他有一个雄心勃勃的计划，就是试图唤起木城人对土地的记忆。他是木城政协委员，在每年的政协会上，他都会上交这样的提案：拆除高楼，扒开水泥地，让人脚踏实地，让树木花草自由地生长。对于痴迷于现代化、城市化的中国人来说，石陀的设想无疑是痴人说梦，只能引来嘲讽和讥笑。于是，总是穿着蓝布长衫的石陀只要一有可能，就偷偷地用小锤子砸开城市的马路边缘的水泥砖，唯一的希望就是草能够长出来。作为出版社的总编辑，石陀非常赏识一个叫柴门（其实就是他自己的化名）的作家，因为柴门具有非常典型的大地情结。柴门认为："城市把人害惨了，城市是个培育欲望和欲望过剩的地方，城里人没有满足感没有安定感没有安全感没有幸福感没有闲适没有从容没有真正的友谊。……人类在发展史上最大的失误就是建造了城市，那是个罪恶的渊薮。"他还说："生活在都市里的人们，离开乡野已经太久了，为什么不重回大地，过一种简单的生活呢？……"对于城市文明，柴门深恶痛绝，他说人类错了，城市错了，从垒上第一块城墙砖就错了。"城市是人类最大的败笔，城市是生长在大地上的恶性肿瘤，城市并不是个值得羡慕的地方。"石陀不顾出版社社长达克的反对，毅然聘用谷子当编辑，并让她负责编辑柴门文集，寻找作家柴门。其实，石陀之所以如此痴迷土地，对现代城市的无土时代如此激烈地拒绝，和他的农村出身有关。他就是出生于草儿洼的天易，从小是一个大自然精灵。他到蓝水河游泳，那些奇形怪状的鱼会围着他，他还经常伏在大地上，能够听到大地喘气的声音，一听就是半夜，着了魔一样。后来当了红卫兵，和梅老师一起走失，漫游了大半个中国，也是沉浸在大自然之中，饱受自然灵性的启发。

石陀不是选择返回乡村，返回大自然，而是坚持把城市加以自然化、生态化。在木城市园林局召开的绿化论证会上，留学回来的林教授抨击市政府当局大搞毫无差别的草坪种植，违背生态规律。石陀对林教授的观点非常赞赏，还补充说："这草坪还有一个最大的问题是一年四季都看不到枯萎，这简直太荒唐了。木城不是热带地区，从来四季分明，树木花草就应当一岁一枯荣。当地草本来就是这样的，千百万年都是如此。春天发芽，夏天茂盛，秋天衰败，冬天枯萎死去，这是一切生命的常态。引进的外来草的确四季常青了，可四季常青的害处是让人替它们累得慌，让神经绷得很紧。该歇着的时候不歇着，该冬眠的时候不冬眠，大冬天还在那支棱着，不遭罪吗？四季常青还给人一种错觉，就是生命无始无终，你可以老活着。于是你对财富、女人、权势、地位就会没完没了地追求，永不满足，你以为可以永远拥有它。由此你会变得浮躁、贪婪，为了得到这一切可以不择手段。但如果有秋天的衰败、冬天的枯萎，一年中有一段时光能看到地上的落叶和枯死的草棵，我们就会珍惜生命，也尊重死亡。会感到生命的短促和渺小，会看淡世俗的一切，用一种感恩的心情看待我们的生活。人也由此而变得平静、淡定而从容。大自然是会给人许多暗示的，千万不要小看这些暗示，这种暗示如清风细雨浸润着我们的身心，不知不觉间已经改变了我们，也改变了这个城市。"由此可知，石陀能够从大自然中汲取宝贵的生存智慧。

无论是《老海失踪》中的老海，还是《无土时代》中的石陀，都是现代文明物欲化大潮中的先知先觉者，他们质疑现代文明反生态的本质，试图以一己之力守护自然生态，做一点自我赎罪，但是他们的言行都是无力的，都无法抵抗滔滔滚滚的现代文明汹涌大潮。不过，虽然他们失败了，甚至中道殒命，但是他们的生态人格光辉在悲剧性的天空中映照着，激励着后来者。

二

与《老海失踪》中的老海、《无土时代》中的石陀不同的是，当代生态文学还非常喜欢塑造一些幡然悔悟的猎人、渔民等生态人格形象。相对于城市人而言，猎人等还能够和大自然直接打交道，他们对大自然熟稔于心。在生态意识没有觉醒时，他们对于自然生命往往没有任何怜悯之心，他们只是以人类中心主义眼光、功利主义眼光来看待自然生命，猎杀动物是他们的职业，至于因此破坏了自然生态，造成种种可怕的恶果，则在他们的思考范围之外。不过，机缘巧合，他们的生态意识往往会受到种种触动适时萌生，他们便会对以前的猎杀行为忏悔，转而成为守护自然生态的人，体现出了参赞化育的生态人格。

刘醒龙的短篇小说《灵猩》中的老护林人就是这样一个猎人。那个在常人看来疯疯癫癫的老护林人其实是在受到大自然的惩罚之后才出现生态意识觉醒的人。他曾经是一个极为优秀的猎人，一次他遇到了一只极美的獐子："横在他与獐子之间的一线泉水，像一串淡绿色的珍珠链。唇上犹如贴上了一片黑缎的小獐子，伸出一对毛茸茸的小腿在泉水里拨弄着。他并不知道白狐正在走开，他被那小獐子迷住了。这小家伙！这小家伙！怎么这般眼熟，难道我们有过相逢的日子吗？小獐子吸了一口水，朝着它的父母昂起了小脑袋，一股隐约可见的水汽从鼻孔里喷出来，与从嘴里喷出的水柱一起，朝着它父母高大健壮的身子飞泻而去。夕阳中，那稚嫩的眼睛，闪动着润湿的水晶般光亮……小獐子重新垂下头，乌金色的嘴唇没入淡绿色的水中，泉水顿时透出一圈黑晕，几颗水珠跃过它的眼睛跌入水中。"如此美丽的生灵完全是大自然造就的，人能够欣赏一瞬间就应该感到满足。但是他猎杀了小獐子。随后他受到灵猩的惩罚，自断指头谢罪，才幡然悔悟，开始了积极的护林工作。但是他的切身经历得不到大家的尊重，人们更是出于物欲不停地到森林中去猎杀动物，去滥砍林木，他也只能反复地向人警告，要人当心灵猩的报复。不过，这一切都无济于事，森林中树王也被砍掉了。结果是一场暴雨袭来，山上爆发泥石流，淹没了大片良田，老护林人也葬身泥石流中。

叶广芩的短篇小说《猴子村长》中的猎人侯自成也是受到母猴的感化才不再捕猎的。在困难年代，侯自成和奉山老汉一块儿追捕带着两只小猴逃跑的一只母猴，母猴在危急之时表现出的母爱和大义凛然迫使他们放下猎枪。

蒙古族小说家满都麦的短篇小说《四耳狼与猎人》中的猎人歪手巴拉丹，也是看到曾被他饲养过一段时间的四耳狼对他的深情厚谊之后，才幡然醒悟的，懂得了狩猎积财的罪大恶极，并意识到人类对野生动物犯下的罪行，从而放弃了狩猎。

关仁山的短篇小说《苦雪》则塑造了老扁这个守护海狗的猎人形象。雪莲湾是个濒海村子，村边海滩雪盖冰封时常有许多海狗上岸。海狗全身毛茸茸，模样有点像海豹，肉可食，皮可穿，公海狗的肚脐还是珍贵药材。村民从清朝乾隆年间就开始猎海狗，但与海狗搏斗毕竟需要超乎常人的力量和勇气，因此也只有少数人才能成为猎人，而且他们的生命也往往朝不保夕。但传统的猎人只用钢叉，只凭力气和技巧猎杀海狗，而且不能过量，即使有了火枪也不用。这是不成文的规定。老扁就是出自这样一个打海狗的世家，他恪守祖辈父辈留下的规矩，遇到那些不做反抗的护犊的母海狗，他还下不了手。但是这种祖辈的规矩很快被以海子为代表的新一辈年轻人破坏了，他们购买火枪，合伙大量捕杀海狗。老扁对他们的行为极为气愤，在一次捕杀中，他披上海狗皮混在海狗群中，赶走了海狗，自己却被海子等人的火枪射中身亡。这个悲剧故事反映了前现代文明和现代文明对待大自然的不同态度，前现代文明对大自然是适度地取用，更注重大自然对人的精神建构，而现代文明却纯以效率为趋，有极度的物质主义倾向，对大自然只采取肆无忌惮的利用态度。老扁最终能够牺牲自己保护海狗，彰显了崇高的生态人格光辉。

雪漠的长篇小说《狼祸》中的孟八爷是个经验老到、技巧高超的老猎人，后来知道了在沙漠地区不能再猎杀狐狸、野狼的生态道理，就毅然抛下猎枪，无论怎么受穷受累，都要精心保护生态环境。孟八爷曾说："狐子吃老鼠，乱打狐子，老鼠就成精了，铺天盖地，到处打洞，草皮啥的，都叫破坏了。一刮风，满天沙子，那沙山，就会慢慢移来，把人撵得没处蹲了。北沙窝里，早些年还有人。现在连鬼都没法儿住了。"孟八爷想到子孙还要活，想要维护子孙后代的代际正义，因此他意识到必须保护生态环境。孟八爷还说："这理儿，我也才明白。这些年，我老是纳闷，以前大沙河那么多水，柳栋呀、芦苇呀，树呀，里头啥没有？狼了，狐子了，野兔了……真正一个森林王国。现在，除了耐旱的沙娃娃外，至多有几只獾猪娃儿。那水，连饮猫儿的也没了。再胡整，真没活的路数了。"在孟八爷的劝说下，"骆驼"首先表示不再收狐狸皮了。但是，猎人张五、鹞子并不听孟八爷的劝告，鹞子绝望中甚至想杀掉干预他打猎的孟八爷，孟八爷问他是否真的不明白环境保护的重要，鹞子就说："啥狗屁道理，我都懂。可这天地间，已到处是垃圾了。信不？要是我有足够的原子弹，我肯定会毁了这地球。贪的也罢，欺压人的也罢，要完蛋，大家一起完蛋。"因此孟八爷意识到真正威胁自然生态的还是人的糊涂心灵，他说："那最大的威胁，不是狼，也不是水，而是那颗蒙昧的心。心变了，命才能变；心明了，路才能开。"的确，当人心不能从物质欲望的支配中摆脱出来，人注定会陷入彼此厮杀的残酷里，自然生态也必然会惨遭不幸。最后沙窝子里的牧人为了抢仅剩的一点水源不惜大打出手，就是生态危机出现时人类生存处境的一种象征。

杨利民的话剧《大湿地》也塑造了老耿这个幡然悔悟的生态人格形象。这是个凝聚着杨利民所有理想乃至生命激情的人物，他践履空谷足音般的生态意识，富有牺牲精神，敢于承担责任，物欲淡薄，精神高蹈，在生态救赎的坎坷道路上高扬人性的猎猎大旗。颇有意味的是，老耿原是个打猎高手，所获猎物常常连吉普车的后备箱都装不下。但18年前的一次打猎中，他射杀了一只漂亮的公雁，谁知与其相伴的母雁竟然不愿抛弃已经死去的情侣，宁愿衔着它的羽毛冻死在北方也不南迁。野生动物生命的高贵和尊严，彻底震撼了老耿，让他终于意识到打猎行为的丑陋和恐怖，也意识到自己对大自然犯下的罪行，因此幡然悔悟，洗心革面，终于成为立场坚定、意志坚决的生态保护者。

觉悟后的老耿在长期的野生动物保护实践中已经领悟到较为超卓的生态意识。首先，这种生态意识颠覆了狂妄自大的人类中心主义，确立了人在大自然中的合适位置。剧中，老耿要阻拦宏达开发公司的莫总经理试图对湿地进行房地产开发的行为，莫总就阳奉阴违地称老耿为"大湿地的守护神"，但老耿却直言相告，他不是什么守护神，"在大自然面前，我们都如同蝼蚁"。可以说，只有那些信奉人类中心主义的人，才能或者自视为大自然的征服者，或者自居为大自然的拯救者、守护神；而只要人稍稍理智清明一点，就可以清晰地看到，作为大自然渺小的一部分的人类怎么可能征服或者拯救整体呢。在大自然前面，谦恭自守才是人唯一的合适姿态。

其次，这种生态意识要求人节制自身的欲望，善待其他自然生命。当县长老民和老耿就被盗猎的国家一级保护鸟类大鸨争论时，老民就说："我们几个要不是读了些书，懂得环保、资源、生物链之类的东西，咱们之间会为一只鸟的死亡动肝火吗？这只是发展中的小问题。"然而老耿却针锋相对："你说的小问题，是大鸨的死吗？那大问题是县里的经济收入，对吗？看看当下吧，人类毫无节制的贪婪，占有、崇拜金钱，出卖良心，把体内流动的道德血液，变成欲望的毒汁……我们要学会善待地球上的一切生命，那就是善待自己！不然，大自然就会残酷地报复我们。"的确，当现代人肆无忌惮放纵欲望时，最终就必然会对大自然造成莫大的伤害，而这种伤害终究会回转到人类自身上。因此，老耿在大湿地里保护各种鸟类，其实是代替那些不懂人类语言的鸟类仗义执言，维护一种物种间的大道正义。

更为难能可贵的是，老耿的生态意识没有停留于简单的野生动物保护，已经上升到生态整体观的崇高境界。他曾经如此苦口婆心地劝老民要保护好大湿地："有一天我会走，也许永远消失。但看在生死兄弟的分上，请你冷静地想想，国家和人民把权力交给你，管辖着比欧洲一个小国还大的土地，你看看吧，现在还有多少土地没被折腾过，还有哪一方水域是干净的，还有哪些物种不面临灭绝？（哽咽）我只求你一件事，保护好大湿地，这是咱们最大的财富，不要只顾眼前……我想起阿波罗号进入宇宙时，宇航员阿姆斯特朗说的一段话。他说，'当我回望地球时，我已潸然泪下，它太美了，蔚蓝色的地球，像一颗泫然欲滴的眼泪。'……也许这颗眼泪，最后就会变得浑浊不堪，成为我们临死前的一滴老泪！"对于老耿来说，保护那一只只自由飞翔的鸟，那一片片白云覆盖的湿地，是和觉悟的人爱护地球，呵护整个生态系统息息相关、血脉相连的。既有高远宏阔的生态眼光，又立足当下，踏实履行眼前的生态保护责任，这无疑是老耿的卓越之处。

杨利民在话剧里塑造老耿形象，非常强调他精神的超拔。他成为野生动物保护协会志愿者的领头人后，就日夜守候在大湿地里，放弃了升官的机会，放弃了金钱和地位，甚至连家庭都主动牺牲了。为了保护珍稀的大鸨，他居然自己拿出积蓄补贴给农民，希望他们不要耕种大鸨栖落的那片土地，以免打扰它们。在和盗猎者斗争时，他有理有据，义正词严，但又温情动人。例如村民大头盗猎时毒死了丹顶鹤，他知道大头贫穷，同情大头，于是为他作证，说他是误毒的，结果能够少判几年刑；但是当大头再次到大湿地捕鸟时，他就毅然收缴了他的粘网，无论大头如何威胁，他都岿然不动；最后他也知道要阻止这些农民捕鸟，只能尽可能地帮助他们谋生，因此又主动地帮助大头联系卡车司机工作。此外，他还帮助失学的少年重返学校，救出了想在大湿地寻死的水莲。他为了向大湿地的附近村民宣传保护鸟类的基本知识，就和志愿者们辛苦拍摄鸟类图片，精心制作宣传图册、挂历。为了保护大湿地免遭开发商的毒手，他敢于掌掴财大气粗的莫总，敢于和当县长的老同学据理力争。这是一个既有科学精神，又富有献身热情、理想激情的生态人格典型。

此外，苗长水的短篇小说《自然之泉》中主人公廖廷杨也是在悔悟后才出现生态意识的具有生态人格的人。该小说叙述了一个北方村子遇上了干旱，人畜饮水开始面临威胁，村后那一片悬崖银雨漏天渗出的一脉细水成了村人的救命水。在村人等水的空儿，来了两只狼也想喝水，而这个村子已经很久没有出现狼的踪迹了。村主任廖廷杨跟踪了这两只狼，最后弄清了狼的藏身地，也知道了母狼已经怀孕，但是因为过分干旱，生产下来的小狼全都死了。廖廷杨决定救救这两只狼，在悬崖渗水干透了后，他带领村民把外地运来的救命水匀出一些提到银雨漏天，但是生性多疑的狼不敢来喝水，于是在夜色的掩护下，廖廷杨就脱光衣服趴在悬崖的岩石上小心地慢慢倒水，让狼以为水还是从悬崖中渗出的，在狼开始靠近想去喝水的当儿，一位村民却躲在暗处向狼打黑枪，谁知没打中狼，倒打中了悬崖上的廖廷杨，为了保护狼就他这样付出了自己的生命。应该说，廖廷杨是个具有生态人格的人，他得知这个村子在几万年前曾是一个巨大的湖，湖边绿树婆娑，野兽成群，后来地质变迁，沧海桑田，成了现在这样子。他对自己以前在"文化大革命"时期肆意砍伐森林，以及为了一点蝇头小利就把河滩林子卖给邻村的行为深感懊悔，因此就带领村民们拼命地种树，希望能看到绿满山川的美好景象。他也希望狼和人走出彼此互相伤害的困境，互相帮助，彼此共享生命的欢悦，共渡生命难关。

邓刚的短篇小说《大鱼》则塑造了水顺爷这个生态意识开始觉醒的渔民。该小说叙述了这样一个故事：辽东半岛的南端海域每年山菊花开的季节，会有一种奇怪的鱼到海边礁石缝隙里产卵，这种鱼，外形丑陋但肉质鲜美，当地的渔民称为菊花鱼。每到山菊花开时，渔村人都下海捉鱼。以前，水顺爷是捉鱼的高手，水里功夫相当了得，现今年事已高，便不能下海捉鱼。随着20世纪80年代的改革开放，渔民们的经济意识越来越活跃，每年捕捉的菊花鱼越来越多。其中渔村人李大爪子就特别擅长捕鱼。这一次，水顺也想再次下海捕一次鱼。谁知下海后，他四处寻觅，都没有发现菊花鱼，他知道渔村人对菊花鱼的捕捞过度了，大海一下显得极为空阔而死寂，他回想着以前海边鱼儿成群的胜景不胜怅惘。后来，他在偏远地方好不容易发现了一条亟待产卵的大菊花鱼，他本想下手去捉，但是看到那条颇有灵性的菊花鱼，更想到空荡荡的海边，他终于不想下手了。他不但自己不捉，还阻止了李大爪子。水顺爷终于从一个捕鱼人变成一个保护菊花鱼的人，表现了难能可贵的生态觉醒。

众所周知，人类曾出于生存目的不得不狩猎，但是到了工业文明时代，狩猎从根本上说已经丧失了合理性，猎人能够幡然悔悟自然是善莫大焉。当然，猎人能直接与野生动物打交道，容易感受到狩猎的危害以及野生动物的生命灵性；但是更为麻烦的是那些处在商业链条末端的消费者，他们仅对野生动物的皮毛或肉感兴趣，只需付出金钱就可以得到，他们的心灵更难被唤醒。而只要他们有巨大的需求，通过人类社会的商业链条，就会有巨大压力源源不断地迫使猎人们向各种野生动物大开杀戒。那样，少数猎人的幡然醒悟自然是感人的，但是终究于事无补。

三

相对于汉族人而言，华夏大地上的少数民族，尤其是草原上的蒙古族、青藏高原上的藏族等西部少数民族，与大自然融合得更为紧密，他们的民族传统文化中的生态意识也更为显豁。当代生态作家也非常喜欢在少数民族中寻找那些尊重自然、敬畏生命的生态人格形象，从而给世俗化浪潮中的现代人带来全新的生态启蒙。

郭雪波的小说中，就有一类人格鲜明的人物形象，即生态维护者。最为神异的是《沙葬》中的云灯喇嘛。此外如《沙葬》中的白海，《空谷》中的秃顶伯，《大漠魂》中的老双阳，《沙狐》中的老沙头，《苍鹰》中的老郑头，《狐啸》中老铁子的祖父等，也都是具有生态人格之人，也是郭雪波心中的理想人物。生态破坏者与大地疏远，与大自然仅是利用关系，而这些人的生命却与大地、大自然血脉相连，一般都离群索居，沉默寡言，但内心纯朴，感情真挚，淡泊宁静，对人生与世界别有悟解。

郭雪波小说中这些具有生态人格的人都颠覆了人类中心主义价值观，能豁达大度地平等对待众生。《沙葬》中，热沙暴来临时，沙井周围的各色生灵向人求救，铁巴想当然地拒绝它们，觉得人才是重要的，而云灯喇嘛却说："人重要？那是你自个觉得。由狐狸看呢，你重要吗？所有的生灵在地球上都是平等的，沙漠里凡是有生命的东西都一样可贵，不分高低贵贱。"当云灯喇嘛把仅剩的一点水分给各色生灵时，生态人格的光辉绚丽无比。挪威深层生态学者奈斯说："所谓人性就是这样一种东西，随着它在各方面都变得成熟起来，我们就将不可避免地把自己认同于所有有生命的存在物，不管是美的丑的，大的小的，是有感觉无感觉的。"当人类中心主义价值观被生态人格超越时，我们顿然可以看到世界更为婀娜多姿的一面。

当人在更为宏阔的生态视野中来把握人之位置，人就很容易地意识到自身的渺小，对自然的敬畏之情也油然而生。不过对于长期习惯了对自然采用征服与利用态度的大多数人来说，敬畏自然往往开始于大自然巨大的破坏性力量闪现时。《大水》中，那个皮贩子领悟到："在大自然的无限张力面前，在这从天而降的源源不断的大水冲击面前，人是太渺小了。小如虫豸。"《沙葬》中，在吞噬所有生命的沙漠热风暴之前，人的表现是："谁也没有说话，内心里充满对大自然的恐惧。在这恐怖而神秘的大自然面前，感到自己太渺小，太脆弱了。人平时以万物之灵自居，不可一世，狂妄自大，说胜天就胜天，说胜地就胜地。而此刻，显得如此单薄无力，无可依托，无可奈何，可怜巴巴，不比那些小动物高明多少。"大自然以其不可控制的巨大力量为人性划定了边界，使人性不得不反思自身。不过对于云灯喇嘛这些具有生态人格的人而言，敬畏自然往往更表现于对自然伟大而神奇的创造力量的敬畏上。

生态人格的最高境界是生态境界。在郭雪波小说中，把生态境界展示最充分的是云灯喇嘛。在他忍痛把小狼白孩儿送归荒野时，作者曾写道："大地是这样的静谧，这样的博大，这样的深邃，这样的神秘。只有夜晚，大地才充分显示出了这超然的气质，包容着所有依附于它的生灵，也包容着所有的合理和不合理的，完整的和残缺的，强大的和柔弱的一切，以及所有的生生死死、轮回周转。"大地就是云灯喇嘛生命境界的象征，他已经超越了功利境界、伦理境界、审美境界，而达到众生一体的生态境界。这是一种真正的大生命境界。

当然，在我们这个现代化成为主流意识形态的时代，郭雪波小说中的生态维护者都是些时代的异数。他们在小说中出现时，就像鲁迅笔下的启蒙者一样，都是孤独个人。被现代化意识形态浸透的人民大众无法理解他们。相当有意味的是，与鲁迅的启蒙者常常发疯或死亡一样，郭雪波的生态维护者也往往或发疯或死亡。《哭泣的沙坨子》中哈尔伊列·老阿孛是疯子，《荒漠三魂》中巴乙尔的老爸爸也是疯子，《空谷》中秃顶伯也几近疯狂。而云灯喇嘛、白海等人则都牺牲在沙漠。

郭雪波小说中的生态人格都从蒙古族喇嘛教、萨满教等民间信仰中汲取精神资源。《沙葬》中，云灯喇嘛信奉喇嘛教，他对欲望泛滥的批判，他的众生平等观、普度众生理想，他的处变不惊、精神昂扬，都是喇嘛教熏陶的结果。当故乡在百年内就被流沙掩埋时，"他怪这里的沙化是因为过去拆了诺干·苏模庙，人失去了对神佛的敬仰，也就失去了天地神佛对人的庇护。他认为神佛是天地之灵，天地的象征，冥冥中无处不在"。《大漠魂》中，老双阳曾是萨满教的男巫神，他在沙坨子里种红糜子几乎就是完成萨满教对生命的崇拜礼仪。《狐啸》中，白尔泰追随萨满教文化，老铁子的祖父也是在萨满教义号召下拼力保护白狐和草原的。

与郭雪波一样，姜戎的《狼图腾》也从蒙古族民间信仰中寻找生态意识的精神资源，该小说中的毕利格老人就是民间信仰的化身，也是生态人格的典型形象。毕利格老人在《狼图腾》中是最具有生态智慧，也是最有神异色彩的光辉形象。如果说额仑草原的白狼王是维护草原繁荣的野性力量的体现，那么就可以说毕利格老人是维护草原繁荣的人性力量的体现，是蒙古人中的白狼王。毕利格老人的生态智慧最根本地体现在他关于草原上的"大命"和"小命"的说法中。在知青陈阵看到被狼猎杀的黄羊的美丽时，他就觉得黄羊可怜，狼可恶，滥杀无辜，而毕利格老人却说：

> 难道草不是命？草原不是命？在蒙古草原，草和草原是大命，剩下的都是小命，小命要靠大命才能活命，连狼和人都是小命。吃草的东西，要比吃肉的东西更可恶。你觉得黄羊可怜，难道草就不可怜？黄羊有四条快腿，平常它跑起来，能把追它的狼累吐了血。黄羊渴了能跑到河边喝水，冷了能跑到暖坡晒太阳。可草呢？草虽是大命，可草的命最薄最苦……蒙古人最可怜最心疼的就是草和草原。

老人说出的是草原上的生态真理，处于生态系统最底端的生命，虽说渺小，甚至有些卑微，但对于整个生态系统而言，却是真正最重要

180

的、最根本的。如果说利奥波德倡导人们要像大山一样思考，那么毕利格老人就是像草原一样思考。应该说，毕利格老人是真正的生态整体主义者，他的确看重个别的生命，但更看重整体的生态系统的和谐与健康。他不会让人有时滥施的同情心影响整体的判断，生态智慧牢牢地控制着他的感情。像陈阵这样的知青有些时候看似多情，看到一只美丽的黄羊时就怜悯其弱小，但当人的行为违背生态规律时，人的多情最终就是无情，而看似无情的符合生态规律的行为才是真正多情的。因此，当毕利格老人说："草原民族捍卫的是'大命'——草原和自然的命比人命更宝贵；而农耕文明捍卫的是'小命'——天下最宝贵的是人命和活命。可是'大命没了小命全都没命'。"我们不得不承认，这是对农耕民族一针见血的批判。正如陈阵所说的："世界许多农耕民族的垦荒劳动，其结果是劳动出一片大沙漠，最后把自己的民族和文明都埋葬了。"

毕利格老人很自觉地把生态智慧贯彻到每个行为中。在带领大伙儿去偷狼围猎的黄羊群时，他还首先仰望蓝天，请求腾格里允许人们到雪中取黄羊。他还谆谆告诫大家把所有活的黄羊统统放生，仅取雪下的冻羊，绝不能贪心。老人还说成吉思汗每次打围，到末了，总要放掉一小半，而这也是向草原狼学习的。虽说狼是草原的保护神，但当陈阵问毕利格老人为何要打狼时，老人说："狼太多了就不是神，就成了妖魔，人杀妖魔，就没错。要是草原牛羊被妖魔杀光了，人也活不成，那草原也就保不住了。我们蒙古人也是腾格里派下来保护草原的。没有草原，就没有蒙古人，没有蒙古人也就没有草原。"说得多好，狼太多了就成了妖魔！其实在一个稳定的生态系统中，任何物种若过度繁殖，就都是妖魔！这就是生态智慧的洞见！在这个复杂的草原生态系统中，各种事情一环套一环，"蒙古牧民擅长平衡，善于利用草原万物各自的特长，能够把矛盾的比例，调节到害处最小而益处最大的黄金分割线上"。这种生态智慧尤其集中体现在毕利格老人和牧场场长乌力吉身上。为了报复狼群围猎军马群，毕利格老人率领大伙儿围猎了狼群，但他还是有意地让一部分狼跑出包围圈。在包顺贵表扬他立了大功时，他却不高兴："甭提功不功了，功越大我的罪孽越大。往后可不能这么打狼，再这么打下去，没有狼，黄羊黄鼠野兔旱獭都该造反了，草原就完啦，腾格里就要发怒了，牛羊马还有我们这些都要遭报应。"说完，老人张开血手，仰望腾格里，诚惶诚恐。生态智慧成了他行为的最终根据，这使得他淡泊名利，具有内在的精神稳定性。

然而，毕利格老人毕竟是处于人的欲望无限膨胀、人的精神信念无比沦落的现代文明阶段，他的生态智慧注定唤不醒大部分人。例如，当道尔基带人到天鹅湖旧营盘去下毒、下夹子套狼时，毕利格老人大为光火，但他也不敢当面指斥道尔基他们，只能带陈阵去偷偷弄坏了道尔基的毒药和夹子。在看到天鹅湖新草场才过了一个夏季，就成了天鹅、大雁、野鸭和草原狼的坟场时，老人只能仰望腾格里，老泪纵横，像头苍老的头狼般哭了起来。当他看到外来户老王头那种竭泽而渔式的捕杀旱獭方式，看到兵团特等射手开着吉普车用小口径运动步枪猎杀旱獭时，他更是深深意识到了自己的无奈和草原的没落。

阿来则倾向于从藏族民间信仰中去寻找生态意识的精神资源，去塑造藏族人的生态人格典型。当消费主义文化热风催生出现代人的拜物狂，从而直接导致像川西藏区等边地的自然生态惨遭破坏时，这个世界总还会有一些清醒的人，心中保存着对大自然的敬畏之情，坚守着人性的朴素底线，以悲剧者的姿态抵抗着时代大潮，同时也召唤着同道者。在阿来的"山珍三部曲"中，每部小说中都有相应的生态守护者、生态实践者，例如《三只虫草》中的桑吉和他的父母，《蘑菇圈》中的斯炯，《河上柏影》中的王泽周和他的母亲依娜等，这些人都是藏族朴素的生态伦理的体现者，他们虽然在现实世界中都是弱势者，但是在精神世界却表现出高贵的品格，尤其是对自然生命的呵护和对民族传统的坚守方面，他们充分地体现出了全球化时代本土力量的积极性因素。

《蘑菇圈》中的斯炯被阿来赋予了更为坚定的精神内涵。斯炯对待蘑菇圈的守护态度，体现的是藏族人对大自然的亲近和敬畏，是对藏族精神传统的坚守。当斯炯分送蘑菇给村民时，村民也回赠给她一些食物，人与人之间的纯朴关系尚存。小说曾写到经过荒年，斯炯去看蘑菇圈，有松鸡在吃蘑菇，"经过了饥荒年景的斯炯，见了吃东西的，不论是人还是兽，都心怀悲悯之情，她止住脚步，一边往后退，一边小声地说，慢慢吃，慢慢吃啊，我只是来看看。两只松鸡昂着头，红色眼眶中的眼睛骨碌骨碌转动一阵，好像是寻思明白了这个人说的话，又低头去吸食蘑菇的伞盖了。"这段描绘把藏族人平等对待万事万物的生态伦理情怀写得非常动人。罗尔斯顿曾说："人类和非人类存在物的一个真正有意义的区别是，动物和植物只关心（维护）自己的生命、后代及其同类，而人却能以更为宽广的胸怀关注（维护）所有的生命和非人类存在物。"斯炯就具有这样难能可贵的更宽广的生态胸怀。该小说还写到干旱时斯炯去给蘑菇圈浇水："斯炯到了蘑菇圈中，放下水桶，一瓢又一瓢把水洒向空中，听到水哗一声升上天，又扑簌簌降落下来，落在树叶上，落在草上，石头上，泥土上，那声音真是好听的声音。洒完水，斯炯便靠着树坐下来，怀里抱着水桶，听水渗进泥土的声音，听树叶和贪婪吮吸的声音。她特意在桶里剩一点水，倒在八角莲那掌形的叶片中间，那只鸟就从枝头上跳下来，伸出它的尖喙去饮水。看到鸟张开尖喙，露出里面那长长的善于歌唱的舌头，她禁不住露出笑容。"当今时代，能够像斯炯那样和其他自然生命之间保存着如此友善的关系，真是太珍贵了。她的生命还扎根在大自然之中，与物同情，与道同在。正是这个阿妈斯炯，看到采松茸的人在林中蹚出一条条小道都会心痛不已，因为她担心那些踩得板结的地方再也不会长出蘑菇来了。她眼中的蘑菇都是有生命的，她能够喋喋不休地和蘑菇说话，其中蕴含的生态情怀更富有苍翠欲滴的诗意。因此，当她守护的蘑菇圈被丹雅发现，纳入商业化生产模式中时，她所坚守的朴素的生态伦理就面临着严峻的考验了，大自然也难逃商业化开发的厄运。

四

当代文学塑造的生态人格林林总总，姿态各异，生活方式相差甚远，所依赖的精神资源也各不相同，但是在参赞化育、尊重自然、保护自然这一点上却是如出一辙。他们都是工业文明、消费文化时代的批判者，也是工业文明、消费文化时代的赎罪者，更是未来生态文明的启蒙者。正是有了这些生态人格的存在，人性的生态维度才得到真正的拓展，大自然的尊严才得到了维护，生态文明的种子才得以播种下去。我们相信，落地的麦子不死，生态人格最终会成为未来人们的普遍人格类型，人与大自然的和谐相处必将成为未来文明的基本特质。

汪树东 1974年出生，江西上饶人，现为武汉大学文学院教授、博士生导师，主要从事中外文学、生态文学研究。已经出版学术专著《生态意识与中国当代文学》《超越的追寻：中国现代文学的价值分析》《中国现代文学中的自然精神研究》《黑土文学的人性风姿》《中国现代文学中的反现代性研究》《天人合一与当代生态文学》等。

光 明

王池光／**根**（小说）

陈　华／**一个茁壮成长的孩子**（散文）

李雨融／**清晨总是斜着身子走来**（组诗）

根（小说）

◎王池光

　　刘洪坐在"鸿福楼"门口的一块石头上，看到祖宅墙上鲜红的油墨圈里一个"拆"字，心里突然像翻倒一个五味瓶。他一个人默默地看着眼前的一切，把自己交给一根又一根香烟。也许，只有抽烟才能让自己稍微平静些。他一根接着一根地抽，一口接着一口地抽。青烟从他嘴巴和鼻子里冒出来，然后把自己掩埋在烟雾里。烟雾里的刘洪似乎忘却了一切，找到了一丝平静。然而，远处吹来的一阵风，又将他狠狠地打回现实。

　　回到现实的刘洪，仿佛看到科学城一眨眼的工夫就代替了"鸿福楼"，矗立在眼前。这是时代的更替，还是刘氏历史被连根拔起？他不知道，也不敢往深处想，只是极不情愿看到这片祖宅突然间消失。

　　刘洪简直不敢相信这一切是真的。

　　土整拆迁征地能得到补偿款，对大多数人来说，是天上掉馅饼的好事。但刘洪不这么认为。在他看来，哪怕赔偿再多的钱，他也不愿意拆除自己的祖宅。

　　祖宅是祖先留给他的最珍贵的财富，既是刘氏家族不可磨灭的历史，也是刘氏这个大家庭的根基。祖宅凝聚着刘氏祖祖辈辈一代又一代人的智慧结晶。他虽然没能成就伟业，没能光宗耀祖，却也不想成为败家之徒，不想做子孙后代的罪人。

而如今，祖宅即将变成高端科技的光明科学城，刘洪心里有一百个不愿意。祖宅可是刘氏家族的根啊！

刘洪坐在"鸿福楼"门口的一块石头上，看着眼前清拆现场一片废墟，望着热火朝天的工地，听着挖掘机轰隆隆的声响，他的心情无比沉重。

那天，刘洪刚刚回家，还没喘过气来，老伴就将一纸拆迁通知书递到了他面前。刘洪愣了半天，他做梦都没有想到，曾经光宗耀祖、凸显祖辈荣耀和辉煌的祖宅，竟然成了拆迁对象。

没有了祖宅，就像灶膛里没了柴火，这一大锅水还能烧得开？没有了祖宅，子孙后代就等于没有根。子孙后代没了根，那他们将如何在这片土地上立足？如何在这个现代化的城市里生存？

想到这些，刘洪试图保留祖宅。刘洪想，自己毕竟在地方上也是一个有头有脸略有成就的人，只要有一线希望，哪怕出点血花点小钱打点一下，疏通一下可靠的关系，人家多少会给点面子的。于是，他开始动用一切能动用的关系。

但所有"可靠的关系"似乎没有一个人能帮到他。因为他家的祖宅处于科学城中心位置，是非拆迁不可的部分。

"这是城市发展所需，是时代所驱，你再不想拆也没办法。"一位平时跟他关系相当铁的领导这样告诉他。

"帮我想想办法！你一句话的事。"他极力央求。

"不是我不帮你！就算是区长、市长也帮不到你！你还是早点签字，争取拿到更多的赔偿吧！也好为其他人树立一个榜样！"

其他"可靠的关系"的话也大同小异。很明显，祖宅"势在必拆"，保不住了。

老伴也说他想得太天真了。

"政府决定的事，以大局为重，哪容得你个人愿不愿意？社会要发展，时代要进步，你不愿意，你就是时代的罪人！"老伴这样说他。

眼看着祖宅即将毁在自己手上，作为刘氏家族的核心人物，自己竟无能为力。刘洪十二分的心不甘情不愿，心里生出从未有过的惭愧和内疚，感觉自己对不住祖宗，更对不住子孙后代。

他无奈地摊开双手说："我更不想做子孙后代的罪人啊！"

老伴的心思却完全不一样。

很快就能亲眼看到在家门口建成世界一流的科学城，是她这辈子最值得高兴的事。这种只可能出现在省市繁华区域，或者北京、上海等大城市的高端科技设施，如今像做梦一样即将出现在家门口，儿孙今后在家门口就可以遨游科学的海洋，享受现代科技带来的福音。在她看来，能赶上这种好事，不是祖宗显灵，便是自己前世修来的福气！她甚至时常在刘洪面前讲："我能在有生之年遇到这种千载难逢的喜事，这辈子再苦再难也值了。"

刘洪不屑地说她鼠目寸光。

"就你有眼光！有眼光怎么还不去签字？就赶紧去签，早签早好！"老伴这样回他。

"你眼里就盯着那点赔偿款！"刘洪无奈地摇头。

老伴说："有钱拿，多好的事呀！"

刘洪不禁想发飙，捶胸顿足怒斥道："宁可抛荒，不可失业。那可是我们刘家的根，子孙后代的命脉！字一签，根就没了！大树没了根，还能活吗？没头没脑的家伙，你懂个屁！"

老伴见他发火了，就闭了嘴，转身就哼着刚学的粤剧小曲出去了。

这天，科学城指挥部特意通知他公平竞标光明科学城土建工程项目。

这让刘洪感到非常意外，因为他没有提交任何竞标的文书资料。但同时，这个意外的消息让他感到一丝丝的人性关怀，继而感到十分的欣慰。

冷静之后，刘洪想，自己在建筑行业闯荡多年，生意做得风生水起，早就是建筑行业小有名气的老板；加上自己有一些"可靠的关系"，所以即使在没有提交任何文书资料的前提下接到竞标的通知也不奇怪。

能参与竞标自然是好事，但对刘洪来说却像有人拿着刀架在他脖子上逼他就范的感觉。虽然他从来没有放弃过任何一个赚钱的工程项目，但这次竞标却要拆除包括自己祖宅在内的一大片邻里乡亲的房屋，因此他并不想参与竞标，他实在下不了手。

老伴骂他："你真是傻到家了，到手的肥肉、煮熟的鸭子还能让它飞了？就算你不忍心拆除自己的祖宅，也改变不了既定事实！"

刘洪犹豫不决，几天几夜都寝食不安。

科学城指挥部再三邀请他参与竞标。也许是科学城的诚意打动了他，温暖了他冰冷的内心，感化了他固执的思想。他想，老伴说的并不是没有道理，自己本来就是做这一行的，有钱不赚是王八蛋。再说，即使参与竞标，也不一定就能中标呢。

于是，刘洪抱着无所谓的态度参与了竞标。没想到的是，他竟然顺利地取得了这个工程项目。同行都来向他表示祝贺，但他却一点都高兴不起来。

"我根本没想竞标成功！"他面无喜色地说。

道贺的人听了这话就说他装逼："你不想就让给我，你干不干？"

让肯定是不可能的。

刘洪这位名牌大学土木工程系毕业的高材生，不知修建过多少高楼大厦，也不知道清拆过多少民房楼宇，而如今却要对自己世代聚居的祖宅下手，着实有些于心不忍。那等于是亲手扼杀子孙后代的希望，断绝子孙后代的出路啊！但再不忍心，总比别人去拆要好！所以他再傻也不可能把得手的肥肉让出去。

赔偿协议的字也签了，土建工程项目也落到自己手里。事已到此，没有任何挽回的余地了。他认定自己注定要当子孙后代的罪人了。因此，趁清拆工作还没有启动，刘洪再次跑到祖宅所在地。他想最后再好好地看一眼自己的祖宅，并从多角度拍摄祖宅，留作纪念。

这天，刘洪起了一个大早，独自跑到祖宅地。他认为选择大早上拍摄祖宅是非常明智的选择。面对祖祖辈辈曾经安居乐业，如今即将夷为平地的祖屋，肯定要选择一个朝气蓬勃，充满希望的早晨进入。因为早晨从来都不只是一个单纯的时间节点。早晨，是最美好的开始。

出人意料的是，搬迁出去才短短三个月，祖屋周围就长满了花花草草。奇怪的是，这荒凉的景象在他眼里却成了暖心的风景。黄色的、紫色的、白色的、红色的，在晨风中摇曳生姿，煞是可爱。就连灰黑斑驳的老墙、如跃如飞的脊饰、猫拱式的高墙，也处处透露着古朴亲切的韵味。祖宅廊檐上雕刻的栩栩如生的壮丽景观虽如老人的眼神般模糊，映衬着祖屋的沧桑，却又像极了自己久违的亲人。

由于阴雨连绵，祖屋周边已是花茎满地，悬空拱门、挨近地面的墙砖，以及其他所有被雨水冲刷的地方都是苍苔累累，前沿走廊上也是泥泞不堪……刘洪的内心又突然凄切起来。

看着被荒凉裹挟的祖屋，刘洪情不自禁地追忆起这座曾经气派而奢华的祖屋不同寻常的往昔——

明朝初年，天下统一。刘氏祖宗辗转南北，最终定居此地安居乐业，在此开枝散叶，繁衍生息。由于刘氏祖宗在辛勤耕作的同时，还一代又一代地坚持经商，做一些小买小卖的小生意。渐渐地，刘氏家道宽裕起来。富裕起来的刘氏大家族，非常重视读书为学。到了清朝咸丰年间，刘氏家族中有人金榜题名，中得举人，为官一方，出任知县。后来，便有了当时远近闻名的"鸿福楼"——"县太爷"府第宅院。

府第房间大小三十多间，天井四个，院内有家祠、学馆、碾房、杂役间等多达十余间。府第以家祠为中心，尽端设置学馆，家祠建有工艺精湛的戏楼，是刘氏家族欢聚之地。府第前门额上书有"大夫第"三个字，字迹苍劲有力，入木三分，铁骨松风。其中八间屋脊榫头翘角，有点像徽派建筑的马头墙，显出一种动态的美感，颇有特色。如今斑驳陆离的外墙上，仍保留着历史的印记。府第之内，回廊曲折，青青的石板路，甚至狭窄逼仄的小巷子，处处透露着古朴大气的感觉，犹如一幅水墨画。

刘洪不禁为祖辈的荣耀而骄傲。

祖先虽曾为官一方，却因忠言直谏被贬为庶民，被迫解甲归田，不得已以养花、种地、教书为业。所幸的是，祖先免官为民后创办家学，教导儿孙有方，儿孙学有所成，家族成了远近闻名的书香门第。府内学馆大厅有一副对联：继先祖勤俭治学，教子孙人生正道。小时候，刘洪常常听爷爷介绍，祖辈为官不仅从政有道，百姓拥戴，而且立下族规，子孙后世一定要勤俭持家，忠孝两全，拒奸邪走正道。

想当年，刘氏家族一代英才的故事广为流传。

改革开放后，在最大限度地保留祖宅原貌的状态下，父亲拿出积攒多年的积蓄和林地征收款，重新修缮了这座祖宅。刘洪明白，父亲的愿望就是以这座祖宅守护着爷爷奶奶和祖辈留下来的遗产。父亲说，小时候是爷爷奶奶守护着他，以后他要用这座祖宅守护着爷爷奶奶。整个建筑工程的设计从"守护"出发，到功能作用，在修缮过程中，尽可能地让新的建筑轮廓与祖宅固有的形态产生穿越时空的感观。

只是院墙外重新设置了照明路灯，路灯会在日落黄昏的时候自动亮起，仿佛在迎接归家的孩子们，又在功能上补充了路灯不足的路面照明，为行人点亮一盏灯。所以，祖宅基本上是原封不动，从外观上看没有多少变化，实际只是将空闲的房屋改造成摆放曾经用过的老家具和老物件的空间，家什被整理后陈列其中，更像一个家庭博物馆。

修缮后的祖宅，既满足了居住和家族聚会的功能，又为孩子们提供了更宽阔的活动空间，同时继续承载着祖辈的光辉历史和后辈对祖先的无限缅怀，这种传承与发展正是刘氏家族血脉中流淌的坚守与坚毅的真实写照。

刘洪推开虚掩的大门，走进青砖围绕的院落，在冬暖夏凉的祖宅，感受它的安详、幽雅和朴实，心灵在瞬间归于平静。刘洪感觉到曾经朝夕相处的祖屋仍然那么熟悉和亲切。院落中央一棵古老的荔枝树冠盖如伞，偌大的院子空荡荡的，没有了往昔的喧哗热闹。几只小不点的土蛤蟆，不时地在院墙内侧的浅水沟内跳跃着。刘洪仿佛看见爷爷手握书卷端坐在荔枝树下吟诗作赋。走过正厅，迎面就是祖堂，靠墙的长长的条案上，摆放着高高的观音菩萨和关公的雕塑，案几的前面是一张八仙桌，桌的两边对称摆放着一把太师椅。在刘洪儿时的记忆中，八仙桌上始终摆放着爷爷钟爱的茶具，逢年过节，或者家里来了有头有脸的贵客，爷爷总会泡一壶老茶与家人或贵客一起浅酌慢饮，或是装上一锅子老旱烟悠闲自得地品尝着。奶奶坐在旁边，一边做着针线活一边唠叨着，笑眯眯地看着爷爷吞云吐雾……

高大的祖堂，轻轻咳一声，就会听到一阵阵回音，不禁让人联想到

"余音缭绕""不绝于耳"这些词，这些"余音"仿佛彰显着祖辈的功德无量，同时又在呼唤他的子孙后代发奋图强。

院落西北角曾经是奶奶养猪养鹅养鸡的区域。奶奶在世的时候六畜兴旺。每逢大年大节，家里总要杀猪屠鹅宰鸡，让一大家子过上一个热闹而又丰盛体面的年节。可惜这种场景已经成为历史，在不久的将来，想复制这样的场景都没有机会了。

刘洪清楚地记得，另一侧墙角有一棵跟院落中央的荔枝树一样高大的杧果树，两棵大树的枝杈犬牙交错搭在一起，几乎遮住了大半个院落。每到阳春三月，春光明媚，万物峥嵘的时候，两棵树的枝头便吐露出嫩绿的叶芽和晶莹的花朵，浓郁的芬芳引得蝴蝶和蜜蜂翩翩起舞。

奶奶最喜欢吃的就是杧果，一串串的杧果长出来的时候挂满枝头，儿孙们闲得无聊就围着奶奶坐在树下等待着杧果成熟。奶奶总是叫大家别急，心急就吃不到成熟的杧果，做什么事都要有耐心，要学会慢慢地等待。待树上的杧果开始泛黄，儿孙们便爬上屋顶，摘一个拿在鼻子上闻闻，淡淡的馨香沁人心脾。奶奶在树底下仰望着，一脸紧张地叮嘱大家要多加小心。看着儿孙们抱着杧果下来，奶奶的老脸上便开出了艳丽的花朵。

奶奶走了，走得很突然。

那一年的杧果树既没有长出嫩绿的叶芽，也没有开花，经过炎热的夏季炽热的曝晒和秋雨的洗涤，到了年底，失去了主人宠爱的杧果树就枯萎了。奶奶走后，母亲就在杧果树边空闲的地方开垦出了一片菜地。即便这样，往昔的样子再也找寻不到了。但刘洪仍然能感觉到熟悉的温馨。

第二年春天，在杧果树的位置上又长出了一棵稚嫩的杧果树苗，嫩绿色的杧果树苗沐浴着阳光雨露，一天天使劲地往上长。两三年时间就有一人多高，并且满树开花挂果。此后，杧果树就成了刘洪对奶奶最好的怀念。刘洪总喜欢倚着杧果树站着，椭圆形的杧果从枝叶间耷拉下来，刘洪仿佛又看见了奶奶拄着拐杖站在树下微笑。

在刘洪儿时的记忆里，爷爷奶奶和祖宅固化在脑海中。刘洪八岁那年，爷爷去世了，父亲又去了南洋做生意，作为长子的刘洪理所当然地带着兄弟姐妹们陪伴着母亲，一直居住在祖宅。

往事如烟，忽然，眼前的一切又消失了。

刘洪攀上楼顶，楼顶上也长满了野草。他俯瞰"鸿福楼"地面的露天空间，天井、走廊、院落，空旷无人，花草正在拼命地向上生长。时间一晃而过，年初，一家人还和睦相处于"鸿福楼"，没想到此刻的"鸿福楼"却风光不再，满目疮痍。

刘洪尽量控制自己悲凉的情绪，因为朝阳正在向他招手，因为这座城市的未来正在向他招手。刘洪长舒一口气，抬眼远眺，眼前的光景和心胸顿时开阔起来。远处是繁华的闹市，人流涌动。公常路车流不息，圳美文化广场上，早起的市民跳起了广场舞。茅洲河在朝阳的映照下，呈现出流水潺潺的秀美景观。不远处的水库边上还有几位垂钓者正在垂钓幸福时光。

满眼的风景在朝阳下安静地展现着这座城市的过去，暗示它的未来。"鸿福楼"的过去只不过是这些风景中的一个小点，用微不足道来形容似乎对不住祖辈的艰辛与智慧，但跟这座城市比起来确实不容夸张。而未来的"鸿福楼"会是怎样的，他能想象得出来，又似乎不确定。虽然时代的工匠不能巧夺天工，却能让世人发出由衷的感叹。科学城将是世界一流的，这是基本的定位。至于如何一流？在不久的将来，工匠们会用作品向世人证明。

晨风吹拂，楼顶上弥漫着青草的气息，一只老鼠鼓着贼溜溜的眼睛，在墙根下溜来溜去。然后，躲在一块老青砖上凝然不动，歪着那尖嘴脑袋，似乎在疑思什么，完全不在乎刘洪的存在。而刘洪也不再愿意花时间去在乎一只老鼠。

他的视线从西北掠向东南，巍峨山、大屏樟山一脉相连，虽然脚下的"鸿福楼"以及大片居民住宅楼都即将成为一片废墟，但他仍然为祖辈感到骄傲。

开始清拆工作的第一天中午，刘洪从光明科学城土建工地上回来，老伴烧了一桌子他最爱吃的菜。他刚到家门口，老伴就高高兴兴地迎出来。

"哟，亏你这个大忙人还记得今天是什么日子！"

刘洪满脸疑惑，眉毛拧成一团，问老伴："今天是什么好日子？"

老伴气不打一处来，嘟噜着一张嘴巴骂刘洪："老东西，明明给我带回了好吃的东西，还要在我面前装模作样呢！"

老伴一边去取刘洪摩托车上的袋子，一边高兴地说："还想骗我？这不是我喜欢吃的乳鸽、牛扒，还能是什么？算你还有良心，记得今天是我的生日！"

刘洪抬腿下了摩托车，一手抢过袋子，神秘兮兮地笑着说："老伴，真对不起！我的确不记得今天是你的生日！"

老伴停住手，正准备骂这老东西，刘洪马上张嘴说："不过，这宝贝啊，比乳鸽还要宝贵千倍，比牛扒还要宝贵一万倍呢！"

刘洪吃力地从车篮筐里拎出袋子，一边说一边将袋子拎到屋院一角，然后袋口朝下，倒出一袋泥土。

"老东西，你脑袋进水了是不是？你弄一袋泥土回来做什么？"

老伴没想到刘洪没给他买礼物回来，倒是带了一袋泥土回来，这让老伴大失所望又百思不得其解，所以张嘴便骂了起来。

刘洪板起脸，一脸严肃地告诉老伴："你有没有搞错呀？这可不是一般的泥土呢！这泥土可是你花钱都买不到的呢！这泥土啊，是老祖宗的肉，是老祖宗的灵气，是我们刘家的根……"

说者有心，听者却无意。

老伴不顾他神乎其神的吹牛，心里只想着这老东西连她的生日也忘了，于是，没完没了地埋怨起来。

刘洪见老伴一个劲地骂人，便默不作声。他看着那堆泥土，仿佛跟老伴较劲似的想：女人家就是头发长，见识短，什么都不懂。刘洪在心里默念着："这可是祖屋宅基地上的泥土啊！你不懂，我一时半会儿也跟你说不清楚，只要你不把我的泥土搞稀散了就得了。"

老伴这时突然要求刘洪陪她去外面过生日。

刘洪一脸不情愿地说："你不是做好饭了吗？还去外面浪费那个钱做什么？"

"咱现在有钱，也不差这点钱，我就想学一下年轻人，浪漫一下。"

"浪什么浪，几十岁了还浪个毛！那叫浪费，不是浪漫。"

"跟了你几十年，浪一回都不行？"

"刘家的今天是靠我们勤劳的双手创造出来的，政府赔的那些钱是子孙后代的，不是你的，也不是我的！懂吗？进屋，吃饭！"

第二天刘洪又装了满满一袋泥土回来。

第三天刘洪又装了满满一袋泥土回来。

第四天刘洪又装了满满一袋泥土回来。

一晃半个月过去了，小院一角的泥土堆成了小山。

每次老伴问他运这些泥回来做什么，他都说："你不懂就别管，也莫问。"

眼看天要下雨了，刘洪又买来雨篷支撑在土堆上。

土整清拆工作在紧锣密鼓地进行着，助理在海南打来电话告诉刘洪，由于连日降雨，在建的琼崖公路6、7、8标段，遭受到前所未有的雨水冲刷，刚刚打好的路基被雨水抽空，尤其是8标段最为严重。

刘洪火急火燎飞到海南。刚下飞机，他就直奔现场。现场比想象的更糟糕。虽然他所承接的8标段全程仅仅三公里，但由于6、7、8标段全部靠近水边，所以刚刚打好的路基几乎全被洪水冲垮了。助理告诉他，工程指挥部领导和市领导再三强调，务必在月底恢复路基，绝对不能影响整个工程的进度。

刘洪急得像热锅上的蚂蚁。他一边跑工程指挥部，听取工程指挥部的安排，一边调兵遣将，不惜一切代价联系就近的兄弟工程单位，全力支援自己。一切安排妥当之后，刘洪又马不停蹄地赶回家。他要亲自督战家里的清拆现场，因为那片地是生养他几十年的地方，承载了他太多的记忆。他甚至安排了一名工人帮他拍摄清拆过程。他要在最后的时刻把这些记忆一点一点地珍藏起来。待有朝一日，子孙后代"批斗"他的时候，他起码有材料"招供"。

从清拆现场回到家里，刘洪发现他一袋一袋地运回来的祖屋宅基地上的泥土竟然不见了。刘洪发疯似的大喊大叫起来："谁把我的泥土弄到哪里去了？"

正在厨房炒菜的老伴听到刘洪歇斯底里的叫喊，手握锅铲急匆匆地蹿出来回答："一堆没用的泥土用得着你这么费劲吗？我叫铲车铲到荔枝园去了。"

刘洪一听，气得青筋爆出，一字一顿气势汹汹地指着老伴吼道："你真是没心没肺啊！脑子里除了钱就再装不下其他东西了啊！我警告你，从现在开始，你不把泥土给我弄回来，你就给我滚出去，不要让我再看到你！"

老伴使劲地把锅铲往地上一甩，冲刘洪叫嚷着："你个老东西是不是有病？看来我还不如一堆泥土了！干干净净的院子，搞一大堆泥土回来，不准问还不准动！你到底是要搞土壤分析，还是要搞科学实验？一堆烂泥土，当成你祖宗了，莫名其妙！"

刘洪手指戳到老伴额头上吼道："对，你说得没错，祖屋宅基地上的泥土就是我的祖宗！滚！滚得越远越好，别让我看到你！"

老伴气得号啕大哭起来，掉头就进屋收拾东西，然后甩门出去了。

刘洪看着老伴甩门走了，既不叫住老伴，也不拦她出去。只觉得自己回家半天，又累又饿。泥土不见了，又是一肚子气。

刘洪跑到厨房打开冰箱，取出一瓶水，一口气喝完水。然后又去寻吃的。发现老伴做好的饭菜还热乎乎的，刘洪狼吞虎咽吃了一大碗饭，然后简单地洗漱了一番，倒在床上就睡着了。

一觉睡到第二天上午十一点多钟才醒来，刘洪突然想起来下午要到科学城指挥部去开会，汇报拆迁进展，并准备科学城奠基庆典工作。这样一来，本来准备上午叫铲车把荔枝园的泥土铲回来的计划又落空了。刘洪叫了一个外卖吃了，就急匆匆地跑到荔枝园去。还好，一堆泥土还原封不动地堆在荔枝园出口。刘洪苦笑着摇了摇头，又急匆匆地赶到科学城指挥部。

下午两点整，科学城指挥部会议室座无虚席。主持人宣布会议开始，指挥部领导发表了热情洋溢的讲话后，各项工程各个标段的负责人便开始汇报各自的工作进展。

会议正在紧张热烈的气氛中进行着，霎时，天空乌云密布，电闪雷鸣。刘洪溜出会议室，急忙拨打老伴的电话，老伴始终不接电话。刘洪气得直跺脚，咬牙切齿地骂道："叼你老母，扑街咩！"

一场暴风骤雨即将来临，正在会议室听汇报的刘洪，一再拨打老伴的电话。终于，老伴的电话接通了。那头叫嚷着："你吵死呀，电话打个不停！你不是叫我滚吗？还打我电话干什么？"

接通电话之后，刘洪立马溜出会议室，然后对着手机不容置疑地命令老伴："你死到哪去了？赶快把雨篷拿到荔枝园去盖好泥土，不要让雨水把泥土冲走了！"

老伴没好气地回答说："你的祖宗你自己去盖！我在庐山旅游，明天才能回来。"

刘洪听到老伴的话，几乎崩溃了。他没有多想，立马骑上摩托车就往家里飞奔。他恨不得插上翅膀飞到家里，取出雨篷拿到荔枝园去盖好泥土。幸好老天爷只是装腔作势，一路上只打雷刮风并没有下雨。不过等刘洪刚刚盖好泥土，轰隆隆的一串响雷，倾盆大雨就哗啦啦地密密匝匝地落下来。刘洪顿时被淋成了落汤鸡。

雨过天晴。

第二天下午，晒了半天的地面稍微收了收水。刘洪安排科学城土整工地上的铲车，将荔枝园的泥土铲回了自己家。

等铲车师傅走了以后，刘洪搬来一张桌子摆在泥土堆前，神情肃然地摆上一桌子素酒、水果、金钱锭、烧乳猪、水豆腐等，然后点上香烛插在一个沙碗里，再一边撕松冥币，一边嘴里念念有词地嘀咕着，还一边不停地对着泥土堆鞠躬，等烧上冥币之后，又一边嘴里念念有词地说着什么，一边作揖打拱，然后虔诚地跪拜。因为他以前在工地上经常敬天地、拜关公，所以整套动作非常娴熟。

刹那间，烟火袅袅，纸灰飞扬。

过去，祖上的牌位供奉在家中专设的灵堂里，每遇节日，或一年一度的祭祖仪式上，子孙后代都要上香祭奠。每逢家族有重大事件发生，家族成员都要默默禀报祖先，以获得祖先神灵的庇佑。子荣孙贵，喜事盈门，家族成员洞房花烛，或金榜题名，成就一番事业，也会祭奠一番，告慰祖先英灵。冥冥之中，好像祖上并没有离开大家，没有离开这个大家庭，仿佛仍然端坐在那里护佑着后人。

即便当年灵堂被当作封建迷信破除了，过年的时候，家族成员也必齐聚祖坟上，点燃香烛，燃放鞭炮，焚烧纸钱，作揖叩首，恭请祖先的神灵回家过年。这种传统习俗让人倍感家族的和睦，感知家族的源远流长。

刘洪认为，个人的造化，财富的积累，子孙后代的兴旺，都与祖上的庇佑密不可分。而自己的作为，自己的成就，毫无疑问也都是在为祖上增光，为子孙后代造福。但这一番祭奠不是告慰祖先，也不是求祖先庇佑，而是谢罪。他觉得自己没能守住祖宅，有愧于祖先，有愧于子孙后代。

"老祖宗啊，儿孙不孝，没能守住这份家业，没能为子孙后代留住你们辛辛苦苦打下来的江山，请祖先责罚我吧！子孙后代如果要怪我，我也无话可说。不过老祖宗啊，现在的时代不同了，时代要进步，社会要发展，科学城是我们这个大家庭的新家，是时代赋予我们这块地的新功能！没有大家，哪有我们小家啊！我再怎么自私，也不能做时代的罪人啊！再说，我现在也不是没有地方住……"

旅游回来的老伴目睹此情此景，听到刘洪的一番说辞，心中充满了难言的愧疚，顿时泪水湿润了眼眶。她看到刘洪起身向"祖宗"敬酒，马上蹑手蹑脚地走上前来帮忙烧纸。

从来没有种过菜的刘洪，突然隔三岔五地跑到附近菜农的地里，向菜农取经学习种菜的经验。周末，刘洪没去科学城工地，打了几通电话之后，就把院里的那堆泥土铺开，铺了半个院子。之后，又在泥土的周围砌上红砖。然后煞有介事地分厢起沟。弄得差不多了，就朝屋里喊一声："老婆子，来栽菜！"老伴就提了一篮子蒜头、香葱、芋头过来，跟他一起栽进"祖宗"的"肉"里。后来，刘洪又相继在这片临时菜地里栽上各种青菜。霎时间，院内俨然一个小菜园。

随着时间的推移，刘洪的小菜园里竟长了蒜苗、香葱、芋头、生菜、通菜等，绿油油的一大片青菜，煞是喜人。老伴一边在心里默默地骂刘洪这头犟牛，一边又暗自窃喜着："你爱咋整就咋整吧，种得越多越好，不要买蔬菜还省了我一笔开支呢！"

刘洪依然时不时地带回来一袋老宅的泥土，扩张他的菜地，以致院子里连立脚的地方都没有了。老伴有些忍无可忍了。这天，刘洪正在菜园里捣鼓着，老伴就冲刘洪喊："我警告你，不要得寸进尺，看你把院子搞成什么样子！"刘洪直起腰来，笑嘻嘻地说："哇，终于找回久违的感觉了。"这一句话把老伴一肚子的牢骚话都塞住了。

老伴心想："他喜欢种就让他种吧，大不了把整个院子都种上。自己种的菜，没打农药没施化肥，纯绿色生态食品，吃得也放心。"

儿子儿媳回来看到这一院子的青菜，也是满脸惊讶。

"你爸不是疯了吧？那么有钱了还要自己种菜！"儿媳妇偷偷地跟儿子说。

"什么叫有钱？自己挣的才叫有！你不懂就别乱说！"儿子责怪媳妇说。

月底这天，刘洪参加科学城奠基庆典活动后，便喜滋滋地赶回来了。

老伴丈二和尚摸不着脑，问："今天什么喜事把你乐成这样子？"

刘洪没有理会老伴，径直去厨房倒了一杯酒，端到院子的菜地边上，一屁股坐在菜园边的红砖上，一边呷着酒，一边凝视着菜地。

"你坐在这里发什么呆？那些菜能看出钱来还是能看出花来？"老伴追问刘洪。

"你不懂！"刘洪呷一口酒，不屑地说。

刘洪看到的是菜，菜的根就埋在祖宅的泥土里。通过菜叶，他似乎看到了祖宅的过去，看到了他的每一位祖先。他们一个个在祖宅的土地上生了根，然后长大，长大，长成伟岸的形象。忽而，宅基地上建起了让世人惊叹的科学城，那个杰出的作品里有他绘就的一笔，有刘氏家族的一份功劳。他是建设者，也是见证者。继而，他又看见孙子刘可和许多年轻的学子坐在窗明几净的科学城，非常认真地搞着科学研究。看到一个个新的科技产品从科学城走向全世界……

科学城，是光明的未来，是子孙后代的未来，是国人向世界展现科技力量的大舞台。我们要打好根基，把科学城培育成参天大树，让子孙后代一边乘凉，一边受益，一边搞科研……

庆典活动上领导的讲话仍在刘洪耳旁回荡，印证了一个叫"余音缭绕"的词。

不知不觉，在深圳二高读书的孙子刘可放假回家了。孙子看到院里青葱一片的蔬菜，赞叹不已。

"没想到爷爷还会种菜！"刘可说。

刘洪指着菜地，问："你知道这些泥土是从哪儿来的吗？"

"哪儿来的？"

刘洪颤抖着手抓了一把泥土，说："这可是祖屋宅基地上的泥土啊！"

"啊！"

"是真的！你爷爷说，这些泥土就是祖先的肉，有祖先的灵气，也是刘家的根，比你奶奶的生日还重要，比乳鸽、牛扒还宝贵！"奶奶笑着说。

刘洪放下酒杯，双手捧着泥土，把泥土送到鼻尖上，大口大口地吸气，仿佛要从那捧泥土里嗅出祖屋的光辉历史和光明的未来……

王池光　出生于荆楚大地鱼米之乡的湖北，热爱文学，痴迷文字，从事文字工作，业余创作诗歌、散文、小说，作品散见海内外50多家报纸、杂志，荣获第三届"全球华人文学创作邀请赛"散文一等奖等各种征文比赛奖项。著有短中长篇小说《祸首》《梦断72小时》《商道情缘》等。现居深圳。

一个茁壮成长的孩子（散文）

◎陈　华

　　记得小时候，最喜欢的就是夏天的夜晚，可以去河边捉萤火虫，装在墨水瓶里，坐在一堆金色的苞谷旁，听爷爷讲故事。印象最深的就是从水缸里出水芙蓉般来到人间的田螺姑娘，她一会儿就能做一桌好吃的饭菜，我觉得好神奇。妈妈做一锅粥都要抱柴火，在灶膛里烧半天。尤其是下雨天，柴火湿了，火柴返潮了，点火都点不着，连粥都吃不上，何况是一桌饭菜了。爷爷说我傻，田螺姑娘用的是自熟锅，不要点柴火，用的是电……

　　电？我记住了这个字，但我不知道电究竟是何物，那时候农村还没电灯……

　　后来，上了小学，或是初中吧？读了叶永烈的科幻小说，脑子里开始有了会飞的汽车、会飞的船……我那时候是把科幻小说当童话故事读的，心想这些好玩的东西，有一天能梦想成真就好了。

　　我家的隔壁是村长家，那时候村长不叫村长，叫大队书记，他有一台半导体收音机，里面有讲故事的，唱样板戏的，甚至还有叽叽喳喳说听不懂的外国话的。有一天我看见他把收音机放在桌子上，在院子里打蚕豆，我偷偷地从他家的后门进屋，想看看里面究竟是些什么样的人，看看能不能倒出白雪公主和七个小矮人，结果被邻居的姐姐逮了个正着，告诉了妈妈，被妈妈手上纳着的鞋底抽了一顿。

记得当时我咬着牙，没有哭，也没有流泪。但心里默默地发誓：将来我一定也要买一台收音机，把它拆了，看个究竟。我和邻居姐姐算是结下了梁子，有半年多都没跟她说过一句话，母亲说："这丫头脾气真倔，不知道像谁？"我说："谁也不像，像我自己。"

记得去镇上读高中时，才知道了爱因斯坦、居里夫人、伽利略……高中毕业时，1980年，我16岁，家里有了电灯、收音机，后来又有了电视机，爷爷故事里的自熟锅——电饭煲……

对于我来说，这些就是科学，让生活变得特别简单美好。

而科学城，就像是各种科学的集合部。像水浒里的聚义厅，只是一百零八将的大哥不是宋江，而是神奇的科学。科学集群，就名称而言，就令我眼花缭乱。它们就像是科学出给明天，出给未来，出给宇宙的一个个谜语。当我们走出了展览馆，走在光明科学城神奇的土地上，有一朵蓝色的野菊正在盛开，一只黑色的蝴蝶在树荫下飞行，我知道它不是庄子的梦，而是科学的梦。记得许多年前，我对蝴蝶效应很是着迷。"蝴蝶效应是指在一个动力系统中，初始条件下微小的变化能带动整个系统的长期的巨大的连锁反应。这是一种混沌现象。任何事物发展均存在定数与变数，事物在发展过程中其发展轨迹有规律可循，同时也存在不可测的'变数'，往往还会适得其反，一个微小的变化能影响事物的发展，说明事物的发展具有复杂性。"而科学就是要让这个复杂又混沌的世界变得简单透明，犹如月光、玻璃、水晶，或者荷叶上的一颗露珠。只有透明的事物才能折射出阳光，拥有光亮。甚至比任何被折射的发光体更加耀眼，但并不会灼伤我们的眼睛。因为那种光亮是我们的眼睛看到的，是我们意识到它们的存在，它们才存在的。在哲学范畴里的唯心与唯物之间，我更愿意选择唯心。就像一个女人在婚姻与爱情之间会毫不犹豫地选择爱情一般。这或许并不是迷信，而是意识的另一种形式的呈现，是科学。

蝴蝶有很多种美丽的形式，黑色的蝴蝶似乎代表了科学的严谨与审慎，而不是如扑火的蛾，代表着冲动与盲从。

正在建设中的光明科学城，有它的匆忙与孤寂，和前所未有的蓝图与憧憬。我试图把展览厅里科学城的各种梦想，见缝插针地种下去，然后再把谜底一个个地揭开。但这似乎有些异想天开，可我还是愿意试试。科学其实有许多的成果，就是从异想天开开始的。科学允许喜新厌旧，鼓励喜新厌旧，只有不断地喜新厌旧，才能不断地推陈出新，才能成就科学的创造力和生命力；才能出现引力波、暗物质这些看似莫名其妙，实则真实存在的发现与推测，有待证实与破解，成为造福于人类的科学。光明是幸运的，光明科学城就是上帝赐予光明的科学皇冠。

在科学城的一棵树上有一个鸟巢，鸟巢里并未见鸟，也许它是只候鸟带着科学城的消息飞去了北方，待它南飞回到光明科学城的秋天，它的鸟巢还在，而光明科学城已有了城的模样，但愿它还能像春天一样，爱着这一片秋天的田园，科学是绿色的，而光明科学城就像是一片巨大的荷叶，包裹着科学城展览厅沙盘上的所有科学梦，恨不得一下子就从沙盘上站起来，眺望明天，眺望星空和辽阔的宇宙。

在光明科学城里漫步，说不定你就会被牛顿的苹果砸中了头，与外星人相遇，被机器人热烈地追求……如果走累了可以席地而坐，摘一朵蒲公英认真赏玩，然后只需轻轻一吹，光明科学城的许多美好的梦，就会悠悠地飞起，你会看到光明科学城长着一双天使的白翅膀……

都说科学是无国界的，但华为的孟晚舟事件、中兴的芯片之痛告诉我们，人是有国界的，科学家是有国界的，科学城是有国界的。有人称光明科学城是中国的硅谷，光明的硅谷。可硅谷是美国的名字，光明科学城，只有一个名字，就叫光明科学城。光明科学城，五个字初听起来也许很普通，并没有什么大的震撼力，但你仔细一想，就不得了，它是在把分门别类的科学努力地装在光明的盘子里，中国的盘子里。也许上帝会拍着它的肩膀说："这孩子，脾气像谁？"它一定会如我一般地说："谁也不像，只像光明科学城。"

瞧，光明科学城！光明的阳光里这个脾气倔强的孩子，正在茁壮成长呢！

陈 华 江苏盐城人，现居深圳光明区。喜欢写写画画，偶有作品发表。

清晨总是斜着身子走来（组诗）

◎李雨融

万物被水面隔开

七个泡泡从水底浮上

一条鱼张着嘴，月亮也是

星子们待不住了，纷纷跳进水里

不过是一阵归巢鸟们的鸣叫

万物被迫从无穷无尽，逐渐递减到一

但又在瞬间被隔成两个层次

在水面之下，几颗鹅卵石

找到了亲近星空的方法

它们用圆形的身体，给遥远的天空

打上了无法洗脱的补丁

依山笑

从林荫道看过去

湖跟山，刚好是手臂伸展的距离

像一杯茶，刚被傍山小道啜饮

又被摆放在了一边

出于对绿色的执爱

我与路边几株小草

目光相接。很遗憾

我没能叫出它们的名字

当然，我可以在这里

命名它为五叶草

但我明白，不论叫什么

只待我离开

它们转瞬就会相互打招呼

互称菱儿或卉子，而我却永远

无从得知，这最深的爱情

来自一座山与一面湖之间

清晨总是斜着身子走来

还是那些光，比如淡紫

比如橙黄，它们穿过树枝

在林子里，小蚂蚁

撑开了几棵蘑菇

时间的光，从背篓里

漏了出来，在清晨

我总在寻找

一个金色的钩子

山水间栖息的云朵

要不是一丝垂柳

朝我摇了摇手

我还以为这条河

正在批评几块石头的初衷

坐在河堤看流水

我喜欢这么简单地看

时间会安静地流走

几根掉落的松针也会打这里经过

山在远处寂静着

它有落英缤纷，却不再

顾影自怜，俯仰之间

这里栖息着款款而来的云朵

李雨融 女，2003年8月出生，就读于深圳实验学校（高中部）。深圳光明区作协会员。在《南方日报》《中文自修》《新作文》《创新作文》《诗歌周刊》等多种报纸杂志发表诗歌、散文、童话，曾获小学生诗歌节现场总决赛一等奖、"冰心作文奖""新作文杯"放胆作文大赛一等奖，《快乐作文与阅读》作文大赛一等奖，"少年作家杯"征文一等奖等数十种奖项，有诗歌入选畅销书《孩子们的诗》《涟源十年文学作品选》《悦作文》等选本。著有诗集《雨声》。

文本与绎读

鲁　子／窗外总有一只海鸟飞翔（组诗）

凌之鹤／面向大海的精神远航

窗外总有一只海鸟飞翔（组诗）

◎鲁　子

A．安德鲁·怀斯：海边的风①

空穴处来的风，从
下午三点向四点钟方向移动，
最终在窗帘的身上现出它的原形：
它心旌摇动，它的丧魂失魄
被安德鲁·怀斯摁在了画布上。

岁月的行脚，一直在人间
收脚印，而往事如风此时正
打磨着这门当与窗棂。
在风岔口，白色的幽灵闪现：
玄关处，好似有亡者归来。

窗外早已聚集了一大片未来，

---

① 美国画家安德鲁·怀斯的画作《海边的风》。

他将窗户打开，以便让
风真正能像风一样自由地进来，
并向世界献上他的一枝花：
它将大于窗外虚无之总和。

B.杯水大海：纪念某次海难

在这个噩耗里，不能
自拔。我将自己抛锚，
沉入内心的海底。

一抹夕阳斜窗而入，
照在冰冷的大理石地面上，
像是来搭救我的白帆。

我于是看见码头上
招手的红纱巾，我就这样
被牵引着向前，向前。

直到我的五指靠岸，
将一杯水一饮而尽，
只见空杯里：大海轰鸣。

C.晨钟

在黎明的微光的照拂下，晨钟

敲醒我们，开始细数我们的懒惰

一如祖母慈祥和父亲般严苛。

晨钟敲醒我们——它洪亮的声音

穿墙而过，飘散到对面栉比鳞次的瓦上

然后朝向田野，朝向草地，草地上的露珠。

在迷雾的丛林中，有蛇委婉，游行于曲径

群鸟纷纷飞离晨枝，翅膀沾满钟声。

这越飘越远的钟声，飘向工厂、学校、商店

飘向山丘、河面、路肩，飘向东经和北纬

在无数个交叉路口，一个个匆忙的身影

路边未拧紧的水龙头，点点滴滴地点头

刚下飞机的茉莉花，也沐浴在钟声中。

海边码头上，心有所愿者和船家，开始敬礼

大海的波纹像剧场的百褶布拉开大幕

谎言和白日梦开始陆续撤离。

在一切的天光尘梦中，在始发的阵营中

在惊堂木的沉默中，在紫砂壶的嘚瑟中

在细雨中，在细如雨丝的音乐丝竹中

在风中，在风提前带来的暮鼓声中

在印象中，在印象中扫尘僧的法衣中

在遗忘和憧憬中，在时间中

这越飘越远的钟声啊，

飘到何时，何地，才是个尽头？

D. 大海淹死在鱼缸里

酒后节目助兴：关于大海
爷爷唱了首歌，
　"大海航行靠舵手，
万物生长靠太阳。"
爸爸朗诵了高尔基，
　"在苍茫的大海上，
海燕像黑色的闪电
在高傲地飞翔……"

轮到小豆豆，他嗫嚅着，
　"大海死了，大海活不过来了。"
妈妈接过话头，说：
　"傻孩子，大海不会死的，
大海啊，是永恒的！"
小豆豆呜呜地哭了，
　"你们骗人！大海是苗苗家的金鱼，
昨晚它淹死在鱼缸里了！"

E. 大海是个哑巴

阳光炙烈，院子安详，
鱼干还一直晾晒在篱笆上。
码头上，阿婆再次手搭凉棚，

她眺望的双眼欲穿过茫茫大海，
穿过来生与昔日。但那艘熟悉的渔船
总是若隐若现，若沉若浮。
海面上吹来一丝微风，仿佛带着美意，
她的心里再次燃起一炷高香。
难道那个男人真是被龙女抓去，
或是被时光的网拖住？
但是，大海是个哑巴，
一生都未作答。

F. 繁殖出了一片海

雌雄同体的浪花盛开
它的长发纠集着疯狂
身体之外仍是身体
浪花复制浪花，不舍昼夜啊
以至于最终繁殖出了一片海
生死一体，任死亡的闪电
也不能把它劈开

G. 给寂静画像

在海边写生，他想给寂静画像。
在心里他宣布退潮，潮水便退到水位线。
但孩儿们需要亮点，他们扑向
兴奋的海里，兴风作浪。

路人的视线鱼线一样，他们想要
在画框里钓金龟，这无异于想要在
海滩比基尼的吊带里一探究竟。

那究竟寂静是什么？怎可描绘？
他首先想到寂静的夜晚，而夜晚亦
不可描摹。那么大海呢？若
把海水清空，填满寂静，大海
仍会是大海吗？他就这样茫然地
望着茫茫大海，仿佛在向大海求助。
就这样，一艘鸣笛在航的商船正
驶出画框，那越来越远的白帆点点，
倒有几分寂静的模样。

但他最终还是取消了白帆，
并一并取消了大海，最终呈现
出来的寂静它无模无样，无形无象，
无任何时间的附着，只是一些紫雾
的谜团，一些有益无害的光斑，
或光的启示：这世上从来就没有
寂静的自画像，它的灵魂也从未
出来指认过：寂静本身。

H. 海螺壳里的大教堂

小小生命的方舟，

在波涛汹涌中航行。
洁白的沙滩上，
一排排螺壳的墓群。

呵，一堆海螺的白骨，
你把它捡回家，置于神台，
将之视为某种祝福，
你吹响螺号，召唤风暴。

这被剔除了贝肉的生命的
洞窟，确曾是个大教堂。
不信，你尖起耳朵
定能听到大海的哀歌。

或许，大海
才是海螺的应许之地。

I. 孤岛（ISLAND）

如果大海是大地上蓝色的青斑
孤岛便是大海身上的一颗痣

为什么你常常听到大海
忧郁的长叹，或甜美的短吁
盲目的石头在奔跑，那
散落在宇宙中我的星辰弟兄啊

为何在茫茫人海中有孤岛突起？
那是因为你无限的牵挂

J. 假日闭门

假日闭门，我坐北朝南
坐拥无敌海景与良辰千顷
池鱼在渊，飞鸟在林
它们不用担心我的诱捕与猎杀
我腹有诗书作怪
但我加服了扑尔敏
用一个花边电磁炉
我愫是把一壶茶
煮出了人生的梦幻泡影

但窗外，总有一只海鸟
在大海与我心上，同步飞行
互相打探消息。

K. 看大海

我是吃过海胆的人！
黄昏，我赤足行走在沙滩上，
沙滩也很知足，合脚。
那些我曾经涉足的落花、流水，
年轻的光阴们，也跟随着我，来看大海。

看海魂衫激荡，看军歌嘹亮，

看迷茫的苦心，寻找孤诣的灯塔。

看探鱼者，海底捞者，打听江河下落者，

以及提着竹篮子打水者的聚散无常宴；

看他们在入夜里支起帐篷，燃起篝火，

穿着千层浪一样的裙子跳舞；

看他们紧贴在另一张额头上的刘海的告白，

几乎是凭一朵浪花的誓言，便可构建一个岛国；

看龙抬头，看红云万朵，在吸海水，

海水啊，像盐，像药，像铁火，

它把血性灌输进了我的身体，当

药性发作时，双鱼座的我，

像吃了龙胆！

L. 老人与海

浪花一思考，大海就发笑

就按住它们的头，搂入怀抱

并将年老体弱的浪花送至岸边

岸边，有港湾，有海岸线

有临海而建的海滨墓园

在杂草、乱石中，坟堆安眠

有望洋兴叹的渔人码头

锚爪以钢铁的意志锁住了船

有苦涩的沙，有不能翻身的咸鱼

更有灯塔，有妈祖，有彩旗飘飘

有贴伏在海面上年轻的渔歌
有白溪入海，如闪光的带鱼
而在一片迷茫与海鸥远去的背影之间
有退役的老人，心情沉重如一纸废约
他回忆着往事，像是在隔岸观火
想当年，惊涛骇浪中
双桨好似一把剪刀
大海则好似那英雄出征的
战袍

M. 沉船木

大海每天都在举行葬礼。

沉船木，曾经栖息于森林，
或曾贵为五星弦木，出征大海。
它从一个沉船事故中脱颖而出，
就像某一个句子冲出一篇旧文，
自立门户，开始书写另一本书。

应该赞赏某一次搁浅，应该祝福
那块岩石，它让一段历史着陆。
在一个尘封的记忆中，
任何语言都会失色，
让我们在死亡的括号中进行怀念。

然后，在某一个晨钟声中，
让新的形象从它旧的形体中雕刻而出，
让它喊出属于自己的海啸，
复活成大海的面具，接受人类的惊呼！

N. 鸟鸣盛开在红树林

把天空空出来吧

这些南迁的鸟们
有白衣天使样的外表
操着地道的北方口音
是我外省的、外国的亲戚

在这时节，鸟鸣
盛开在红树枝头
好似一场盛大的法事
我的心也直扑腾，如道场
衣衫飘动，又好像在招魂

我爱白鸟
爱白鸟翩飞的美
爱空天的洁净，和真诚
因了这份爱，我的身体和灵魂
都有了和白鸟一样的
属性

把天空空出来吧
让白鸟自由地飞吧
尽管此时，我把它们按压
在一张薄纸上
让它们委身于仅仅几个词
却也是灵动的、会飞的、
白衣天使样的词

O. 海豚

静谧的夜晚，窗外一片漆黑，
其领地甚至扩张至我的脑海。
于是，我调动起所有的感观，
世界仿佛空空如也，我毫无观感。
但，一定，有什么，在潜行：
隐蔽，幽深，像水面下的一个冰岛，
它马上就要露出它的脊背了，
它的身体像一个纺锤：天哪，那
是一只海豚，它突地跃出了水面，
一弯银白，照亮了大海的整个黑暗；
它还发出求偶式的海豚音，
滋滋，啾啾，啾啾，滋滋：
必须对此做出回应，我的笔尖颤抖，
我稿纸铺开：为了它的使命而来。

P. 犁（PLOUGH）

一蓬衰草，倒悬于崖边
藐视着大海的狂涛：这生命的波澜

波澜中他归来，渔网斜拖一片海
从岸上刮来的风，又一次一次
把他的面孔，重新吹到海面上
漩涡大口，旋即又将面孔吞噬

几个身着白色孝服的人，捧着
一个蜗形的滴漏，将骨灰撒落海水里
黑色的鸦鸣将悲伤，涂漆到白色的
船弦上，厚厚的，一层又一层

从白色海燕的高度往下觑看
那艘轮船好像一具犁铧
龙骨犁出一片血海

Q. 千层浪

纵有千层浪
亦难以描绘这海天一色
而七个元音的汇聚
便炸开了深圳湾
千年的沉寂

当我立于礁岸
分明看见水面下的银河千顷
甚至鲮鱼也浮出水面
向我们展示它
神秘的背影

我们什么也没做
我们只是聚在了一起
像一滴水与另一滴水的结合
这一天就完成了
这片海就完成了。

R. 拉大海

大海远去，
消失在茫茫夜色中。
我关闭窗户，关闭涛声，
然后拧开台灯，重返海明威——
就像拧亮了灯塔，照
见一个老人，摇着一条船，
一排排闪光的梭子鱼，在船底下飞，
那老人紧拉鱼线……
我忍不住搭把手，也去拉鱼线，
我们拉呀拉呀，一直
拉到曙光初现：

就这样，大海像一条巨大的船，

被我从黑暗中拉回到了

黎明的窗边。

S.水之花

海雕在海面上空盘旋，很显然，

那雕眼已然将那艘海葬船锁定。

你将慧眼看见，众亲根据对人仁慈

的原则，而将一头活羊宰杀，摆在

棺木前。或许，你的心会有些微的震颤，

为那祭品最后一次为生命而跳的挣扎舞。

这里的人们，历经数年，赶走海水，

把海湾建成了半岛。

土地上，处处弥漫着海洋的气息，

道路、楼盘、公园，甚至

阿公阿婆都有一个靠海的名字；

即便死亡，也要拉上大海陪葬。

于是，你能看见在回水湾处怅望的背影，

这些背影面向大海，面朝未来，

并眼见着未来的自己躺在棺木盒子里

被大海吞噬，或是眼见着死去的自己

随着洪波涌起，而从海上归来。

两亲相见分外眼红：你不认识我了吗？

我是你啊，你也是我。

一个飞沫打来，随着那枚鲜红的落日

葬身海底，大海也终于松开了它八爪
的佛手，而将亡人揽入怀中，并向
世界献上它的一束：水之花。

T. 它来与大海认亲

江水带着鲑鱼，来与大海认亲。
大海揪起一个个海浪，往岩石上摔，
像是在摔打自己的孩子。

它按住其中一个浪头，追问其
魂魄安在否？那孩子什么也没说，
一头扎入大海的怀中。

小鲑鱼喝了一口海初乳，
抬头看见大海像一个外祖母
在捋她飘逸的长发。

U. 珠江，或珠江流派

自我的流放：
百川，都在请求海涵。

而珠江，从空中俯瞰
更像一条闪光的带鱼；
待近岸，与之嬉戏：

一具苗条、青春的胴体。

在珠三角，在六月天
我双手捧读她多变的脸：

它漂浮，在田野，在城市
的钢铁丛林中：一根脐带。

掬一口水，入喉即化：
她已汇入我身体内的河流；

每一滴水都来自源头
它向大海的朝觐从未停休。

于是，在绿草地的爱情中
在红地毯的婚姻中，我

听到了你血管里绿色的
潮汐：呵，一切都是循环！

V. 渔人张

像他的祖辈一样，渔人张
一辈子都住在海上一条破船上
靠打鱼为生，并以此养活一家老小
只有当他死后，他才会住到岸上

日夜守望着那一片熟悉的海域
和他留给儿子的那条 "命根子"
以及世代荣居于此的
鱼子鱼孙们

W.无人码头的追诉

腥风，苦涩的沙，还有狂躁的浪
摩擦着岩石，没有海鸟在贴着水面飞
站在无人码头，我像一个无人
我也不是来迎接谁，或送别谁
不知大海可否愿意听一听我的倾诉

一直以来，我们向海里倾倒了
那么多的悲伤，为什么大海未见其增
与此同时，我们又从大海里攫取了
那么多的物资，为什么大海未见其减
是我们的悲伤无足轻重，还是
我们所攫取的本就是虚无？

此刻，我放眼望去，海面上唯余茫茫
而在几分钟之前，我分明看见
有一个船队在逼真地远航。亚马孙河
的蝴蝶扇动翅膀，而触动了太平洋
为什么从我眼鼻子下经过的万吨巨轮
会与我无关？

我看见万物都在奔跑：流水，时代
树与塔，云与帆，还有我的思绪；
它们有的向前，有的向后，沿着一条
看不见的自行线。而目睹着这一切的
流逝，我该拉上这码头，来个自拍
以证明自身曾经来过吗？

我向大海洒下一滴泪，临水照见
自己的影子，一直在将我追随
大海啊，你一边生产，又一边收回
你开辟出的道路亿万条，我已深知
我的来路，也是我的去路

X. 向大海学习写作

江郎才尽，来向大海学习。
在入海口报到处，来自五湖四海
的朋友，为一个共同的目标而来。
曾经，它妄言通过一滴水读懂大海，
如今知错了：大海简直就是一部
鸿篇巨制，仅凭浪花，顶多也
只能了解到大海的一点皮毛；
它自负盈亏，自我具足，任何描述
都片面，它等同于全部的与终极的
真理。在看似波澜不惊的水底，

各种语言学、鱼虾史、植物志，
都需要你，深潜式的阅读与思考；
至于那各类海鸟，在海面以上
闪耀，仿佛是大海飞扬的思绪。
当，那灵感的闪电从天而降，
击中了大海的软肋：一个情感的
小小波动，就是一次海啸。
而当时间流淌到银白月光的海滩上，
你偶尔捡拾到语词的贝壳，
和那些珍珠，那些眼珠，[①]它们
充满了对大海的褒义深情，该
用什么来提取大海的精神之盐呢？

Y. 渔船博物馆

这艘木船，从海上撤离
到渔人码头，现在被安置在
这钢结构的博物馆里，成为现代工业
建筑群的一部分，就好像当年它
与海上风暴的结合，都是那样的融洽。

木船如今静静地躺在屋中间，
天花板上画着蓝色的天空与海洋，
被搜罗来的单桨，马灯，破旧的渔网

① 艾略特《荒原》里有诗句：那些珍珠，他的眼珠。

重新刷过漆的乌篷，一一阵列，
好似一幅出海图。只是那柴油发动机
早已打不着火了。

但它们常常在一起回忆，仿佛
也在帮助游人，忆及那样的时光，
那被磨得锃亮的石码头，那每年一度的
祭海舞与拜龙王，那一地摆开的海鲜摊，
那斗笠下泛着鱼腥味的一张张笑脸，

还有那，"静默的远航，明亮的捕捞"[1]：
大海一直在那里，而它们已回头在岸。
步出馆外，便是蛇口半岛的时间广场了，
一个意味深长的地名，不是吗？
当然了，抬头就能看见那句响亮的口号：
"时间就是生命，效率便是金钱"。

Z. 在海角

候鸟从天涯归来探亲
海浪步着潮韵，和海岸击掌欢迎
耳顺的海鸥，早已通风报信
我看见海角上下，一片欢腾
多嘴的乌鸦，摇着树枝问不停

---

[1] "静默的远航，明亮的捕捞"语出美国诗人罗伯特·洛厄尔。

这该是黑脸琵鹭，那该是长尾的缝尾莺

几只军舰鸟，在海平面上飞行

那种疾速，堪比闪电的后裔

不远处，顺风顺水的一条帆船

犹如浪花的骑手，那鞭海的声音

读起来，十分的海明威

这样的画面，太美，美得不忍

那守寡的灯塔，站在磨损的海岬上

焦急地望着远方——又一场暴风雨将来临

你看，天地正调频，翅膀在颤抖

塔楼上的钟声，被雷鸣，锁住了喉

如果灾难不可避免，我祈愿

让那些被海杀了的，葬在龙宫吧

鲁　子　本名曾运祥，1969年出生于湖南省新邵县，现居深圳，职业为警察。自幼爱好文学，2009年开始学习诗歌，在《青春》《飞天》《西部》《芒种》《诗选刊》《文学界》《散文诗》《福建文学》《诗歌月刊》《扬子江诗刊》等文学期刊发表诗歌百余首，有诗作入选《珠江诗派——广东百年珠江诗派诗人作品选析》《中国新诗百年精选》《汉语地域诗歌年鉴2017年卷》《2018年中国诗歌排行榜》《2018中国诗歌选》等多个选本。

面朝大海的精神远航

——读鲁子组诗《窗外总有一只海鸟飞翔》

◎凌之鹤

> 一切伟大的事物，很少能够被表达。
>
> 不过，我们得以自由处理小问题。
>
> ——[波兰] 亚当·扎加耶夫斯基

一

神奇浩瀚的大海本身就是一部波澜壮阔、蕴藉无穷、令人神往却又心怀敬畏，让人百读不厌而又难窥其奥的神秘史诗。因此，关于大海的诗歌（文学）书写，一直吸引着众多缪斯的信徒，世界各国的诗人们，面对大海或纵情高歌，或浅吟低唱，竞相比拼才华，写下了无数瑰丽华美的海洋诗篇，庶几形成了源远流长、巨流奔腾的"海洋诗学"。

有别于讴歌、赞美和借助大海的力量以示反抗或企图征服大海的海洋诗学传统，鲁子的组诗《窗外总有一只海鸟飞翔》，有意或无意中选择了别样的路径——我姑且将之视为约翰·阿什伯利所谓的"别样的传统"：他安静地行走于海边，以谦恭但却自信的态度歌唱大海，尤为难得的是，他知道如何虔诚地"向大海学习"。他以拟人化的形同朋友的方式，将大海还原为真实的存在；诗人忠实地书写大海的本来面貌，尽管它变幻莫测，它既是自然界中一个令人肃然起敬的庞大部分，也是具有鲜明个性、强健生命气息和神奇力量的"海神"——它不仅仅是一个抒情对象，一种人生道具，它涌动于诗中，以我们熟悉的海风、浪花、海螺、海岛、海豚、海鸟、渔船、沉船木等诸多与海相关的具体事物，以如此密集的意象群落，把大海的形象诉诸我们眼前，将大海粗犷的呼吸甚至辽阔的寂静传送到我们耳畔。

风乍起——鲁子在组诗开篇《安德鲁·怀斯：海边的风》最后一节，就以敞开的姿态，以自由开放的情怀迎接世界：

> 窗外早已聚集了一大片未来，
> 他将窗户打开，以便让
> 风真正能像风一样自由地进来，
> 并且向世界献上他的一枝花：
> 它将大于窗外虚无之总和。

初读这首优秀诗作的读者也许会犯糊涂：那个打开窗户的男子究竟是谁？熟悉怀斯作品的读者当然知道，《海边的风》是一幅寄托着画家淡淡哀思的杰作——怀斯尚未从丧父之痛中走出来。这幅画生动地描绘了海风吹起薄如蝉翼的蕾丝窗帘，那飘起的窗帘上——针织的鸟儿好像也飞起来了！窗外是日渐枯萎的草地和色调沉重的远山，唯有一小片明亮的海水。也就是说，怀斯的这幅画作中没有人，它的主角是吹动窗帘的海风。据此看来，《海边的风》这首诗描写的是一幅画中画：一个男人在临海的屋子里欣赏怀斯的画作时，海风恰好吹动了他所在屋子的窗帘。与怀斯作品中寂静萧瑟而忧伤弥漫的画面氛围不同，起于这首诗中的（现实的）风，赋予了风某种使命和力量，它试图让人们做点什么，就像诗中的他，主动打开窗户，并且献出一枝花，向苍茫（虚无）的世界表达真实存在的温馨与爱意。

　　海风在这首诗里呈现出三种形态：一是怀斯画笔下在窗帘上现形的海风，它是艺术对自然风的生动拟态，是"被安德鲁·怀斯摁在了画布上"的风的形象；二是此刻正在吹拂着窗帘的真实的海风，这是现实层面上我们能够感受到的风，它与怀斯画作里飘逸的风形成某种呼应或互动，让观画的男人如怀斯一样，触景生情地忽然想到岁月易逝，人生无常，想念那些亡者，希望他们随风归来；三是观画者心头徐徐涌起的、回旋于艾略特《荒原》里的忧郁之风——"往事如风此时正/打磨着这门当与窗棂""在风叉口，白色的幽灵闪现；/玄关处，好似有亡者归来"。这三种风从不同的方向吹来，最终它们都在观画者敏感的心头现出它灵动不羁的原形，所以，屋里的男人索性将窗户全部打开，让海风（三种风）痛快地吹向现实的屋中（观画者的内心）。海风在这里的象征意义随之转化为一种有形而强大的力量：它吹向沉闷的屋子，同时吹开了屋里人心头郁积的阴霾。

　　这"空穴处来的风"，表面上来自对一幅画的奇妙观感，实则来自诗人内心深处涌动的思绪：它"从下午三点向四点钟方向移动"。从怀斯用画笔摁在画布上的《海边的风》，到最后《在海角》暴风雨即将到来前虔诚的祈愿，我们能感受到，一直或疾或缓地吹拂/回旋于诗歌/诗人内心的风暴已渐渐平息。拥抱大海的雄心最终已转化为一种平和的智慧。从这个意义上说，鲁子诗中吹起的强劲之风，让我们从怀斯的《海边的风》这幅画中获得了新的精神启迪：人不应该总是沉浸在无益的忧伤中，相反，面对人生中的重大时刻或意外变故时，我们既要主动顺应变化，还要勇于逆风而上，以崇高的姿态和有效的行动来回应有时残酷近于虚无的世界——这就使得这组诗额外滋生出了许多存在主义的形而上的无穷趣味。

　　所以，阅读《窗外总有一只海鸟飞翔》这组诗歌时，我们仿佛身临其境，感觉自己一直徘徊在海边，如影随形般看着诗人面朝大海沉思默想，听他深情地独自清唱。就抒情的角度/抱负而言，鲁子这组诗反复歌唱的对象，表面上只是一个人的大海，也即诗人眼里、心中的大海；但他为我们呈现的大海，分明又是无须门票、不属于任何人的私产，它是开放的、自然的大海，是我们每一个人都可以直接面对和自由欣赏的大海。正是在这辽阔的海边，诗人展开了他同样浩瀚的诗思，以其强劲的诗风，吹醒了我们内心沉寂的大海，让我们依稀感觉到"生命的大风吹出世界的精神"。

　　通读组诗，在耳畔时而激越时而欢快的海风与浪花声里，我们能获得如是强烈的印象：鲁子诗中的大海，就其叙述的口吻和描绘的景致而言，某种程度上，仿佛是他的地盘，大海就是他的故乡，他俨然大海怜爱的子民。读着鲁子这些粗粝、苦涩和带着咸味的诗歌，耳畔总会回响起《大海啊，故乡》《水手》《大海》的旋律。诗人借助画家的（《安德鲁·怀斯：海边的风》《给寂静画像》）、阿婆的（《大海是个哑巴》）、退役老人的（《老人与海》）、多种海鸟的（《水之花》《在海角》）、小鲑鱼的（《它来与大海认亲》），包括更多的——他自己忧郁而纯净的敏锐视角——眺望、观察大海，以多重心理来感受、认识大海，最终将大海与人类的生活、命运紧紧地锁定在一起，建立起人类与自然（大海）和谐共处、友好同生的关系。诗人在海风轻拂，海浪热情地铺银开花的时候，面朝大海，煮茶观鸟，面朝未来，思索人生，在一次次的精神远航中，试图提取大海的精神之盐，酝酿掀起思想的海啸。

　　约翰·阿什伯利在评论约翰·克莱尔的《牧人日历》时，称赞他看似略显单调的诗歌的本来面目："要以美与无意旨去提炼自然的世界，让其乏味但显著的特征保持原封不动。"而鲁子的《窗外总有一只海鸟飞翔》，则是要以美与有意识去提炼大海的精神，让其丰富活跃而变化无穷的特征和魅力尽可能地展现并为人类所欣赏，使其磅礴的原始力量和精神之盐，内化为人类发展不竭的智慧和强大的精神源动力。

二

大海与人类的生活、命运从来密不可分。对于栖居于海边，世代以海洋为生、终身与海洋打交道的人们来说，海洋既是他们生养活命的母亲，也是他们死后灵魂皈依的"水上天堂"。

从时序轮回和人生代谢以及大海潮汐变化的轨迹来看，《窗外总有一只海鸟飞翔》这组诗，庶几揭示了人与海难舍难分，不离不弃甚至生死相依的复杂关系：大海给人们带来食物和财富，也会让风浪无情地使人葬身海底；但人们对大海的感情依然，除了痴诚地守望和敬畏，没人抱怨和仇恨大海，生者都能预见自己的归宿，直到死亡那天，他们终将回到大海的怀抱，在大海中永生；面对永恒的大海，人类懂得向它学习并试图提炼"精神之盐"。

你听，《晨钟》在黎明的微光中敲醒了荣居于海边的人们，像慈祥的祖母和严苛的父亲唤醒贪睡的孩子，起身迎接新的一天。田野、草地、露珠、丛林、蛇、群鸟、工厂、学校、商店、山丘、河流、道路、茉莉花……万事万物都从洪亮悠远的钟声中醒来，"海边码头上，心有所愿者和船家，开始敬礼/大海的波纹像剧场的百褶布拉开大幕/谎言和白日梦开始陆续撤离"。在悠长嘹亮、越飘越远的晨钟声里，大海如镜，映照出生动的天地万物和海边人繁忙而充实的生活景象。钟声不绝，大海和人们似乎就不能安息。

清晨随钟声出海的船家，一般总会身披夕阳的余晖凯旋，但有些人却迟迟未归，甚至一去不返。《大海是个哑巴》是一首绝望而深沉的

242

挽歌，它以克制隐忍的态度刻画了一个老妪盼望男人归来的"希望和绝望"并存的复杂心理：炙烈的阳光暴晒着安详的院子，他捕获的鱼干仍晾晒在篱笆上；伫立在寂静的码头，阿婆一次次手搭凉棚，望眼欲穿，就是望不到那艘熟悉的渔船从茫茫大海上归来。海风煦微，温柔一如抚慰，那艘失踪的渔船一直在阿婆的眼里心里若隐若现，欲沉欲浮："她的心里再次燃起一炷高香。/难道那个男人真是被龙女抓去，/或是被时光的网拖住？"这苦命却善良的阿婆，她不相信她日夜牵挂的那个男人会丢下她不管；她宁愿相信他被龙女抢走，或者他只是迷航，总之她祈求他迟早有一天平安回来。"但是，大海是个哑巴，/一生都未作答。"大海永远不会回答阿婆的疑问。沉默是金。有些事情，没有确切的消息就是最好的消息。

"浪花一思考，大海就发笑"。这既是对昆德拉"人类一思考，上帝就发笑"的戏仿，也是一位老渔人清醒愉悦的自嘲。"沉舟侧畔千帆过，病树前头万木春。"与海明威的小说《老人与海》讴歌的那种永不言败的壮烈精神相似，鲁子的《老人与海》赞美的是一种"烈士暮年，壮心不已"的英雄情怀。在渺小的渔人码头，目睹海浪翻腾起伏，看到海岸边乱石杂草中的坟墓，环顾那被铁锚紧锁的船、在风中翻滚的苦涩的沙子和因搁浅而不能翻身的咸鱼，仰望灯塔和妈祖神像，扫一眼空中飘扬的彩旗，耳听得海面上随风传来的年轻渔歌和白溪入海的声音，"有退役的老人，心情沉重如一纸废约"——表象上，这寻常的一切看起来有点颓丧、失落的意味，但老人面对大海仍有一种温暖而幸福的慰藉："他回忆着往事，像是在隔岸观火/想当年，惊涛骇浪中/双桨好似一把剪刀/大海则好似那英雄出征的/战袍"。何等豪迈，何等威武，在老人眼里，大海只是英雄的一件战袍！

"一个人并不是生来要给打败的，你尽可以把他消灭掉，可就是打不败他。"海明威的"硬汉精神"，是某种程度上的所谓男子汉的精神臆想。鲁子在《拉大海》《在海角》中两次提到了海明威，作为意象出现在两首诗中的海明威，显然是诗人的精神偶像。我们注意到，在《拉大海》这首颇具童谣或民歌意味的诗里，桑提亚哥式的老人，也可以说是那个退役的老人又回来了，他摇着船紧拉鱼线，"一排排闪光的梭子鱼，在船底下飞"。此情此景，让我们不禁想起那个与鲨鱼奋勇搏斗的老人，我们难免为之紧张兴奋；当此危急之时，"重返海明威"的诗人岂能袖手旁观？"我忍不住搭把手，也去拉鱼线，/……拉到曙光初现：/就这样，大海像一条巨大的船，/被我从黑暗中拉回到了/黎明的窗边。"细心的读者会发现，拉回大海的，并非老人而是诗人自己。老人从梦境中消失了，一个年轻的英雄在黎明时分诞生了。而《在海角》中，"十分的海明威"这一俏皮的赞叹，则将硬汉精神转喻为百炼钢化绕指柔的柔情似水；当又一场暴风雨来临时，看到"天地正调频，翅膀在颤抖"，察觉到"塔楼上的钟声，被雷鸣，锁住了喉"，明智的诗人已不准备再与大海做冲动盲目的抗争，他从容应变并发出了虔诚的请求："如果灾难不可避免，我祈愿/让那些被海杀了的，葬在龙宫吧"。

这当然不是妥协。让死于海难的人葬在龙宫，这不单是诗人理想化的心愿，也是大多数凡人的梦想，即使不能升天，在海里也要成为仙族的一员。因为不是所有的鱼子鱼孙，都能像"渔人张"那样，死后能"住到岸上"。但也有人宁愿死后葬于大海。《水之花》就是关于海葬的诗意阐述。祖辈世居于海边的人们，赶走海水后，在海湾上安家落户，从此便与海洋结下了生死难解之缘，生与海洋同呼吸共命运，"即便死亡，也要拉上大海陪葬"。换句话说，大海就是这些鱼子鱼孙的故乡，他们知道，即使与大海搏斗一生，他们终将与大海和解，当这些在水湾处怅望的背影面向大海、面朝未来时，他们能想象自己百年之后"被大海吞噬，或是眼见着死去的自己/随着洪波涌起，而从海上归来"；他们最终将幻化为大海献给世界的一束"水之花"，这浪花——

它们或者就是威廉斯的《海边的花》："升腾起来——菊苣和雏菊绑扎了的，松散的，看来不像花"。无论是大海捧起的浪花还是诗人敬献的鲜花，无疑都是一种令人温暖的世俗安排，逝者与永恒的大海同在，亡灵将一次又一次地以浪花的灿烂归来。

相对而言，我喜欢的《无人码头的追诉》是一首令人动容的悲歌。在风高浪急、惊涛拍岸的大海边，诗人独自伫立在空无一人的码头上，面对苍茫大海，腥风吹起的沙砾不时扑打在脸上——他到此不是迎人也不为送别，他只想坦率地向大海倾诉心曲：

> 一直以来，我们向海里倾倒了
> 那么多的悲伤，为什么大海未见其增
> 与此同时，我们又从大海里攫取了
> 那么多的物资，为什么大海未见其减
> 是我们的悲伤无足轻重，还是
> 我们所攫取的本就是虚无？

这倾诉与其说是疑问和困惑，毋宁说是对大海的赞美和自我的省察：大海的胸怀如此广阔而坦荡，我们无论对它有多少抱怨甚至伤害，也无论从它那里贪婪地掠夺多少财富，于它仿佛绝无影响，好像丝毫无损；我们的所谓悲伤，在大海面前根本无足轻重，不值得一提，我们所攫取的一切物质，不过是身外之物，生不带来死不带走。想清楚这一点殊为难得。更为难得的是，诗人通过眼前消失于远方的万吨巨轮和"蝴蝶效应"的想象，联想到这世间的万事万物其实都有着不为人知的隐秘的联系。"逝者如斯夫，不舍昼夜"——

> 我看见万物都在奔跑：流水，时代

树与塔，云与帆，还有我的思绪；
它们有的向前，有的向后，沿着一条
看不见的自行线。
……

　　这一条看不见的自行线，就是万物自然运行的轨迹，是我们常说的
"道"。目睹万物的流逝（消失），诗人因此想与码头来个自拍，以证
明自身曾经来过此处——留此存照的意义，不单是向虚无的世界刷个存
在感，也是希望在这世间留下我们曾经存在过的证据。同样伫立海边，
身着战袍的曹操感叹大海的辽阔深邃和神秘，"歌以咏志"——他心里
想的是"天下归心"的帝王大业；而诗人却像可怜的那喀索斯，"我向
大海洒下一滴泪，临水照见/自己的影子，一直在将我追随"——他心里
想的是人生的苦短与大海的永恒，他因此获得了顿悟："我已深知/我的
来路，也是我的去路"。

　　《向大海学习写作》有《庄子·秋水》的寓意，它不仅进一步强化
和提升了大海的形象，而且表达了人类向大海学习的谦逊态度和希望从
大海汲取精神力量的诗意向往。"江郎才尽，来向大海学习。"这充满
自嘲口吻而突兀的一句确实扣人心弦。如果说江郎在此指的是诗人或人
类，那么，"它妄言通过一滴水读懂大海"里的"它"，显然就是"来
自五湖四海"的江河溪流，那曾经"欣然自喜，以天下之美为尽在己"
的河伯诸神，在宛如鸿篇巨制的大海面前，只能望洋兴叹：

……仅凭浪花，顶多也
只能了解到大海的一点皮毛；
它自负盈亏，自我具足，任何描述
都片面，它等同于全部的与终极的

真理。在看似波澜不惊的水底，
各种语言学、鱼虾史、植物志，
都需要你，深潜式的阅读与思考；
至于那各类海鸟，在海面以上
闪耀，仿佛是大海飞扬的思绪。
当，那灵感的闪电从天而降，
击中了大海的软肋：一个情感的
小小波动，就是一次海啸。

　　这些诗句，从百科全书式的视野，以列举学科的方式抽象地喻示了海洋的富足，"它等同于全部的与终极的真理"，以及它蕴藏的巨大能量，大海温情的波动"就是一次海啸"。这一段诗所蕴涵的意义，可用儒勒·米什莱的博物学名作《海》所体现的旨趣来彰显："海洋就是一种声音。它对遥远的星辰讲话，以它庄严的语言回应星辰的运行。它同大地和海岸的回声交谈，时而威胁，时而哀怨，时而咆哮，时而悲叹。它是丰产的大熔炉，生物从中产生，并且旺盛地繁衍。海洋本身就是活生生雄辩的证明：这正是生命对生命的对话。生物，数以百万、亿万计，都是从海洋中诞生。"从这个意义上说，我们要向大海学习的，岂止"写作"？正如诗人所思所问，即使灵感突发，"你偶尔捡拾到语词的贝壳，/和那些珍珠，那些眼珠，它们/充满了对大海的褒义深情，该/用什么来提取大海的精神之盐呢？"

　　大海是如此辽阔，如此深邃，如此神秘莫测。如果我们只是徘徊于海边，而不能乘风破浪直抵沧海腹地，不敢深入大海的中心去探索海洋的奥秘，我们如何能够研习大海的品性，又如何提取大海的精神之盐呢？

三

哈特·克兰在《航行》中写过一行让人警惕的诗句："大海的最深处是残酷的。"面朝大海，鲁子摒弃了既往的诗人/人类对大海固有的征服欲，他对大海的感情总体是平和而友好的：既有真挚的爱恋，也有诚实的敬畏。大海在其诗中因此呈现出多样的人性化的面貌。

一滴水可以反映太阳的光辉。《杯水大海：纪念某次海难》这首短诗，正好让我们从一杯海水中看到了大海残酷而可怕的一面：某次海难，也许是很久以前的事件了，但海难造成的心理伤害却让某些人一直难以释怀："在这个噩耗里，不能/自拔。我将自己抛锚，/沉入内心的海底。"每当想起海难中失去生命的亲友，那些活着的人（或者幸存者），总会陷入撕心裂肺的死亡的深渊，仿佛等待救援的溺水者，直到自己将自己慢慢地从记忆的苦海中拯救出来。鲁子以一句令人震撼的诗句表达了这种骇人听闻的灾难在精神上持久而强烈的影响："只见空杯里：大海轰鸣。"在那空杯里，我们看到的不是李贺所见的高远与渺茫之景，"遥望齐州九点烟，一泓海水杯中泻"，而是"泰坦尼克号"或"泰兴号""大舜号"海难那样的惨烈景象。

长期过着漂泊生活的波兰爱国诗人亚当·密茨凯维奇，在从塔尔干特高岩俯瞰——《平静的大海》写过如是蕴藉的诗句：

> 大海啊！在你的快乐的生物之中，
> 风暴时候尽在水底睡着的水螅，
> 一平静了，它就伸出长的触手抓着。
> 思想啊！记忆的怪蛇，当艰苦的日子，
> 它深深地睡着，等到平静了，
> 它的爪子就向你的安静的心袭击。

　　真是树欲静而风不止，心欲宁而回忆不许，"记忆的怪蛇"会突然袭击"安静的心"。但时而暴怒时而平静的大海也有它令人销魂的魅力，在鲁子的诗意世界，大海俨然一位神秘的精神导师，它能给人们带来欢乐、希望、爱情、启迪和力量。在《看大海》一诗里，诗人通过自己以及人们在海边的活动展示了黄昏时分大海的美，此时的大海仿佛一位温和慈祥的智者，它激荡青春之歌，倾听失意者的心声，为迷茫者点燃希望之火，欣赏恋人们翩跹起舞……而扬言"我是吃过海胆的人"，这个漫步于海边的诗人，在看遍海边游人们的表演后，却意外地从异样的景观中获得了令人惊奇的精神力量：

　　　　看龙抬头，看红云万朵，在吸海水，
　　　　海水啊，像盐，像药，像铁火，
　　　　它把血性灌输进了我的身体，当
　　　　药性发作时，双鱼座的我，
　　　　像吃了龙胆！

　　"我是吃过海胆的人！"这恍如霹雳的当头一句表白，听起来让人好奇一震：吃过"海胆"的人该有多么威风？而知情者闻此未免莞尔："海胆"本是一种天生胆小、遇敌即逃的海生无脊椎动物，是营养价值极高的海鲜美味。但我们不妨将其理解为"大海之胆"——这吃过"海胆"的人，一定胆大如海，无所畏惧。你听，他在本诗最后两句又发狂言："药性发作时，双鱼座的我，/像吃了龙胆！"而常识里的龙胆，亦不过是一种草本植物，它通常指一种去肝火的药物——但将它与海胆在如此语境中并置考量，亦可将龙胆视为传说中的神龙之胆。诗人如此偷天换日，如此"借胆"，既有博人一笑的幽默效果，亦有豪情明志之意：我常在大海边行走，以大海为师，向大海学习，我也有大海那样宽广的心胸和豪迈的情怀。

《海螺壳里的大教堂》《孤岛》《海豚》《犁》这几首诗，则让我们看到了大海及其生物鲜为人知的一面。被海浪抛到洁白沙滩上的海螺，形如白骨，这被剔除贝肉，失去生命的海螺，"你把它捡回家，置于神台，/将之视为某种祝福，/你吹响螺号，召唤风暴"，这教堂一般的空洞的海螺，"不信，你尖起耳朵/定能听到大海的哀歌"。螺蛳壳里做道场——这是我们从一枚海螺感受到的大海气息。诚然，大海才是海螺的应许之地，那么，我们的应许之地何在？"为何在茫茫人海中有孤岛突起？/那是因为你无限的牵挂"。约翰·多恩早就提醒过："没有人是一座孤岛，可以自全"，身为人类的一员，我们的一切与所有人息息相关。不必说人与人之间因为亲情友情或别的缘故会相互牵挂、相互影响，即使是黑夜中一只活动的海豚，它也能激起敏感的旁观者的回应。作为一首奇妙而令人愉悦的经典诗作，《海豚》既是对某种深刻印象的精确描述，也是对某种经验的生动实践：静谧之夜，窗外一片漆黑，独坐窗前陷入冥想的诗人，忽然感觉到无边的夜色仿佛涌入了混沌的脑海；于是，他集中精力，试图感知他身边的世界何以不动声色地悄然运行。夜色浓重而寂静，他什么也看不到，可他相信——"但，一定，有什么，在潜行"：

　　　隐蔽，幽深，像水面下的一个冰岛，
　　　它马上就要露出它的脊背了，
　　　它的身体像一个纺锤：天哪，那
　　　是一只海豚，它突地跃出了水面，
　　　一弯银白，照亮了大海的整个黑暗；
　　　它还发出求偶式的海豚音，
　　　滋滋，啾啾，啾啾，滋滋：

> 必须对此做出回应，我的笔尖颤抖，
>
> 我稿纸铺开：为了它的使命而来。

多么惊艳的奇景："一弯银白，照亮了大海的整个黑暗！"我们眼前恍惚真的划过了一道耀眼的银光，我们甚至听到海豚落入大海的声音。不错，这是我们在纪录片或海洋馆中曾经看到过的海豚跃出水面的情形，它雪白的腹部划出的弧线是一首温柔的闪电；它滋滋啾啾的鸣叫也是我们所熟悉的声音。嘘！请注意，在这幅奇景甚至浪漫的想象背后，诗人绘声绘色讲述的，实则是他捕捉"灵感"的奇迹，在他漫长的沉思与期待中，承蒙缪斯女神眷顾——灵感如海豚般跃起，他的"脑海"瞬间清晰并活跃起来，他兴奋地铺开稿纸，快速地写下那些奔涌而来的诗句！我们对此也难免感叹并为之欣慰，这端然是一个令人激动、有如神启的时刻："为了它的使命而来。"值得再三追问的是，"它的使命"难道不是我们的使命吗？

《犁》是一首关于海葬的哀歌，它呈现了大海悲悯深沉的一面。对祖辈皆以大海为衣食父母的"渔人张"而言，大海是他的生命之源，是他俗世生存和生活幸福的希望，他只有到死后才能安息在大地上。而对于那些死后愿将骨灰撒入大海的渔人来说，大海既是他生前纵横驰骋的人生战场和生活的大舞台，亦是他百年之后渴望的理想归宿和天堂。难怪，在乌鸦悲鸣声中随风缓缓行进的那艘白色的海葬船，在高翔的海燕看来会如此悲壮，如是惊魂：

> 那艘轮船好像一具犁铧
>
> 龙骨犁出一片血海

米沃什把诗歌简洁地定义为"对真实的热情追求"，他始终认为，诗歌必须是时代的见证，强调诗歌该当为其时代提供有关的证词。我好奇的是，居于深圳这个现代化国际大都市的鲁子，似乎刻意与时代保持着距离——他在《千层浪》《渔船博物馆》这两首诗中，虽然提到了深圳湾、蛇口半岛的时间广场，但仅仅是作为地理意义上的名字提及而已；他并没有将特有的象征意义诗意地顺便延伸到沸腾的现实生活领域，他只是独自安静地面对南海，像怀斯一样，冷静地将海风甚至海浪摁在了这个时代和深圳的边缘。

《千层浪》作为一首描绘自然海景的诗，它呈现的"水面下的银河千顷/甚至鲮鱼也浮出水面/向我们展示它/神秘的背影"——确实让人眼前一亮。这种自然主义的写真笔法固然让人想到柳宗元《小石潭记》情调："潭中鱼可百许头，皆空游无所依，日光下澈，影布石上。佁然不动，俶尔远逝，往来翕忽。似与游者相乐。"但它确实又是一首相当令人费解的诗。坦率说，我们不知道、亦难想象这首诗究竟要表达何意。就字面来看，"千层浪"应当是蔚为壮美的波翻浪涌、雪浪滔天的景观；但诗人却告诉我们，"纵有千层浪/亦难以描绘这海天一色"。"千层浪"在此俨然神笔雄文焉。在我们的印象里，所谓海天一色描绘的恰是平静辽阔、宛如"秋水共长天一色"那样澄澈空灵的景象。接下来的三行诗，分明又是惊涛骇浪的感觉："而七个元音的汇聚/便炸开了深圳湾/千年的沉寂"。"七个元音的汇聚"，基于"炸开了深圳湾千年的沉寂"这一震撼人心的事实，我们或可勉强将其解读为多元文化的大合唱、五湖四海人才的汇聚或科技创新的潮流——这是我们对深圳敢为天下先，强力推进改革开放的某种政治想象。某种意义上揣测，诗人似乎想与时代对话，但他最后却在冥想中选择了沉默："我们什么也没做/我们只是聚在了一起/像一滴水与另一滴水的结合/这一天就完成了/这片海就完成了"。好吧，且容我任性地浪漫一下，一个终于放下沉重工作和日常琐碎的人，面对一湾碧海，看鲮鱼悠游，除了与心爱的人一起幸福地发呆，还需要做什么呢？想想也是。

《渔船博物馆》则聚焦过去，耽于遥远的历史回忆：一艘老式的木船，以及过时的单桨、马灯和破旧的渔网，它们安静地陈列在博物馆中，是对过去的时光、从前的渔人生活的证明。"大海一直在那里，而它们已回头在岸。"在历史封闭的博物馆内，静止的只是那些完成了使命的木船，而在博物馆之外，"时间就是生命，效率便是金钱"的高昂口号，却让我们感觉到了时间紧迫甚至是争分夺秒的繁忙现实——时节如流，岁月不居，人们为效率和金钱奔波在各自的前程上。然而，诗歌到此也就结束了：诗人的目光再一次掠过繁华的时代，它似乎要将这个时代的喧嚣关在博物馆外，而我对此却心存怀疑。《假日闭门》的最后一节，正好回答了我的疑问：

> 但窗外，总有一只海鸟
> 在大海与我心上，同步飞行
> 互相打探消息。

即使在闭门怡然如王一样惬意独享假日清闲的时候，也有一道窗子向世界敞开着。"坐拥无敌海景与良辰千顷"，想象"池鱼在渊，飞鸟在林"的自由，"腹有诗书作怪"的诗人，"愿是把一壶茶/煮出了人生的梦幻泡影"，煮出了芬芳禅意。窗外那一只自由的飞鸟，巧妙地回应了《安德鲁·怀斯：海边的风》里所呈现的奇异景观："窗外早已聚集了一大片未来"。这逍遥的海鸟，这飞翔的诗心，这聚集的未来，这"互相打探的消息"，冒着误读的危险——我愿意将其解读为米沃什对当代诗歌在废墟上重建的愿景：活在历史中的人类，面对永恒的大海和每天以前所未有的规模诞生的新鲜事物，必然借助诗歌发现并抵达"希望进入之处"。

四

在永恒的大海面前，人类柔弱似泡沫，人生短暂如朝露。我们可以从《繁殖出了一片海》一诗中领略到大海永恒的秘密：

> 雌雄同体的浪花盛开
> 它的长发纠集着疯狂
> 身体之外仍是身体
> 浪花复制浪花，不舍昼夜啊
> 以至于最终繁殖出了一片海
> 生死一体，任死亡的闪电
> 也不能把它劈开

你看，大海不舍昼夜的惊人的繁殖力是不容置疑的。正如西班牙诗人维森特·阿莱克桑德雷·梅洛在其名作《海》一诗中所惊叹："在那里，海市蜃楼/冲破时间的界限，大海永世生息/像永远不会死的上帝的心，跳动不已。"

但有个天真的孩子却固执地认为大海已经"淹死了"。在《大海淹死在鱼缸里》这首诙谐的童话诗里，我们听到一家人在酒后助兴的类似飞花令的节目中对大海展开的接力歌颂：爷爷唱了"大海航行靠舵手，/万物生长靠太阳"；爸爸朗诵了高尔基的《海燕》；小豆豆却嗫嚅地突发惊人之语："大海死了，大海活不过来了。"妈妈赶忙接话说："傻孩子，大海不会死的，/大海啊，是永恒的！"但小豆豆仍然不合时宜地哭诉道："你们骗人！大海是苗苗家的金鱼，/昨晚它淹死在鱼缸里了！"抛开"代沟"这沉重的话题不说，这显然是一个脑筋急转弯似的问题：大海，也许就是孩子们给那条金鱼取的名字，"大海"死了，也就是金鱼死了。尽管我不大喜欢这类诗歌——作为组诗中一个不太和谐的小插曲，但"大海之死"在此还是猝不及防搅动了我们某种隐秘的伤痛——不是每种事物都可以妄称"大海"，不是每个人都可以率性取名，即使以那永恒的事物命名，也不能给我们带来永恒的希望和安慰。

"又一次，广阔的海光从天空的坛坛罐罐落下，从沙滩的泡沫上升。"（聂鲁达《海光的颂歌》）鲁子的诗歌，正如这升腾闪耀于浪花上的海光，让我们一次又一次将目光投向大海的中心。不妨说，鲁子这组以大海为背景的诗作，恰恰因为大海的巨大存在而获得了非凡的意义和力量。就其形式和主旨而言，这组诗歌总体上是成功的。然而，衡之严谨的文体学/诗学，挑剔地说，这组诗在某些方面仍需要推敲改进，比如在诗歌主题整体意义的持续叠加和升华上不够紧凑、诗句结构和诗序组合摆布上尚不够精致。而其中的《大海淹死在鱼缸里》《繁殖出了一片海》《孤岛》《它来与大海认亲》《千层浪》等几首诗，在诗意的丰富/拓展和含蓄处理上仍有较大的空间。这些瑕疵在一定程度上影响了阅读的快感，也给我们准确地理解这组诗歌及其诗人意图造成了障碍。理论上讲，"组诗"并非若干首在意义上毫不关联的诗的简单组合/聚集甚至堆积；相反，在同一中心/主题的统帅下，"组诗"不仅要有一定的数量支撑，而且要求并强调这些诗歌务必在内容、气质、情调与血脉上紧密粘连，也就是说：作为组诗中的任何一首诗，它们在表现形式、结构和意象上，都应该协调并基本相近；在体现情境、旨趣、意义方面，亦应当有着共同的内在追求。组诗中的每一首诗，必须在同一中心/主题的统领下，在感情/精神维度上相互呼应，能持续引起共鸣，在主旨意义上彼此照亮，能互补升华，最终形成一股强大的力量，一如百川归海，万源归一。通俗地讲，作为组诗里的每一首诗，它们之间都是有着相似的亲情血缘关系，仿佛同宗同族的兄弟姐妹。我认为，"组诗"——作为一组优秀而强健有力的诗歌，它必然紧紧围绕一个中心/主题（这也是现当代汉语诗歌致力追求和一直在探索重建的诗意性。脱胎于中国古典诗歌并浸染过西方现代诗歌风习的汉语白话诗，如何以新的世界观，以自信的中国化突破古典与现代性束缚，重新发明现代诗歌的"中心"，正是当前中国诗人面临的迫切使命），在形式与意义上起码要达到如是水准：呼应→增强→总结→升华。总之，最佳的组诗文本，在形式上总体感觉应当是大河奔流、气势磅礴的大合唱，在主题上则是百鸟朝凤、众星拱月的璀璨瞩目，它必然能充分展现某种独特的诗学，展现诗人的世界观、人生观和价值观。还有一点，作为组诗中的任何一首，它们都应当超然卓绝，可以率尔独唱。

大海是伟大而永恒的事物。自古至今，众多的诗人临海远眺，他们曾以缜密的心思和精湛的技巧，以诗歌——以密集的意象群，专心致志地探索和处理大海给人类带来的各种小问题，在沙滩上写下他们的名字。世界各地历代伟大的诗人，都渴望在海面上写下不朽的杰作。只是，迄今为止，诗人们似乎一直都徘徊在海边，好像还没有谁真正深入烟波浩渺的大海，在大海的腹部或中心写下恢宏壮丽的史诗。毕竟，我们无论怎样书写大海，其根本意图，仍然是渴望书写人心。唐诺为此几乎指出了以往海洋诗学（文学）的局限性：大海茫无际涯，开阔无垠，既亘古存在又不可信任。从来没有人能够在大海上留下他的足迹。"人心，一如航海人头顶上的原始星空"，但人心远比海洋更复杂更难测，"它有自己的风暴；它有自己黑夜的奴隶"。这种局限性，其实就是写作的难度。写大海，既是写人海，也是写人心。

尽管我们不知道，那些伟大的诗人，他们的名字和诗歌能否一直荣幸地与大海永存？

2019年9月仲秋·滇中嵩明栖鹤斋

凌之鹤　诗人，评论家。云南省作家协会会员，昆明市作家协会理事。《滇中文学》主编。本名张凌，回族，公务员。16岁发表处女作，常用笔名有荆棘鸟、安兰、凌之鹤、小李伊人、西门吹酒。作品散见于《滇池》《云南日报》《休斯敦诗苑》《小说林》《诗歌月刊》《散文诗》《星河》《山西青年》《文艺评论》《大家》《边疆文学》《江西散文诗》《译林书评》《湖南文学》《当代中国生态文学读本》等报刊。著有《醉千年：与古人对饮》《独鹤与飞》。另有《如是我说：凌之鹤文学评论选》《人间酒话》即出。在《昆明青年》《女性大世界》发过诗歌专辑；曾入选《春城晚报》山茶副刊"诗坛星座"、昆明红土地诗坛新生代、"昆明青年诗人20家"。曾获首届滇云网络文学大赛提名奖、第二届滇云网络文学最佳评论奖、第四届滇云网络文学大赛佳作奖、2017年《滇池》文学年会奖。有诗作入选中国2003、2009年度优秀诗歌选集，有散文作品入选《云南作家精品文库·散文卷》。